シェイクスピア・ブックス

シェイクスピアを学ぶ人のために

——参考文献へのアプローチ

ディヴィッド M. バージェロン 著
北川重男 訳

三修社

序

　本書の目的は，シェイクスピアの作品と本格的に取り組み始めた研究者や一般読者のために，まずシェイクスピア学の発展と現状，可能な限りその多彩な批評方法を概観し，次にもっとも有益な研究資料――書誌，学術的な定期刊行雑誌，モノグラフ，参考図書などを紹介しようとするものである．私自身も若い研究者であれば，こうした書物の恩恵に浴したであろうと思うし，さらに本書によって私の場合，教師としての仕事がいくらか容易になるだろうと確信している．

　主要な批評家，学者，もっとも重要な研究資料などへの指針を描くことによって，私は初学者が直面する厖大で，しばしば当惑させられる資料からある種の一貫性をとりだそうと努力した．しかしまた同時に，これらの資料を豊富で多彩なものとして扱い，諸問題を論争の余地のあるものとして，つまりシェイクスピア研究の世界に多く存在する問題としてそれらを扱うことによってわき起こってくる一種の興奮を何とか伝えられていたらと望むものである．

　ひとつここで注意しておいたほうがよさそうなことがある．著者はあらゆる研究書を吟味し，それらに評価を加えているが，その知識から本書の読者が何らかの確信をもつようになるにしても，ひとりの批評家の主観的判断はつねに進展するものであるということもまた留意しておかねばならないのである．シェイクス

ピアに関して本を書くなどという試みは，どんなに大胆な者であっても不安であるに違いないし，私もその例外ではない．

多くの方々が親切にもこの企画に関心をお寄せになり，貴重な情報と助言を提供してくださった．ラットガーズ大学のモーリス・チャーニー教授は原稿全体に目を通してくださり，アメリカン大学のジャン・アディスン・ロバーツ教授は原稿の大部分に目を通してくださった．お二人からはありがたい御批判と，有益な書誌学的知識を賜わった．またヴァージニア・コモンウェルス大学の M. トマス・インジ教授には，本書の完成に御助力して頂いたことに対して感謝申しあげる．もちろん，本書の足りない点は著者の責任である．さらに，ニュー・オーリーンズ大学図書館，およびフォルジャー・シェイクスピア・ライブラリーのスタッフの方々にはひとかたならぬ御世話になった．ここに感謝申し上げたい．

本書は当然私の学生たちに献げられるべきものである．彼らの疑問や洞察が私自身のシェイクスピア理解を大いに拡げてくれた．彼らは計り知れないほど私の人生を豊かにしてくれたのである．

デイヴィッド M. バージェロン

目　次

序………………………………………………………………… i
本書の目的と利用……………………………………………… v

第1章　シェイクスピア研究とは何か

■シェイクスピア研究の現状………………………………… 2
■シェイクスピア時代の批評………………………………… 3
■18世紀と19世紀の批評……………………………………… 6
■20世紀の批評………………………………………………… 8
■学校教育におけるシェイクスピア………………………… 9
■さまざまな批評方法…………………………………………11
　1.　歴史的批評……………………………………………12
　2.　ジャンルによる批評…………………………………17
　3.　心象と言語分析による批評…………………………18
　4.　性格論…………………………………………………21
　5.　心理分析による批評…………………………………22
　6.　主題による批評と神話批評…………………………23
　7.　本文批評………………………………………………26
■主要な研究者と批評家について……………………………28
■今後のシェイクスピア研究…………………………………37

第2章　シェイクスピア批評と研究論文のガイド

■シェイクスピア研究の範囲…………………………………42
■書誌と参考文献のガイド……………………………………43
■文学史…………………………………………………………56

- ■校訂本··62
- ■ジャンル別の研究······························68
  - 喜劇研究··69
  - 歴史劇の研究····································95
  - 悲劇の研究······································112
  - ソネットの研究································143
- ■さまざまな学派と活動······················153
  - 批評史··153
  - シェイクスピアの言語······················158
  - 本文批評···162
  - 劇場の批評······································167
- ■学際的研究··178
  - 音楽··178
  - 文化··183
  - 材源··188
  - 学術雑誌···194
  - 評伝研究···197

―― 付　録 ――

1. 最近のシェイクスピア文献一覧············205
2. 最近の邦文文献······································223
3. 最近の翻訳書文献··································225
Ⅰ．人名索引··227
Ⅱ．シェイクスピア作品の索引················237
Ⅲ．欧文書名索引·····································239
Ⅳ．事項索引··250

v

■本書の目的と利用■

——解説にかえて——

　近年,日本においてはシェイクスピア研究がますます盛んになりつつあり,古典文学に対する若い世代の人たちの無関心が指摘されるなかで,シェイクスピアへの関心は高い.大学においても,シェイクスピアを専攻したり,深く研究する学生は多いのである.そのためにシェイクスピア関係の入門書や研究書も多く出版されている.しかし,シェイクスピアを研究するときに,どのような研究書を利用したらよいのか,またその本にはどのようなことが書いてあるのかをわかりやすく述べている基本的な概説書や,参考文献へのアプローチを示してくれる書物は比較的少ないのである.

　その意味では,かつての大山俊一教授の労作『最近のシェイクスピア研究』(1955年)は,当時の最新の学問的業績と文献を広く紹介し,評価した有益な書であった.これが絶版になった後,多くの研究者や学生からこのような著作の刊行が望まれていた.しかし大山教授の著作の前後から,シェイクスピアの本文校訂と書誌学的研究,喜劇研究,さらにシェイクスピアの伝記研究などがめざましい発展をとげ,従来の研究の展開を含めてその研究領域は厖大なものになっている.これらを概観して,それに一貫性をもたせ,しかも一般の読者の理解しやすいような著書を世にだすことは容易なことではない.バージェロン教授による本書は,そのような欲求を満足させてくれるものであり,ミネソタ大学の

トマス・クレイトン教授の評をまつまでもなく (*Shakespeare Quarterly*, Vol. 28, No. 1, 1977, pp. 116–119.)，大変有益な書であることは疑いない．

デイヴィッド M. バージェロン氏は，カンサス大学英文学教授であり，目下 *Research Opportunities in Renaissance Drama* の編集主幹である．*Shakespeare Quarterly* の編集委員の1人であり，しばしば同誌に寄稿している第一線のシェイクスピア学者である．今回教授のご好意によって本書を翻訳できたことは望外の喜びである．

本書で取りあげられ，解説されている著作は，そのどれをとってみても今世紀後半のめざましいシェイクスピア研究の成果であるということができる．本書によって，読者はシェイクスピア研究の最近の活動についての知識をえることができるだけでなく，シェイクスピアについてはどのような研究が可能であるかを知ることができる．バージェロン教授も指摘されているように，ここで論じられている著作以外にももちろん重要なものは数多くあるが，少なくとも本書によってシェイクスピア研究の現状を理解できるであろうし，これはきわめて大切なことと思われる．どの著作をとってみても内容のあるものを，短い紙面で紹介するのであるから，どうしても簡潔な用語で説明するしかない．また英語としてはなんとなく理解できても，日本語になるとどうしてもなじめない，不明瞭な表現もある．最近の研究，特に書誌学のような学問の用語のなかには日本語として定着していないものもある．このような読者が理解しにくいと思われるものについては，必要に応じて訳者が注をつけた（注に際しては上述の大山教授の著書に負うところ大であるが，その他にも M. H. Abrams, *A*

Glossary of Literary Terms (New York: Holt, Rinehart and Winston, Inc., 1971), F. E. Halliday, *A Shakespeare Companion, 1564-1964*, Stanley Wells, *Shakespeare: An Illustrated Dictionary* その他を参考にした). また本書の原著には英文論文の書き方についての便利な短い章があるが,わが国の実情にあわない面もあり,省略してある.

　本書を利用するために参考となる点を少しくわしく述べておくので,参考にしていただければ幸いである.

(1) シェイクスピア研究の歴史を概観するには.

　本書 pp. 3-11 にごく簡単なシェイクスピア批評の歴史が書かれている. さらに p. 28 以下の「主要な研究者と批評家について」をみればよい. もちろん第1章全体にざっと目を通せばさらに広い視野がえられる.

(2) どのような批評方法があるか.

　「さまざまな批評方法」(pp. 11-28) をみるとシェイクスピアの基本的な研究方法を知ることができる. 個々の事項は第2章や,巻末の索引を活用していただきたい.

(3) 参考文献について.

　本書で紹介されている著書は入手しやすいものであるが,たとえ絶版であっても大学図書館などで比較的容易に読むことができる. 英米の大学図書館にはほとんどすべて完備されているから,海外旅行の機会に利用するとよいし,場合によっては必要な個所をコピーできるかもしれない.

　本書の巻末の索引を活用すれば,ひとつの項目だけでなく,その他の項目との関連がわかり,理解が深まるようになっている.

　参考書のうち,日本語訳のあるものは本文と巻末の参考文献の

なかに含まれている．完璧なものとはいえないが，参考にはなるであろう．

(4) 原著に含まれていない参考文献．

本書は1975年に出版されたものであり，参考文献もそれまでのものである．その後約10年の年月がたち，本書でふれられている研究者のものはもちろん，それ以外にもさまざまな著書や論文が出版されている．それらのうち代表的なものだけでも相当の数になり，とてもすべてを補うわけにはゆかないのであるが，できるかぎりバージェロン教授の趣旨にそったかたちで選んだものをあげてある．主観的になったり，訳者の不明によってもれたりしているものもあるであろう．機会をみて訂正してゆきたい．

これらの点を参考にして本書を活用すれば，最近のシェイクスピア研究の概観をえられると確信している．ひとつひとつが内容のある著作を完璧に訳出することは困難であり，多くの方々から有益なご教授，助言をいただいた．そのことに対して心からの感謝を申しあげたいと思う．しかしそれにもかかわらず，誤訳，独断，些細な見すごしなどがあるであろう．ご叱正いただければ幸いである．

本書の翻訳についてお世話になった三修社の編集部の方々，また成城大学大学院博士課程岡田由美氏と友人佃光郎氏に感謝申しあげる．

1984年夏　長尾の里にて

訳者　　北川　重男

第1章

シェイクスピア研究とは何か

シェイクスピア研究の現状

　現在入手できるシェイクスピアに関する批評や研究書を前にすると，その多産性こそ20世紀特有の現象であるとわかって驚いてしまうであろう．著書，校訂本，論文などが目下その数を増し，天文学的数値に達している．1964年に出版されたものだけを見ても，およそ3500冊ものシェイクスピア関係の新刊書が出ているのである．専門の学者なのだから自己の主題に関して出版された文献ぐらいはある程度精通しているのが当り前であると考える時代は去ってしまったのである．専門家はいま批評という大海に呑み込まれそうな危険に直面して，行手が鋭くとがった大岩なのか，それとも身を守ってくれる巨石なのかの区別がしばしばできなくなっている．われわれは重要な著作とそうでないものとを選別できる余裕を持っていないし，またそのための時間もないように思われる．そのためにシェイクスピア研究の案内書を空しく求めているのである．そうだからといって，出版を一時差し控えるというのも非現実的な話だし，望ましいことでもない．したがってシェイクスピア研究者は，文献をなんとか上手くさばいてゆかなくてはならないのである．

シェイクスピア時代の批評

シェイクスピアが生きていた時代にシェイクスピア批評というものが見当らないことはどう説明したらよいのであろうか．もちろん当時の人がシェイクスピアやその作品についての意見を持っていなかったわけではない．事実，ロバート・グリーン Robert Greene は，1592年にシェイクスピアのことをかなり怒って「成り上り者のカラス」と呼んでいる．1598年，フランシス・ミアズ Francis Meres は『パラディス・タマイア』 *Palladis Tamia* のなかで，シェイクスピアの「甘美なソネット」を賛美し，彼を英国の悲劇作家，喜劇作家のうちで最高の作家とみなしている．彼と同時代の劇作家で，また古典学者でもあったベン・ジョンスン Ben Jonson は，シェイクスピアが時間，場所，行動[1]のいわゆる伝統的三一致の法則を破ったことをしばしば非難している．しかし彼は最初のシェイクスピア劇全集，つまり1623年の２つ折本[2]（フォーリオ）出版のために用意した詩のなかで，シェイクスピアを心から賛美

---

1) 行動 action とは，１つの筋に集中して脇道にそれないことをいう．それ以外に行動は演劇において，演技，本筋，主題など，いろいろな意味を持っている．特に演劇は人間の行動を描くのであるから，その行動は筋でもある．またその行動によって人物の性格が明らかとなる．物語や筋は人間の行動によって成り立つともいえる．

2) ２つ折本とは，１枚を１度折る（つまり２つ折りにする）ことによって４ページ分にした書物．事実上の編者はヘミング Heminge とコンデル Condell で，この２つ折本には36の劇作品が含まれているが，そのうち18作品は小さな４つ折本 Quarto としてそれ以前に別個に出版されていた．４つ折本とは，１枚を２度折る（つまり４つ折りにする）ことによって４枚（８ページ）分にした書物のことである．シェイクスピアの最初の４つ折本（すなわち最初の出版物）は1594年の『ヘンリー６世』第２部と『タイタス・アンドロニカス』である．

し,「彼は一時代の人ではなく,あらゆる時代に生きる人である」と言っている.

なぜシェイクスピアに関する初期の批評論文というものが広範に見出せないのか,それについては少なくとも2つの理由が挙げられる. 第1の理由は,文芸批評の伝統が16世紀にはまだ確立していなかったというだけのことである. 文法家や修辞学者たちは,さまざまな文学形式を定義づけているが,それを批評と呼ぶことはできない. フィリップ・シドニー Philip Sidney が1580年代初めに出した『詩の弁護』*An Apology for Poetry* は,この世紀における主要な見解であるが,不運にもそれは英国ルネッサンス劇が花開く以前に書かれたものであった. そこで彼は『ゴーボダック』*Gorboduc* をもっとも優れた英国悲劇であると賛美したにとどまっている. 1660年代のドライデン Dryden にいたって初めて文芸批評といえる作品が書かれる. シドニーとドライデンに挟まれた時期は,批評の荒野ではないまでも,その領域を旅した者はそう多くはなかったのである. トマス・ヘイウッド Thomas Heywood の『役者の弁護』*Apology for Actors* (1612年) は,劇を擁護してはいるが,新しい批評的基礎を打ち立てるにはいたらなかった. 英文学史上でもっとも華やかなこの時代に,実践的批評にしろ理論的批評にしろ,どちらもほとんど出現しなかったのは何とも妙なことである. おそらくそれは,この領域を勝手気儘に渉猟する学者が英国にはいなかったせいであろう.

さらに第2の理由として,劇は一般的に文学とは認められていなかったことがあげられる. 劇を文学形式として真剣に論じなければならないさしたる必要性はなかったのである.「芝居小屋」で見た「芝居」について,知的な論議をするなど無理な相談であ

る.当時の劇場が,熊いじめや,牛咬ませなどの競技場と隣合っていたことを見ても,気晴らしと演劇との関係がはっきりする.観客は,ある日の午後グローブ座で『ハムレット』を観たかと思うと,翌日はその近くの闘技場で,熊が犬たちによって食いちぎられるのを見物するわけである.この時代は,詩こそ価値ある文学であるとみなされていた.しかし少なくともただ1人の劇作家,ベン・ジョンスンだけは,自作の劇作品(それに彼自身)を真面目に受けとめ,1616年に2つ折本の劇作集を出版した.そこに彼は大胆にも『ベンジャミン・ジョンスン作品集』 *The Works of Benjamin Jonson* という書名をつけた.当時,「作品」"works"という語は,本格的な詩や散文のことを明示する典型的な言葉であって,劇作品に対して用いられはしなかった.シェイクスピアの1623年の2つ折本劇作集ですら,『ウィリアム・シェイクスピア氏の喜劇・歴史劇・および悲劇』 *Mr. William Shakespeare's Comedies, Histories, & Tragedies* と題されていた.劇は非常に短命な芸術とみなされていたのである.この考えは,わずかな劇作品だけしか印刷物として日の目を見ることがなかったという事実——シェイクスピアの生前に,たった半分(つまり18作品)の劇しか出版されなかったこと——によっても裏づけられるであろう.劇を文学とはみなさないという一般的通念からすれば——もちろん劇そのものに無関心だったというのではなく,劇は非常に人気があったのであるが——シェイクスピアについての研究や批評の労作の存在しなかったことがわかるであろう.

18世紀と19世紀の批評

　18世紀になって初めて，本格的で，広範なシェイクスピア研究が現われてきた．そのほとんどは校訂の仕事を中心としていた．当たり前のことであるが，信頼のおけるテクストがあって初めて批評というものが成り立つ．そういう意味で1709年のニコラス・ロウ Nicholas Rowe 版は，最初のシェイクスピア「校訂本」である．この版には簡単なシェイクスピア伝が載っていて，普通これが最初の本式の伝記とみなされている．もう1人の重要な校訂者がルイス・シオボウルド Lewis Theobald である．不運にも彼はポウプ Pope の『愚物伝』*The Dunciad* (1728年) の標的にされたことでその名が記憶されてしまったが，それは彼がポウプの校訂したシェイクスピア本文 (1725年) の欠点を指摘するという失策をやらかしてしまったからである．18世紀後半には，エドワード・ケイペル Edward Capell，ジョージ・スティーヴンズ George Steevens，エドモンド・マロウン Edmond Malone などが作品の編纂と校訂に重要な貢献をした．マロウンはまた，シェイクスピア劇の制作年代の決定の問題にも手をそめた．これはいまだに決着のつかないむずかしい問題であるが，しかし広く認められた作品年表はある．幸いにもこうした信頼できる校訂者たちが圧倒的に時代をリードし，以後の研究の基礎を確立したのである．一方，ポウプとジョンスンの本文校訂の仕方はしばしば気まぐれで，ひどく主観的なものであって，本文を勝手に変更したりして校訂者としての評判を落してしまったが，ジョンスンの注そのものは価値がある．

19世紀になって,いっそう多くの校訂本が現われてきたのも驚くにはあたらない.その大部分が特別目新しいものではなかった.しかしケンブリッジ版シェイクスピア全集(1864年に全1巻のグローブ版として発行され,編者はクラーク Clark,グラヴァ Glover,ライト Wright であった)は,重要な版本として高い地位を築いた.事実,これは今日20世紀の多くの版本の基礎をなす標準版となっている.行数番号を付ける方法が,現在は通し番号を支持する方向に変えられつつあるのみである(あと1世代か2世代経過しないかぎり,われわれすべてがグローブ版の方式を放棄するようにはならないであろう).この世紀はまた,ドイツと英国にシェイクスピア研究および批評のための協会が設立されたことでもよく知られている.ワイマールにドイツ・シェイクスピア協会が1865年に設立され,『シェイクスピア年報』 *Shakespeare Jahrbuch* を刊行した.英国のシェイクスピア協会は1840年に設立され,また「新シェイクスピア協会」が F. J. ファーニヴァル F. J. Furnivall によって1873年に設立された.英国人会員の論争や議論好きな点は別として,こうした協会は,エリザベス朝の記録の重要性を理解すること,またシェイクスピアと同時代の作家たちに関する知識を求めるという2点で新しい領域を切り開くこととなった.ファーニヴァルの学派は,19世紀末に起きた自然科学崇拝の波に巻き込まれて,シェイクスピアの詩の韻律を測定し,説明するために自然科学的検証を求め,それによって制作年代順を確定し,作者鑑定の問題に決着をつける希望を抱いていたのである.研究熱心なフレデリック・フレイ Frederick Fleay を中心にして,新シェイクスピア協会は韻律テスト[3]に信頼を寄せた.その方法はわれわれからすれば,素朴で大雑把か,

20世紀の批評

20世紀の批評については,後に批評の「学派(スクール)」をそれぞれ論じるときに詳述する(ここで「学派」というのは,単に共通の批評的立場を共有しているグループのことで,学派という言葉から感じられる組織的活動を意味するわけではない).今世紀になってから多くの研究領域において非常に多くの研究書が出版されるようになったといっておくだけでいまのところ充分であろう.シェイクスピア関係に限った出版物――『シェイクスピア・サーヴェイ』Shakespeare Survey,『シェイクスピア・クオータリ』Shakespeare Quarterly,『シェイクスピア・ニューズレター』Shakespeare Newsletter,『シェイクスピア研究』Shakespeare Studies――は,すべて過去4半世紀のうちに創刊された.シェイクスピアの生涯に関する重要な資料文献は,今世紀初頭の数10年間に発見され,それはほとんどチャールズ・ウォレス Charles Wallace とレスリー・ホットスン Leslie Hotson の地道な研究の成果なのである.おそらくひとつにはこうした種類の探究によって,20世紀はシェイクスピアの伝記研究の時代となり,シェイ

---

3) 韻律テスト metrical tests とは,制作年代順と作者の真偽を明らかにするためにシェイクスピアの韻文の韻律と構造を統計的に分析することをいう.その方法には,韻を踏んだ詩と5脚抑揚調の無韻詩との比率や,行末に意味の区切れがなく次行にまたがった詩の数などの検討も含まれている.

クスピアの生涯を本格的に扱った書物が出版された．それよりも重要だと思われることは，今世紀が本文校訂と書誌学研究の時代になったということである．これは19世紀以前には想像もできなかった研究と思索の道を開いた．まさしく，20世紀のシェイクスピア学の歴史が書かれるような時がくれば，本文校訂の研究と理論とが，全体的影響という点でおそらくもっとも重要なものとみなされるであろう．なぜなら，今世紀になって初めてその問題が提起され，そのうちのいくつかは解答が与えられたからである．

学校教育におけるシェイクスピア

おそらく『ジュリアス・シーザー』とか『マクベス』などを学校で無理やり学習させられてきた学生にとって，そのような教育がかつては必ずしも学生の受けなければならないものではなかったことがわかれば，不機嫌になったり，自信を取り戻したり，いらだったり，さまざまな感情を引き起こすかもしれない．現在中等教育や大学において何らかのかたちでシェイクスピアについて教えることは当然のことになっているにもかかわらず，シェイクスピア教育そのものは比較的新しい活動なのである（もちろん，アメリカの大学でアメリカ文学が研究され始めたのはそれよりもずっと最近になってのことである）．17世紀，18世紀の学校はシェイクスピアを教えなかった．それは主として教育が相変わらず古典文学を教えることをその方針としていたからである．しかしその時代にシェイクスピアが読まれていたことは明らかである——さまざまな版本が流布していたことがその証拠である．彼の作品は，1858年に初めて英国の正課の授業に取り上げられた．こ

の年はオックスフォードとケンブリッジの地方試験が始まった年である．同様にアメリカにおいても，19世紀の半ばに，シェイクスピアがカリキュラムの一部に取り上げられた．しかしそれはまだほんの一部の限られた流れにすぎなかった．英国においてもアメリカにおいても，初期のシェイクスピア教育は，プロット(筋)とか，歴史的背景とか，登場人物，文法，修辞学などに焦点が当てられていた．また劇はしばしば雄弁術の教育のために用いられた．一言でいえば，演劇芸術として学習されたことはめったになかったということである．何か別のことを例証する手段として学ばれたのである．1825年にはもう，ヴァージニア大学では道徳哲学のさまざまなコースにシェイクスピアが取り入れられた．しかし，シェイクスピアそのもののコースが歴史・一般文学科に設けられたのは，やっと1857年のことである．1868年までには，コーネル大学がシェイクスピアの講座を設けた．プリンストン大学では1869年，ジョンズ・ホプキンズ大学では1877年，コロンビア大学では1882年に設けられた．シェイクスピアに関する論文を書いて最初に Ph. D. (文学博士) の学位を授与された者は，ロバート・グラント Robert Grant で，1876年にソネットの研究によって，ハーバード大学においてであった．2番目にシェイクスピアで学位を授与されたのは，S. B. ウィークス S. B. Weeks で，彼は1888年にノース・カロライナ大学を卒業した．興味深いのは，多くのアメリカ人とごく少数の英国人が，この時期にドイツの大学からシェイクスピア研究で学位を与えられていることである．

　19世紀の終わり頃までに，シェイクスピア教育はアメリカ中に広くゆきわたり，ほとんどの学校が少なくとも１つの劇作品をカ

リキュラムの一部に組み入れた．ひとりの教師が，もちろん他にもそういう人がいたのは確かであるが，シェイクスピア教育を初期のやや狭い関心から開放するのに貢献した．それがジョージ・ライマン・キットリッジ George Lyman Kittredge で，彼はかれこれ50年ほど (1888-1936年) ハーバード大学で教えた人望の高い教師であった．キットリッジほどシェイクスピアの言語に精通している者はおそらくいないであろう．教室における彼の方法は厳密に言語学的とは言えず，むしろシェイクスピアの劇的才能を理解し，正しく評価することを強調するものであった．シェイクスピア研究の発達が，シェイクスピア教育の拡大と共に歩んできたことは驚くにあたらない．過去数10年間に多くの研究を産み出した批評家や学者は，ほとんどがシェイクスピアを教える教師なのである．これとちょうど対照的なのが18世紀と19世紀の一般的状況で，当時批評家の大部分は彼ら自身が詩人であったり，文人であったり，さもなければ単なるアマチュアの文学愛好家であったのである．

さまざまな批評方法

 さまざまなシェイクスピア批評の方法を定義しようとするとき，ほとんどの批評家の場合，1つの批評学派でのみとらえられるものではないことを心に留めておく必要がある．最近われわれはますます折衷的批評の必要性を意識し始めているように思う．すなわち，シェイクスピアを解釈するのに，同時にいくつもの異なった方法を用いる批評である．たぶんいろいろな批評方法の行きすぎを吟味するという否定的な態度で研究を始めることになる

であろう．その出発点においては，ジョン・クロウ John Crow のウィットに溢れた，面白く，痛烈な論文，"Deadly Sins of Criticism, or, Seven Ways to Get Shakespeare Wrong," *Shakespeare Quarterly*, 9 (1958) pp. 301-306. を取り上げることになる．もちろん，クロウは誇張しているし，いささかやけっぱちなところもあるが，いくつかのシェイクスピア批評の弱点と欠点については的を射たものである．批評の領域に身を投じようとする者は，彼の論文を読んでおかなければならない．問題の大部分は，せんじつめればひとつの誤った，まったく不幸な見解になる．それは最良の結果を生んだり，あるいは真実をすら明らかにするだろう方法はひとつしかないという誤った考えである．

読者は第2章においてシェイクスピア研究と批評の多種多様な実状を知ると思うが，このあたりで大雑把に現代批評のいくつかのタイプを概観し，グループ分けをしておくのも無駄ではないであろう．

1. 歴史的批評

歴史的というのは1つの大きなカテゴリーで，その下にいくつかの下位カテゴリーがある．歴史が強調されるようになったのは，19世紀の批評に端を発した非常にロマンチックで，いくぶん感傷的なシェイクスピア像に対する反動である．どのような状況でシェイクスピアが書いたのかというようなことに注意がはらわれないことがしばしばあったのである．歴史的批評が理想とするのは，徹頭徹尾エリザベス朝の人間であるシェイクスピア，しかもわれわれがエリザベス朝の人間になりえて初めて理解できるシ

ェイクスピアと,もうひとつはわれらと同時代人としてのシェイクスピアとの中間をゆくことである.これはわれわれの関心が劇作品と詩作品そのものに導かれてゆく限りにおいて有効なのである.この批評方法で陥りやすい過失は,クロウが「木を見て森を見ない主義」と言っているもので,木を見て森を見ることができないとは,すなわちさまざまな衒学趣味(ペダントリ)のことである.

歴史的研究の成果のひとつが伝記である.シェイクスピアの生涯にどのような事実が存在するか.家族は誰で,友人は誰であったか.ストラットフォードでの生活,ロンドンでの生活はどのようであったのか.今世紀の発見になる文献は,いくつかの隙間を埋めてくれた.そしてかなり多くの伝記が書かれてきた.世界でもっとも著名な作家の生涯を追究することは,それ自体妥当なことであるが,いくつかの伝記は,いままでの知識にほとんど何の貢献もしなかった.シェイクスピアに関する厳然たる事実はがっかりするほど乏しいので,多くの批評家は作品自体から人間シェイクスピアの知識を得ようとした.しかしそのような研究は,いっそう推測的な方法に傾いて,歴史的批評を放棄してしまうことになる.

シェイクスピア時代の社会的,経済的,政治的,知的,文化的生活についての信頼できる像を得ようといままで多大な努力がはらわれてきた.19世紀以前にえられたものよりもより確実な知識に基づいた見解をわれわれが有していることは明らかである.1603年に王室の後見をえた男として,シェイクスピアは政治的世界に敏感にならざるをえなかった.特に歴史劇において,政治的宣伝とか教訓を提供しようとしはじめたかどうかが議論されている.エリザベスの治世の強力なナショナリズムは,文献によって

簡単に証明されるが，シェイクスピアに対して強い影響を与えたにちがいない．経済理論を理解できていようといまいと，彼は確かに実際的な財務処理にたけていた．現在では，彼の経済上の成功，資産の所有に関することを立証できる．そしてもちろん，役者や劇作家の社会的，経済的地位の向上は，歴史の方程式にもうひとつの変数を加え，以前には放浪者とみなされていた役者の一団に新たな社会的地位が与えられる．民衆の気晴らしや習慣についての知識があれば，特定の劇作品の部分的な個所についてだけでなく，演劇に対する全体的な衝動を理解する助けになる．シェイクスピアが哲学的仮説や傾向をもっていれば，彼の劇作品にその重要な結果が現れてくる．しかし問題は，そのような哲学的仮説とはどんなものであったのかということである．彼と同時代の人間の文学的，哲学的書物を読んで，多くの学者は当時の「世界観」がどのようなものであったかという合成観念，模範的観念を描いてみせた．しかし，シェイクスピア自身がなにがしかの哲学体系を遵奉していたかどうか疑わしい．しかもそれが劇作品からの「証拠」によるとあっては，そこへ足を踏み入れたら最後，それが定着するにはそれ相当のほこりを舞い上げる．しかし確かなことは，この時代の科学的，倫理的，政治的，精神的世界についての観念は，今日20世紀のそれとは異なるということである．これらの領域についての歴史的知識をもてば，少なくとも途方もない間違いを犯さないでもすむ防壁にはなるであろう．またそうかといってそれがまったく正確な解釈を提供するわけではない．繰り返すが，シェイクスピアの置かれた状況を理解するときに，唯一の状況においてのみ理解し，楽しむことができるなどというように思い込んではならないのである．

時代の歴史的細部を知ることは，また劇場についても学ぶということである．劇場や劇団や役者たちに関する主要な研究も，20世紀になって行なわれるようになった．過去の批評は，エリザベス朝の劇場の事情をほとんど無視していたのである．しかし徹底した演劇人としてのシェイクスピアは，実際的，日常的な諸問題に直面しなければならなかったし，多くの点でそのことが彼の芸術を形づくったのである．シェイクスピア劇団にリチャード・バーベッジ Richard Burbage という役者がいたということが，ハムレットや，リア王，オセロウ，マクベスなどという偉大な悲劇的登場人物を可能にした．劇団の人間が誰も演じられないような劇的人物を創造するわけがないのである．

劇場はどのような建物だったのだろうか．どのような利点や限界をもっていたのだろうか．舞台が突き出ていたために，独白や傍白が納得できる劇的手法となっていたことは明白である．なぜなら，突き出し舞台によって役者はそれだけ観客に接近して，密かに心の内を伝えることができたからである．国王劇団が，グローブ座以外にも，私的な室内劇場であるブラックフライアーズ座でも定期公演を始めるとしたら，シェイクスピア劇はどうなるであろうか．批評家は，シェイクスピアが客の入りをねらって書いたということを，折に触れて観察する．確かにシェイクスピアは観客の心に訴えた．しかしどういう人間が観客を構成していたのか．彼らはどういう社会的，経済的集団に属していたのか．彼らの趣味や期待はどのようなものであったのか．さらに，シェイクスピアの同輩の劇作家は誰か．シェイクスピアはどの程度彼らと面識があり，どの程度彼らの作品を知っていたのか．彼らはシェイクスピアにどのような影響を与えたのか．シェイクスピアは誰

と合作したのか．当時の演劇についての知識を得れば，シェイクスピアの劇的コンヴェンション[4]や技法の多くが当時広範に受容されていたものであることが理解されるであろう．

　もうひとつの劇場的批評の方法は，17世紀以来の演劇上演史を探究し，それによって舞台伝統や，演出の変化を実証することである．過去の偉大な役者たちが，どのようにシェイクスピアの人物を演じてきたかをみれば，たぶん以前には気づかなかった局面とか，微妙な点などが明らかになる．劇作品の舞台上演はエリザベス朝の劇場とそっくりに上演を再構成しようとすると，歴史的な研究にかかわってくるし，また，現代的な上演として再構成しようとすれば，それは直ちに実践的研究にもなりうる．このどちらの場合においても，読むだけでは簡単に見逃してしまうような諸問題と取り組み，解決しなければならないのである．たとえば，『リア王』で，グロースターがドーヴァーの断崖から身投げしたと思いこむ場面をどう演出したらよいか．『ハムレット』の亡霊についてはどうか――実際に舞台上の人物として演じるのか，舞台裏の声のみにするのか．このような疑問を挙げたらきりがない．とりわけ劇場批評はこれらの疑問に答えようとするものである．

---

[4] 芸術上の伝統的な約束ごとのことをコンヴェンション convention という．演劇においては，現実感をもたせるのに必要なものとして考案され，広く一般に受け入れられてきた芸術上の手法，あるいは修辞的技巧のことである．ここからさらに作品に繰り返し現われて，すぐにそれとわかる主題，形式，技法などの構成要素も意味するようになった．いろいろなタイプの性格，さまざまな筋だて，韻律の形式，言葉や文体などがこのなかに含まれる．

2. ジャンルによる批評

　第2章で明らかなように，批評の膨大なエネルギーが，ジャンル——喜劇，歴史劇，悲劇，ソネットといった様式の研究に費やされてきた．しばしば批評家は，こうしたジャンルのなかに下位カテゴリーを立てた．たとえば，問題劇とか，諷刺的悲劇とか，ローマ史劇，ロマンス劇，パストラル風喜劇，悲喜劇などである．『ハムレット』のなかでポローニアスが挙げた，そのような諸形式の有名なリスト[5]の全項目に，われわれはまだ到達していない．エリザベス朝において，このような諸形式はどのように定義され，実際に理解されていたのだろうか．芸術の実践者は，アリストテレスの悲劇論に影響されたのか，それとも16世紀のイタリアの批評家の影響を受けたのか．シェイクスピアの悲劇は，アリストテレスの悲劇論，あるいはギリシア悲劇についてのわれわれの知識とどのように異なっているのだろうか．見たところ，『ロミオとジュリエット』は，後の悲劇『ハムレット』とは異なっている．シェイクスピアの悲劇の創作においてある種の発展があるのだろうか．それは他のジャンルについても浮かんでくる疑問である．喜劇は，その主題，構造，形式によって定義されうる．あるいは，もっとも明らかな特徴として，喜劇的人物を強調する人もいるであろう．シェイクスピアの喜劇は，たとえばジョンスンのそれと精神において，また形式においてどう違っているのであろうか．歴史劇とは何か．その先行作品は何であったか．彼以外に

---

　5) 2幕2場 392-398参照．引用はすべてニュー・アーデン版（p. 67 参照）によっている．

誰が英国史劇を書いたか．シェイクスピアが体系的な形式論を持っていなかったということ，また，劇作品があるジャンルの概念にぴったりあてはまるかどうかということなどより，次の芝居をどう仕上げようかということの方に彼は心を砕いていたということが想像される．ある批評家たちの意見に従えば，われわれはジャンルとしてのシェイクスピア悲劇とか喜劇とかをうんぬんすべきではなく，そのかわり前後の作品と結びつかない，各々が独立した存在である作品群としてのシェイクスピア悲劇とか喜劇というべきである．文学理論に関するシェイクスピアの批評的知識について，われわれがどのような結論に到達しようと，最初批評論文に没頭し，それから作品を書き始めたなどということはありえないと考えたほうが安全であろう．そのようなことは創造的天才の常道ではないからである．

3. 心象と言語分析による批評

衒学的な伝記的批評とか歴史的批評の過度の風潮に対する反動の一部が，「新 批 評」(ニュー・クリテイシズム)という波となって，20世紀初頭の2, 30年間に批評界を席巻した．これは詩的言語の徹底的探究を優先する（ということはもちろん，シェイクスピア研究の枠を超えたものである）．読者は，作家の伝記とか，作品を書いたときの歴史的環境などにかかわるべきではない．感受性の鋭い読者は，劇作品（その他）を詩として反応してゆくべきであり，極端にいえば，読者は，ただ机の前に座ってテキスト以外のものは何も置かず（たぶん注の類もみな切りとってしまって），ひたすら芸術作品に向かってゆくのが理想である．ここに潜む功罪はそれぞれ大

である．この研究法は，シェイクスピアが偉大な詩人であることを認識させてくれたが，同時に偉大な劇作家でもあることを忘れさせてしまう危険性があるのである．この研究法を極端に拡大すると，それぞれの劇作品はひとつの広大な形而上詩ということになるであろう．しかし他の批評の学派で，これほどシェイクスピア教育の実際面に大きな影響を与えたものはなかった．それはシェイクスピアの詩——韻律とかリズム——の特殊研究へと導いたし，これらの要素がどれほど詩的な意味を理解するのに役立つかを教えてくれた．多くの書物や論文が，込み入ったシェイクスピアの言語——言葉遊びや，多義性，逆説，諷刺などを探究してきた．エリザベス朝の劇場の設計そのものが，言語の強調を促した．突き出し舞台のため，必然的に役者のせりふに全焦点が集まる．そのため，劇はいい意味で「饒舌」であった．限られた印刷物，限られた読み書き能力のために，この頃は話し言葉による情報伝達の時代だったのである．劇場もそのひとつの現われにすぎなかった．言葉に対する感受性こそ，グローブ座で立ったり，座ったりして見物していた人間にとって決定的なものであった．現代のわれわれにとっても，そのことに変わりはない．

　言語に関する研究でもっとも重要なものは，心象の研究と分析であった．この批評方法は，1930年代にもっとも活発となり，いくつかの極めて可能性を孕んだ研究が現われた．今日では，劇作品のイメージを取り上げて論じることは広範に行なわれており，かなり多くの書物が，この特殊な批評法に没頭している．個々のイメージを吟味したり，あるいは分離したり，またそれらをグループにまとめた研究がいくつかある．たとえば，『リチャード2世』の広範な太陽イメージや，『ハムレット』の病(やまい)のイメージ，

歴史劇における庭のイメージなどを実証してみせる．イメージの型とは反復的イメージのことで，ある意味を持つように秩序立って繰り返されるイメージのことを指すときにしばしば用いられる言葉である．あるいは，特定のイメージが作品中で幾度かまとまって見出されることもある．ある批評家たちは，単一のイメージが作品全体の構造を形成すると考えてきた．『リチャード3世』においては悪のイメージが深く浸透して，それを中心に劇が出来上っていることを示している．シェイクスピアは，明らかにイメージを主題や性格の説明のために用いているのである．リチャード2世を「輝くパエトン」[6]というイメージで想起して初めて，彼の劇的性格の一部を理解できる．あるいはまた，リア王に付きまとって絶え間なく現われる嵐のイメージを想起するとき，必ず彼の精神内部で荒れ狂う嵐を反映していることを感じとる．言い換えれば，シェイクスピアのイメージが単に装飾として用いられることはめったにないのである．それらは何らかの劇的機能をもっている．最近の研究では，劇の上演の際に生じる視覚的イメージ——ジェスチャー，ポーズ，衣装の重要性が強調されている．『リチャード2世』の4幕で，リチャードとボリンブルックの2人が王冠を同時に手にする瞬間がある．これは王位獲得闘争のあざやかな象徴である．そのことはまた王冠という象徴によって示された抗い難い権力を表わしているのである．シェイクスピアの心象研究はいっそう拡大され，劇作家としての彼の発展を心象の用い方によってたどることが試みられてきた．彼のイメージが，

---

6) 太陽神ヘリオスの息子．日輪の車を借りたが，それが地球に接近して危険となったので，ゼウスが雷の斧で彼を打ちのめし，世界が火事になるのを救った．

主として装飾的にみえる初期の気まぐれな用法の時期から，イメージが劇的行動や，性格，主題などと十分に統合されるまでを跡付けようとするのである．

4. 性格論

ジャンルの形式と言語の問題に加えて，多くの批評家は性格研究に没頭してきた．これがもっとも古くからある研究法の1つであることは確かである．性格分析は，劇作品そのものの本性と分かちがたく結ばれている．アリストテレスは，劇の本質はプロットにあると主張したが，読者として，また劇場の常連としての経験からすれば，もっとも心に残る要素は登場人物の際立った性格であって，それはおそらく何よりもシェイクスピアの悲劇をみれば明らかな事実である．登場人物があまりにも真に迫っているので，批評家はまるで彼らが真実の人間で，創作上の人間ではないかのように論じたくなる．あるいは，まるで彼らが劇を超えた存在ででもあるかのように論じたくなる．その極端な例が，シェイクスピアの女性たちの幼児期を扱った19世紀中葉の研究であった．この批評的研究に潜在する問題が，例の「木を見て森を見ず」の変種であることは明らかである．ひとりの主要人物を理解できるとしても，劇全体を見失ってしまうのである．どのような動機からイアーゴウは行動するのであろうか．レオンティーズを突然襲った理不尽な嫉妬の原因は何であろうか．問題は次々と増えてゆくであろう．しかし重要な点は，われわれの関心が性格的な動機づけにあることである．ハムレットの行為（あるいは無為），そしてまた，彼の行為（あるいは無為）の理由を説明しよう

22　第1章

として，どのくらい多くのことが書き記されてきたであろうか．書かれてきたものから判断するとすれば，ハムレットは，あらゆる西洋文学のうちでおそらくもっとも魅力的な人物であり，人物創造の力を示した非凡な例なのである．

5. 心理分析による批評

　性格論はすべて心理分析的批評にいたる．ほとんどのルネッサンス劇，特にシェイクスピアの作品にみられる人物の複雑な心理は，中世劇との決別を示す目立った特徴であるといえる．フロイトのおかげで，それが妥当かどうかはともかく，ハムレットはエディプス・コンプレックスに悩んでいるなどと気安く意見を言ったりすることもできる（フロイト自身は，もちろん，彼の著作で豊富にシェイクスピアを引用している）．精神分析学的な批評は啓発(イルミネーション)の火花を散らせてきたが，それが勢いよく燃えるか，くすぶる程度であるかは，批評家がどの程度人物の虚構性を忘れないでいられるかにかかっている．問題が錯綜してくるのは，作者が与えた声と言葉以外には，登場人物が精神分析学的質問に答えてくれないためである．ルネッサンス時代の心理を定義し，その光を当てて，劇を概観しようとする研究がなされてきた．劇作品に言及されていることを多く理解するためには，基本的なエリザベス朝の心理学的知識——たとえばユーモアの説[7] などを知っておかなくてはならない．しかし，仮にルネッサンス時代の憂鬱病 melancholy についての論文をすべて読んだところで，ハムレッ

---

7) 血液，粘液，黒胆汁，黄胆汁の4つの種類の体液によって，その混ざり具合で人間の体質，気質が決定されるという説．

トに対するわれわれの反応とか，彼の性格構造などを究極的に説明することはできない．

6. 主題による批評と神話批評

　主題による批評の追究，つまり，やや小集団だが，常に論争を引き起こしている批評家たちは，シェイクスピアのいわゆる「キリスト教的」研究を行なってきた．正しい生き方をするために，シェイクスピアは，どのような教訓を与えてくれるかが幾世代にもわたって掘り起こされてきたのである．初期のシェイクスピア教育では，このことが目的のひとつになっていた．しばらくの間，牧師は，さまざまな程度の実際的知識に応じて，シェイクスピアから勝手に借用し，主題にぴったりとした引用を行なうのが普通のことであった．最初の頃の反応の多くは，よい作者であるためにはまず善良な人間でなければならないという観念と結びついていた．シェイクスピアは，ゆるぎないキリスト教文化の中心で育った．しかし彼が個人的にどれほどの信仰心をもち，それを実践したかについては，英国国教会で洗礼を受け，結婚し，葬られたことしかわかっていないのである．いくつかの研究は，彼が明らかに広い聖書的知識をもっていて，それが彼の劇や詩に反映されているとしており，これについては議論の余地がない．しかし批評家が特定のキリスト教的教理によってひとつの作品を解釈し始めると，困難がもちあがる．ある一群の劇の結末，あるいは全体的主題が特にキリスト教的といえるのであろうか．『以尺報尺』の公爵は，神の摂理を代表しているのであろうか．オセロウは救いを見出すであろうか．論争の種となってきた問題は挙げればき

りがない.「キリスト教的悲劇」などという本質そのものが批評的には難問で,いくぶん矛盾しているように思われる観念である.[8] 晩期のロマンス劇は宗教的アレゴリーとみなされてきた.そこにはキリストの象徴があちらこちらに見出される.この特殊な研究法はうまくいったときは劇作品に新しい視野を与えてくれたことも事実であるが,その危険性は明らかである.

キリスト教的研究法に近い,ある意味ではこの変形ともいえる研究法が,広範な領域にわたる神話批評である.この種の分析の中心をなすものは,シェイクスピアがさまざまな異なった文明に共通の神話の世界に入りこみ,それを反映しているという考えである.演劇そのものが,一種の祭儀的形式とみなされる.あるいは少なくとも祭儀的特質をもっていて,役者と観客との間に共同参加の関係を作り上げる.シェイクスピアが古典神話や古代神話体系を用いたことは,容易に作品のなかに見て取ることができる.しばしば,シェイクスピアは劇をまとめたり,その構成を考えるときに,ある特定の神話を頭に浮かべていたらしい.彼が,ピラマスとシスビー[9]や,ヴィーナスとアドーニス[10]の話を利用

---

8) 悲劇は偉大な主人公の没落と死を描くのであるが,キリスト教においては人間の肉体的死がすべての終わりではなく,悲劇でもない.

9) ギリシア神話の人物で,バビロニアの青年ピラマスと美しい乙女シスビーは恋人同士であった.2人は壁を隔てた隣同士に住んでいたが,親たちが結婚を承知しないので,あるとき,町の外のニノスの塚で落ち合うことになった.シスビーが約束の場所へ来てみると,そこへ一頭のライオンが現われ,彼女はマントをそこに落したまま逃げた.ライオンは獲物を食べた後の血だらけの口でそれをくわえ,引き裂いた.同じ場所へ今度はピラマスがくる.彼は,シスビーがライオンに殺されたと思い,剣を胸に突き刺して死ぬ.そこへシスビーが戻ってくる.彼女は,ピラマスの死とその原因を知って,自らも生命を断つのである.シェイクスピアは,この話を『夏の夜の夢』で利用しているし,

していることは明らかである．リア王とかシンベリンの伝説などは，曖昧な擬似歴史書から題材をえたもので，シェイクスピアはそれらを劇に作りかえているのである．批評家たちは，特に**喜劇**とか，フォルスタッフのような人物において，一種のサトゥルヌス神話[11]——社会全体が祭りで浮かれ騒ぐ全過程——が反映され，具体化され，それがシェイクスピア時代にまだそういう習慣や慣例が生きていたことを想起させると考えた．祭日儀式と演劇との間になされるべき美的な区別が魅力的な批評をもたらした．季節神話の観念が，悲劇と喜劇の本質の底流をなすものとみなされるようになった．冬の夜話が悲劇であり，それに対して夏の，生命の復活する精神が喜劇なのである．このような批評は，人類学と集団心理学の問題を探究しているのである．この分析法は，他の方法と同じく，劇場という場を忘れる危険がある．しかし，こうした批評的研究によっても真実を明らかにすることになれば，シェイクスピアが無学な天才であったとする考え方は偽りであることがはっきりと示されるであろう．

　『ロミオとジュリエット』との関係も指摘されている．
10) 春の女神（ローマでは愛と美の女神）ヴィーナスは，キューピッドの矢に触れ，美少年アドーニスを愛する．アドーニスはヴィーナスの忠告に耳を貸さず，野猪狩りに失敗して死んでしまう．悲しんだヴィーナスが彼の上に神酒を振りかけると，彼の姿はアネモネになったという．彼は毎年，4ケ月は下界の女王ペルセポネと，4ケ月はヴィーナスと，残りの4ケ月は自由に過ごすという．これは主に植物の一年の周期を象徴するともいわれる．シェイクスピアは物語詩『ヴィーナスとアドーニス』を書いている．
11) 古代ローマでは，12月中旬に収穫祭が行なわれ，底ぬけのお祭り騒ぎとなった．公務は祭りの間一切行なわれず，罪人の処罰もなく，奴隷も解放された．シェイクスピアの喜劇との関係については，バーバーの項（本書 pp. 73-75）参照．

7. 本文批評

　最後に取りあげる批評学派は，シェイクスピア研究に非常に大きな影響を与えたという点で注目に値する——すなわち本文批評である．すでに述べたように，この学派の研究者たちは，おそらく20世紀において他に類をみない貢献をしてきた．研究者も読者も自己の用いる版本の性格に無関心であることが多い．確かに，第2章で取り上げられた標準本であれば，そう大きな間違いを犯すことはないだろう．しかし，いままで必ずしも誤ちを犯さずにきたとは言い切れないのである．初期の多くのテクストは，詩的な理由であろうと倫理的な理由であろうと，編者の気まぐれに従って印象派的とも言える方法で編纂されたり，改訂されたりしてきたのである．本文批評は，客観的，科学的方法を発展させてきたが，依然としてひとつの技術(アート)である．この研究法の基本は，シェイクスピアの書いたものを決定しようとすることである．つまりシェイクスピアが作者であるかどうかが問題なのではなく，文字通り作者の書いたものを決定しようとするのである．ここでは正しい理解とか分析は，確かな，信頼できるテクストによってのみ可能になるとの確信がある．シェイクスピア批評史においては，批評家が，お粗末で不正確なテクストに基づいて論じている例が数多くあり，このような場合はその解釈そのものをも損ってしまっている．

　本文批評は，フレッドスン・バワーズ Fredson Bowers によると，少なくとも3つの大きな問題を扱う．(1) 印刷所原本の性質を決定すること．つまり，何に基づいて印刷されたのか——作家

の原稿か，筆写者原稿か，劇場のプロンプター[12]の原稿か，などである．(2) 現存するあらゆるテクストの関係を確定すること．たとえば，『ハムレット』には3種類の異なった版がある．それらは互いにどういう関係にあるのか．確かな版をつくるためにはどのテクストが権威あるものなのか．あるいは，現存するいろいろな写本によってさまざまな読みができるが，その元となる唯一の写本はあるのであろうか．(3) 印刷過程の性質を理解すること．テクストの伝達の際にそれがどのような作用をもたらしたかを知るためである．1ページを活字で組むときの典型的な方法はどのようなものであったか．ある印刷所の日常の作業手順はどのようであったか．その印刷所には印刷機が1台であったか，2台であったか．もちろん疑問はこれだけに留まらないが，こうした疑問を提出することは，記述的，あるいは分析的書誌学[13]にかかわってくる．つまり，それは「科学」，すなわち書物の物理的な成立過程を明らかにすることなのである．印刷過程の研究は，ある場合には，印刷の活字を拾った植字職人の発見やそれが誰であるかの鑑定につながっていった．彼らの綴りの癖や好みが本文に反映されているのである．しばしばわれわれはシェイクスピアの綴りではなく，植字職人のそれを読んでいることになる．第1・2つ折本については，かなりの正確度で，5人かおそらく6人の植字職人が識別されているし，また彼らの組んだ部分もわかっている．こうした問題がすべて，本文校訂者たちの編集作業に深い影

---

12) 役者がせりふを忘れたときなどのために控えている後見的な者のこと．
13) 記述的 descriptive あるいは分析的書誌学 analytical bibliography とは，書物が成立してゆく過程を理解しようとして，書物を物理的対象として研究することをいう．ここにはどのようにして印刷されるかという考察も含まれている．

響を与えているのである．コンピューターすらいまでは証拠の選別を助けるようになり，研究のための信頼できる基礎を提供している．この全批評活動の初期においては，ときに「新書誌学」[14]といわれていたが，方法論的「規則」に従いさえすれば，あらゆる問題が直ちに解決すると思った者もいた．しかし今日ではそれほど楽観的ではない．おのおのの問題が解決しそうになると，さらにまた別の問題が起きてくるのである．しかし本文批評は，挑戦する価値のある，しかも厳密な知性を要する領域であり，これに携わる理論家，専門家たちの間に活発な論議を引き起こしている．

主要な研究者と批評家について

ここでは現在および過去の指導的な立場にある学者や批評家を選び出してみたいと思う．選び方はどうしても主観的になってしまうが，気まぐれなものではない．シェイクスピアに関する研究書は膨大な量に及ぶため，どのような選び方をしてもそれは危険なものになってしまうし，また確かにむずかしいことである．ここで叙述するものは，シェイクスピア批評についてのベスト・テンを示そうとしたものでは決してない．せいぜい特別影響力の強かった研究者を扱っているにすぎない．もっと単純な時代には，傑出したシェイクスピア学者をただひとり挙げることもできたであろうが，いまそうすることは，盲へびにおじずに等しい．ここで名があがっている者の多くは，第2章でもっと詳しく扱うつもりである．

サミュエル・ジョンスン Samuel Johnson (1709-84) は，18

---

14) 本書 p. 166 参照.

世紀の新古典主義批評の典型であり，また同時に反動でもある．
『シェイクスピア序説』 Preface to Shakespeare (1765) は重要な
評論であり，彼の意見によれば，シェイクスピアは生まれながら
の詩人であり，風俗や，人生に対して鏡を向けている[15]．登場人
物たちは人間性一般をあるがままに引き継いで生まれた．われわ
れは彼らを容易にそれと見分けることができる．奇妙なことに，
ジョンスンはシェイクスピアの真の才能が喜劇にあって，悲劇に
はなかったと考えている．批評の伝統に反撥して，ジョンスンは
シェイクスピアを例の三一致の法則の順守[16]という問題から解放
した．同時に彼は悲劇的場面と喜劇的場面の共存を認めた．賞賛
のほうがあら探しを充分に補っているが，ジョンスンは一連の問
題点を述べ，自らの版本の注で詳しく取りあげている．彼の不満
は，筋が首尾一貫せず，道徳的教育の機能をシェイクスピアが満
たそうとしていない点にある．シェイクスピアはすぐ駄洒落に熱
中したがる——ジョンスンの有名な言葉であるが，「クレオパト
ラの宿命」[17]である．ジョンスンがスタイルや劇的構造に関心を
向け，登場人物たちの重要性を認識し，三一致の法則についての
議論を終わらせたことなどは，すべてが彼の鋭敏な批評的精神の
活動を示しているのである．

　批評の風景にそそり立つ次の批評家はコウルリッジ Coleridge

---

15) 『ハムレット』に，「演技の目的とするものは，昔から今にいたるまで，い
　　わば自然に対して鏡を向けることだ」（3幕2場21-22行）とある．
16) 三一致の法則については，本書 p. 3 参照．
17) ジョンスンは，シェイクスピア論のなかで，「地口はシェイクスピアにとっ
　　て，クレオパトラの宿命である．それを得るために彼は世界を失ったが，失っ
　　たことに満足しているのだ」と言っている．この "the fatal Cleopatra" は
　　Mahood の書（本書 p. 161 参照）の第1章の題目にもなっている．

(1772-1834)である．彼はいかなる時代にあろうとも第一級の批評家である．コウルリッジはシェイクスピアについての書物を書かなかった．彼のシェイクスピア論は各所に散在する寸評，エッセイの一部分，講演などに見出せる．彼の結論を読み取るにはそれらはいくぶん断片的であるが，いくつかの基本的な考えはそこに現われている．彼はロマン派最高の批評家であって，初期の批評が新古典主義の法則を高く評価していたことに反撥した．コウルリッジにとって，シェイクスピアの形式は絶対に機械的なものでなく，有機的なものである．有機的形式は生得のものであり，したがってそれは内部から自然に形成され，発展してゆく．コウルリッジによれば，シェイクスピアは偉大な劇作家であって同時に偉大な詩人なのであると強調する．不思議なことに，彼以前にはこの明白な事実に注意を払う者がほとんどいなかった．このような前提に立った，論理的，批評的展開が，「新批評」の一派やその他の者たちの綿密な詩の読解に見られることになる．極端に走ったときコウルリッジは，自己をハムレットになぞらえたりしたこともあるが，それ以上に真剣に，彼はシェイクスピアの創作における心理的，倫理的感受性を観察し，登場人物を重視する道を示した．不信の念を自ら進んで停止する態度[18]が，詩への信念をつくりあげる．この主張は，明らかにわれわれの演劇に対する理解へとつながってきている．彼の散在する劇評は洞察力に溢れているが，上述のような考えこそ，シェイクスピア批評に対してコウルリッジが残した遺産の，より永遠に価値をもった部分なのである．

---

18) 虚構の内容を真実ではないと言って不信の念を持つのではなく，想像上の真実の表現として受け入れること．

A. C. ブラッドリー A. C. Bradley (1851-1935) は，20世紀初頭にそそり立つ巨人である．彼の悲劇論は今世紀最大の業績となった．しかし真実のところブラッドリーは，ヴィクトリア朝批評の頂点に位置するものとみなしてもよい．どちらにしても，彼の細部にわたる性格分析，それを第一義としたことは現在でも変わらずに魅力的な批評方法である．E. E. ストール E. E. Stoll (1874-1959) の著作でもっとも有名なものは *Art and Artifice in Shakespeare* (Cambridge Univ. Press, 1933) であるが，これはブラッドリーとまったく正反対の批評方法をめざしたものである．彼の見解もまた長期にわたって影響を与えてきた．彼は書誌学的批評とか性格批評を修正し，そのかわりに劇作品を環境という光にあてて判断すべきだと主張したのである．彼はシェイクスピアに反映されている当時の劇的コンヴェンションを強調し，そうすることによって歴史的批評の全面的発展へと扉を開いた．芸術的水準についてストールはいう，「もっとも偉大な劇作家というものは用心深いものだ．たった1人の登場人物に対してというよりはむしろ，劇全体に対してそうである．まったく，彼は行動のさまざまな可能性とか，登場人物の心理などを観察することよりもむしろ，観客の心理を観察する．彼らのために行動と人物の枠を組み立てる」(原本 p. 168)．シェイクスピア芸術は，実人生に対して真実であろうとするのではなく，芸術に対して真実であろうと心を配っているのである．ストールは，ブラッドリーにもまして，演劇人としてのシェイクスピアを強調する．（ストールの研究書は，アメリカ人によってイギリスの出版社から発行された最初の主要な書物であった．）

今世紀初頭に活動を始めたその他の批評家は，特に歴史的批評

や研究の方面で貢献している．E. K. チェインバーズ E. K. Chambers (1866-1954) の著した4巻からなるエリザベス朝舞台劇研究と資料収集という記念すべき業績は，学問研究の発展に大きな影響を与えた．同じく彼の集めたシェイクスピアの生涯に関する資料は，いまでもそれを越える業績が見当らない．ハーディン・クレイグ Hardin Craig (1875-1968) は，校訂者としても，偉大な教育者としても知られているが，シェイクスピアがどのような哲学的，歴史的状況のなかで創作したかを明らかにすることに貢献した．その方面の批評的関心を E. M. W. ティリアード E. M. W. Tillyard (1889-1962) も抱いていた．彼の著したエリザベス朝に関する手ごろな著書は，エリザベス朝の人たちの受け継いだ正統的な，ヒエラルキー的[19]な世界観についての古典となった．ティリアードは初期の喜劇論や後期のロマンス劇論も書いているが，大きな影響を及ぼした歴史劇に関する著作でもっともよく知られている．歴史劇に関する彼の洞察力と解釈は，しばらくの間定説となり，それ以後異論も提出されているが，依然としてそれはシェイクスピア批評の画期的な業績である．

書誌学的研究や本文研究の新しい方向が，多くの学者によって促進された．R. B. マッケロウ R. B. McKerrow (1872-1940), A. W. ポラード A. W. Pollard (1859-1944), W. W. グレッグ W. W. Greg (1875-1959), ジョン・ドーヴァ・ウィルスン John Dover Wilson (1881-1969) などである．彼らの研究から

---

19) 位階の観念については，シェイクスピアが『トロイラスとクレシダ』でユリシーズに語らせている有名な個所がある．第1幕3場75以下参照．またヒエラルキーについては，本書 p. 121 注34), 秩序については p. 92 の注17), pp. 183-184 の注92), 93), 94) 参照．

代表的なものを選び出すのは難しい．彼らは多くの，さまざまな著作を生み出したからである．マッケロウの書誌学入門と，ポラード（およびレッドグレイヴとの共作）の，イングランド，スコットランド，アイルランドで1475年から1640年の間に出版されたすべての書名を載せた *Short-Title Catalogue* は，いままで測り知れないほど役立ってきたし，またそれ以後の補足的研究を可能にしてきた．グレッグの印刷原本の原理についての重要な研究論文，王政復古期にいたるまでの出版された英国劇の書誌，また第1・2つ折本に関する書などは，校訂に関する研究に大きな貢献を果たしてきた．ウィルスンは，『ハムレット』論や，喜劇論を著わし，また，ニュー・ケンブリッジ版の編纂者として，数々の新しい校訂の方法を探究した．

キャロライン・スパージョン Caroline Spurgeon (1869-1941) と，ヴォルフガング・クレメン Wolfgang Clemen (1909年生まれ)〔共に第2章で論じる〕によってなされた初期のシェイクスピア心象分析は，後の多くの批評的研究に影響を与えた．スパージョンの理論はかなり修正されたが，心象についてのほとんどの研究は彼女の著書から始まっているのである．しかし残念なことに，彼女は心象を基礎として，人間シェイクスピアに関する結論を導いてしまい，心象が劇作品について明らかにするものを分析することで満足しなかったのである．クレメンの書は，1936年にドイツ語で出版され，1951年に英語に翻訳されたが，これはシェイクスピアの心象の用法の発展を探究している．G.ウィルスン・ナイト G. Wilson Knight (1897年生まれ) の多くの批評的業績もまた1930年代になって全面的に世に出たが，彼も心象研究の方面で影響力をもった研究者である．ナイトのことを劇作家の心象

についてだけ探究する批評家とみなすことは,あまりにも彼を狭い視野で捉えてしまうことになる.多くの論文で,彼は心象を重視しているのだが,彼の非常に形而上学的で,宗教的で,象徴的,空間的な演劇のヴィジョンは,どのような単一の範疇にもぴったりとはあてはまらない.最終的に彼の論文に不賛成であろうとも,彼は必ず劇作品や詩作品に対する視野を与えてくれる.

最近はさらに研究書が大量に出版され,その貢献したものからは,ほんのわずかな人物しか紹介できない.G. E. ベントリー G. E. Bentley とアルフレッド・ハーベッジ Alfred Harbage は特に留意しておく必要がある.ベントリーの7巻にものぼるジェイムズ1世朝とチャールズ1世朝演劇についての資料の編纂は,これからの研究のはずみがつくであろう影響力のある基礎をなしている.また彼のシェイクスピア劇の舞台,同時代を通じての劇作家という職業に関する研究書は,自らまとめた研究材料を利用したもので劇場に関する重要な問題の分析を行なっている.ハーベッジは,いくつかの劇作品を編纂し,ペリカン・シェイクスピアの編集主幹であるばかりでなく,重要な歴史的研究を行なった.主なものは,*Shakespeare's Audience* (1941), *As They Liked It* (1947), *Shakespeare and the Rival Traditions* (1952) などである.ハーベッジの劇場観衆の構成についての考え方,また大衆劇場[20]と私設劇場[21]との深い亀裂についての論文は,反論されてはいるが,彼の貢献は大きいのである.

---

20) 大衆劇場 public theatre とはエリザベス時代の常設劇場のこと.ロンドンの城外にあり,桟敷以外には,見物人の席は露天であった.一般大衆は誰でも受け入れられるようなものであったのでこの呼び名がある.グローブ座やスワン座などが有名である.

ジェフリー・ブラウ Geoffrey Bullough と S. シェーンボーム S. Schoenbaum も歴史的伝統の研究をしてきた. シェイクスピアの典拠となった物語や劇に関して, ブラウが集めた膨大な量の資料は, 重要な学問的業績であり, 材源の確かなテクスト, 材源への広範な手引きになっている. この労作に取って替わるようなものはありそうにもない. シェーンボームはハーベッジの *Annals of English Drama* を改訂しているが, シェイクスピアに限った, 彼の主要業績は, シェイクスピアの伝記分析である. この伝記に関する重要な書物は, シェイクスピアの生涯を構成するための膨大な材料を徹底的に検討している. シェイクスピアの各種の伝記が増えるにつれ, 伝記的事実の概観と評価を行なう時期が確かにきていたといえる. シェーンボームは, その問題をウィットに溢れたすばらしい腕前で料理してみせている.

現代は多くの重要な本文研究を生み出してきたが, その主要な貢献者のうちにフレッドスン・バワーズ Fredson Bowers とチャールトン・ヒンマン Charlton Hinman が挙げられる. 現代の書誌学的研究はしばしば「バワーズ時代」と呼ばれている. これは彼の研究が与えた影響の大きさの証拠である. 彼の書誌学[22]の原理や本文校訂の方法は多くの人の手本になってきたのである. *Studies in Bibliography* の編集は, 新しい研究の出発点となり, それ以後の研究の水準を高めたのである. ヒンマンの業績の頂点

---

21) 私設劇場 (private theatre) とは子供劇上演のために主として用いられた劇場. 多くは個人の家の室内に舞台を作り, セント・ポール寺院などの合唱隊の子供が役者を務めた. 大衆劇場が主として成人男優によって演じられたのと対照的である. ブラックフライアーズ座 (ブラックフライアーズ僧院の一部にあった) などが有名である.

22) 書誌学 bibliography とは, 一般的にいって書物とその制作 (原稿, 印刷, 製本など) の研究のことをいう.

は，シェイクスピアの第1・2つ折本の印刷と校正に関する2巻からなる研究である．2つ折本の多くの印刷所原本に非常な努力で検討を加えた結果，どのようにして2つ折本が編集されたのか，またその他多くの細部がその刊行とどう関連するのかについての結論が生み出された．ヒンマンの行なった本の活字を拾う植字職人の研究は，現在その後の植字職人研究によって補足されつつある．

シェイクスピア研究に対する著しい貢献がシェイクスピア作品刊行の編纂者によってなされてきたが，特にケネス・ミュア Kenneth Muir とジェイムズ G. マクマナウェイ James G. McManaway の2人が挙げられる．ミュアはいくつかの劇作品を編纂し，シェイクスピアについての研究書を6編ほど書いている[23]．過去10年間彼は *Shakespeare Survey* の編集主幹を務めてきた．マクマナウェイは，本文批評に関する研究状況の毎年の分析と書評を数年間にわたって *Shakespeare Survey* に寄稿した．そのかたわら本文校訂やその他いろいろな問題に関する彼自身の研究を行なった．たぶん彼のもっとも重要な学問的貢献は，20年間にわたる *Shakespeare Quarterly* の編集である．それによって彼は出版上厳格な基準を打ち立てる役を果たした．最近，彼は有益なシェイクスピア書誌を共著で出版した．同じように，J. リーズ・バロル J. Leeds Barroll は *Shakespeare Studies* を，それが発刊された1965年から指導し，この学術雑誌を批評的，学問的な両面でなくてはならないものにしている．

上記のどれにも増して評価の困難なのが，劇作品や詩作品に関

---

[23] その後もミュアはいくつかの研究書を出版している．本書巻末の参考文献目録参照．

する膨大な分析批評である．このうちのどの論文や書物が影響力をもち，生きながらえてゆくのであろうか．確実なことはわからない．だが少なくとも2人の批評家，ノースロップ・フライ Northrop Frye と C. L. バーバー C. L. Barber は将来性のある喜劇論を書いたし，それらはすでに喜劇研究に大きな影響を与えてきた．それらについては第2章で述べる．ここではただ彼らが神話的，文化人類学的批評方法の首唱者であり，それらはたちまち喜劇研究に圧倒的な影響を与えたと言うにとどめておこう．

今後のシェイクスピア研究

　全般的に考慮して，シェイクスピア研究と批評の現状は心強いものであるといえる．ある特定の論文や批評書に悩まされ，批評すべてをけなしてしまうことはたやすい．しかし，より分別のある，知的な見方としては，批評のもつ弱点や欠点を適切に認識するだけでなく，重要で，役に立つ批評を見分けることである．いわゆる「キリスト教的」批評によって他の何が明らかにされうるのか．新しい資料の発掘以外に伝記的研究に残された余地はあるであろうか．これらのことを見通すことは困難であるが，これまでのさまざまな研究方法によってまだこの道の最終地点に到達していないことは明らかである．将来古い綴り字によるシェイクスピア全集が出版されそうである．それによって，いっそう多くの本文研究がなされるであろう．シェイクスピアの劇作品と他の芸術との相互関係もおそらくいままで以上に注目を集めるであろうし，図像の伝統と劇がどのようにその遺産を利用しているかについて，さらに理解されてくるにしたがって絵画芸術が特に注目さ

れてくるだろう．シェイクスピア劇と同時に存在した他の劇形式——たとえば仮面劇[24]やページェント[25]など——も次第に探究され，この方面からシェイクスピアの劇的手法と主題の両方に光が当てられることになるであろう．

だが本当のところを言うと，批評の未来の方向については人間の想像力などでは理解できないのである．1875年に生きていた者の誰が，1975年のシェイクスピア学の多様性や多産性を想像しえたであろうか．21世紀には，われわれの想像も及ばないような研究法や，批評方法が現われるであろう．劇が他の惑星に持ち込まれたとき，シェイクスピア学はいったいどうなるのであろうか．宇宙大学といったものが将来存在するのであろうか．その大学には栄誉を求めて，シェイクスピア研究者が行ったりはしないで，実際的な活動を続けているだけの大学なのであろうか．こんな考えはいくらか滑稽であるにしても，それを奇異なものだと性急に烙印を押してしまうべきではないのである．

さて地球上に戻ってみよう．まだまだシェイクスピア学には研究の余地が充分にある．最後の言葉はまだ語られてはいないのである．彼の芸術の美と神秘は，たとえ時と場所が互いに遠く隔たっていても，人々の知性と感情に絶えず訴え続け，刺激を与え続

---

24) 中世ヨーロッパの宮廷人などが，舞踏会で変装したり，仮面をつけて楽しんだことから発達した芝居．筋や性格よりも，音楽や見世物に重点がある．英国ではエリザベス朝に，ボーモント，ミドルトン，チャップマンなどの作家が仮面劇を書いたが，ベン・ジョンスンによって傑作が生み出された．またイニゴウ・ジョーンズは，仮面劇のための衣装，舞台装置の創造で才能を示した．
25) 中世に山車の上などで演じられた芝居．奇蹟劇などが上演された．また後には祝祭日などに行なわれる趣向を凝らした余興や，行列などのことも指すようになった．

けることができる．ジョンスンが言ったように，シェイクスピアは「一時代の人ではなく，あらゆる時代に生きる人」なのである．

第 2 章

シェイクスピア批評と研究論文のガイド

シェイクスピア研究の範囲

　これからいよいよ本題に入る．本書の第1章で述べたことはなんならとばして読んでもさしつかえないが，この章では研究に必要な文献そのものに直面する．しかもそれらすべてを無視することは重大な危険を冒すことである．ここではもっとも価値の高い，有益だと思われる書物を次のいくつかの範疇に分けて選んでみた．書誌および参考文献ガイド，文学史，各種の版本，ジャンル研究（喜劇，歴史劇，悲劇，ソネット），各学派および学問的活動の研究，学際的研究，学術雑誌，伝記研究などである．2，3の例外を除いて研究論文に類するものは取りあげず，単行本の形で出版されたもののみを取りあげた．学術的な定期刊行雑誌から役に立ちそうに思われる論文を見出そうと思えば，どうしても適当な書誌を参照しなければならなくなる．ただある特定の批評家を調べたいというだけなら，本書の索引をみるだけでよい．

　以下に挙げる数10冊の研究を要約したり，分析したりしようとする場合，作者の意見を別の言葉で言い換えて説明することもあれば，また直接的，間接的に原文を引用することもしばしばある．そうすれば，正確さにおいても，雰囲気においても何かをつかめるであろうし，原作のもつ香りを伝えることができるであろう．

書誌と参考文献のガイド

最新のシェイクスピアに限った書誌としては，*A Selective Bibliography of Shakespeare* (Charlottesville: Univ. Press of Virginia for the Folger Shakespeare Library, 1974) がある．これはジェイムズ G. マクマナウェイ James G. McManaway とジャンヌ・アディスン・ロバーツ Jeanne Addison Roberts によって編集されたものである．これには1930年から1970年までに発表された4500項目の記事が含まれているが，掲載されていないものもある．目次を見ると本書全体の構成がはっきりする．それは個々の劇作品，詩，特殊な主題についての文献などに及んでいる．いくつかの文献には注が付けられている．

上記のものよりもっと広範であるが，やや時代遅れのものが，Gordon Ross Smith, *A Classified Shakespeare Bibliography 1936-1958* (University Park: Pennsylvania State Univ. Press, 1963) である．ここには20,000項目以上の文献が挙がっている．序論の pp. 49-51 で，スミスは本書の利用法と編集方法について論じている．同じ序論の pp. 7-41 で，2種類の部門，すなわち「一般」と「作品」に分類され，特定の主題に関する参考文献を参照したいときにはすばやく探し出すことができる．たとえば，「一般」という表題の下には，参考文献，研究分野の概観，生涯，材源，舞台，文学上の趣向，影響関係，批評，ベイコン論争などが含まれている．作品は個々に検討され，また劇の制作年代順についての項目もある．

スミスの書誌は，先に出版された Walter Ebisch and Levin Schücking, *A Shakespeare Bibliography* (Oxford: Clarendon, 1931) の延長線上にある．ここには1929年のものまで収録されている．その補遺が1937年に出版され，1930-1935年までの間に出版されたものが含まれ，これもクラレンドン社から刊行されている．これには8ページにわたって全巻の内容が概説されていて，作家別索引も付けられている．文献の分類項目は，スミスが採用したものによく似ている．研究者は，どちらか一方の使い方さえわかれば，両方の書誌を一貫して利用することができる（それでも，すこしはまごつくところがあるかもしれない）．

最初の本格的なシェイクスピア書誌が，William Jaggard, comp., *Shakespeare Bibliography* (Stratford: Shakespeare Press, 1911; reprinted in 1959) である．ジャガードは，36,000以上の文献と参照事項を誇り，本書は「非常に簡単な編集をしてあるから子供でも利用できる」と主張しているが，それは非常に疑わしい．文献の項目は，作家，書名，主題といった各項目別にアルファベット順で配列されている．「シェイクスピア」の項目には，各作品がまず載っている．作品はアルファベット順に配列され，年代順の項目を含んでいる．ジャガードの長所は，特に劇の初期の版本について詳しいことであるが，批評や解釈の問題に関しては，それほど役に立たない．

最近出たものとして，2種類の書誌が役に立つと思われる．しかもペーパーバックで手に入れることができる．その1つが Ronald Berman, *A Reader's Guide to Shakespeare's Plays*, revised edition (Glenview, Ill.: Scott, Foresmann, 1973; originally published, 1965) で，これはバーマン自身が「理論的書誌」と称

しているものである.それぞれの劇作品は,テクスト,各種の版本,材源,批評,舞台上演などの見地から扱われていて,それぞれ主要な批評について述べてある.バーマンは単行本の研究書のみでなく,雑誌の研究論文にまで触れていて,取り上げた文献に対する彼自身の批評をはっきりと示している.彼の書は,そういうわけで,ただ単に書名だけを挙げた一覧表のような性質の書誌ではなく,むしろ劇についての学問研究や批評の読み物的な案内書というべきものである.しかも全体的に信頼のおける,とても役に立つ書であるといえる.

次に Stanley Wells, ed., *Shakespeare: Select Bibliographical Guides* (London: Oxford Univ. Press, 1973) がある.これはシェイクスピア研究と批評の最良のものを選んで解説しようとしたものである.それぞれ異なった批評家による17の論文が載っていて,特定の主題や作品,一群の劇作品あるいは詩作品に関する批評などを論じている.本書の執筆者は主要な批評的見解を概説し,それから必読文献リストを載せている.論文は,シェイクスピアのテクスト,劇場,ソネット,初期喜劇,中期喜劇,問題喜劇,晩期喜劇,英国史劇などを含み,それに悲劇論が7編載っている.本書は1973年の出版であるが,1969年以後のものはここではそれほど扱われていない.いずれにしても,本書は非常に役に立つ書物である.

特に書誌として企画されたものとは言えないが,結果的にそうなったものがある.*Folger Shakespeare Library: Catalog of the Shakespeare Collections*, 2 vols. (Boston: G. K. Hall, 1972) がそれである.これは世界最大のシェイクスピア・コレクションへの案内書であるばかりでなく,書誌としての必要も手軽に満たして

くれる．しかしもちろん定期刊行の雑誌に掲載された論文などは載っていない．第1巻はシェイクスピアの版本が数100種類も載せてある．これには全集と個々の作品の両方が含まれていて，年代順に配列してある．第2巻は，シェイクスピアを15の項目に分けて論じ，シェイクスピア自身はその最初の主題となっている．

F. W. Bateson, ed., *The Cambridge Bibliography of English Literature*, vol. 1. (Cambridge: Cambridge Univ. Press, 1940, with a supplement in 1957) には，シェイクスピアについての豊富な項目が載っている (pp. 540-608. 補遺は pp. 257-293)．ベイトスンは，書誌，生涯，作品，批評などを論じているが，各項目はアルファベット順，年代順になっている．またエビッシュとシッキングの書誌の適切な部分を参照するように指示されている．この書誌の最新版が，George Watson, ed., *The New Cambridge Bibliography of English Literature* (Cambridge: Cambridge Univ. Press, 1974) である．その第1巻 (1473-1636) には広範なシェイクスピア文献が載っている．

特殊な書誌としては，John W. Velz, *Shakespeare and the Classical Tradition: A Critical Guide to Commentary, 1660-1960* (Minneapolis: Univ. of Minnesota Press, 1968) が挙げられる．本書は1660年以後に書かれた注解を集め，分類し，要約し，評価を下そうとしている．見出しは9つの異なった項目が著者ごとにアルファベット順に配列され，そのすべては「シェイクスピアは古典文学の伝統の中に位置づけられる」という主題に沿って論じられている．またヴェルツは役に立つ索引を付けている．本書は，先に出版された Selma Guttman, *The Foreign Sources of Shakespeare's Works: An Annotated Bibliography of the Commentary Written on this Subject between 1904 and 1940* (New York: Columbia Univ. Press, 1947; reprint, 1968) をさらに広く扱ったものである．グットマン本は，外国の作家とそのおそらくシェイクスピアが知りえたと思われる翻案本や翻訳書のリストを載せている．この書誌は古典文学以外の外国の材源を載せている．

すでに述べたような，広範な時代にわたって叙述した書誌以外にも，シェイクスピア学に関する各年度の書目，あるいは書評を載せた本がある．研究者は新しい研究をするためにはどうしてもこれらの本に当たらなければならない．季刊誌 *Shakespeare Quarterly* は，1950年以後出版され，フォルジャー・ライブラリー Folger Library の後援による研究雑誌である．シェイクスピアについての広い範囲の「解説付世界文献目録」は，普通「夏季」号に掲載される．主題別の索引は，研究者にとって役に立ちそうな論文や書物を捜す手助けになる．この *Quarterly* の第1-15巻 (1950-1964) の *Cumulative Index* (New York: AMS Press, 1969)(総合索引) が出されている．これはマーティン・シーモア＝スミス Martin Seymour-Smith によって編集されたものである．これを利用すれば，この定期刊行雑誌の論文，論評，注解などを簡単に探しだせる．アメリカ現代語学文学学会 Modern Language Association of America は，毎年 *MLA International Bibliography* という雑誌を出し，ときには定期刊行雑誌 *PMLA* とは別冊になっていることもある．この年間書誌は *PMLA* 第37巻 (1922年) から始まった．シェイクスピア部門は，一般題目と，個々の作品題目とがある．1971年以来MLAはまた *Abstracts* という本を刊行している．これは書誌の場合と同じような見出し

を付けて編集された要約版である．アメリカ・シェイクスピア協会によって，1924年から1949年に出版された *The Shakespeare Association Bulletin* にもまた，各年度の文献目録が載っている．*Annual Bibliography of English Language and Literature* は，1920年に現代人文学研究協会 Modern Humanities Research Association によって出版されたもので，ほぼ800の定期刊行誌を取り上げ，シェイクスピアの部門もある．英文学会 English Association は *Year's Work in English Studies* を出版しているが，これは1919-1920年に始まり，シェイクスピアに関して出版された文献の要約と評価を解説調で行なっている．配列は，各種版本，テクスト関係，材源，書誌，批評，劇場，覆刻版の各項目に分けられていて，便利な索引が付いている．*Studies in Philology* には第19巻 (1922年) に始まって，第66巻 (1969年) まで引き続いて，各年度のルネッサンス研究目録があり，ここにももちろんシェイクスピアの部門がある．*Shakespearean Research and Opportunities* は，1965年に創刊され，第3号 (1967年) から，"Shakespeare and Renaissance Intellectual Contexts: A Selective Annotated List" を含み，18に及ぶ項目がそれぞれ検討されている．

以上のものよりより一般向けの書誌に当たりたいという人もいると思う（米国の大学図書館には，特別の参考文献室がしばしば設けてある）．*The Reader's Guide to Periodical Literature* はさらにより一般的な雑誌について解説している．またH. Wilson, *Essay and General Literature Index* は，それぞれの本の内容を分析し，巻末には文献の一覧表が載っている．一冊の本の書名を見て，その内容を正確に述べることは，難しいことなので，その

点この手引書は能率的に研究を進める役に立つであろう．1960年以後刊行されたものに *An Index to Book Reviews in the Humanities* があるが，これは作家順になっていて，シェイクスピアの作品もシェイクスピアという作家名のところに載っている．ロンドンの図書館協会 Library Association of London から季刊誌として発行されている *The British Humanities Index* にもシェイクスピアの項目がある．この本の巻頭の部分にはその本文で概説される英国全域の刊行物のリストが載っているが，そこには *MLA Bibliography* の方には載っていないものも多い．年間4回発行される *Social Sciences and Humanities Index* にもシェイクスピアの項目がある．ここにある定期刊行雑誌の全書目の索引は便利なものである．1938年に創刊された *Dissertation Abstracts International* は博士論文のガイドである．この一番簡単な利用法としては，索引の「シェイクスピア」という項目を見るだけでよい．ここにはシェイクスピアに関するあらゆる博士論文の題目が載っている．Lawrence F. McNamee の始めた *Dissertations in English and American Literature 1865-1964* (New York: Bowker, 1968) もまた博士論文を利用する場合に役に立つ．1969年の補遺には，1964年から1968年までが載っており，ここにもシェイクスピアを扱った部門がある．

シェイクスピアの言語の特殊な知識については多くの研究があり，またエリザベス朝英語の慣用法と特殊性を理解する方法を示してくれる著書もいくつか出ている．コンピューターの登場に伴って，シェイクスピア言語の新しい研究や分析が可能になってきた．その結果，シェイクスピアの作品の新しい用語索引 concordance が出版されている．これらはシェイクスピアの用い

ている1語1語を記録し，それがどこに使われているか，またその使用頻度を記している．この新しいタイプの，最初に完成された本としては，Marvin Spevack, *A Complete and Systematic Concordance to the Works of Shakespeare*, 6 vols. (Hildesheim: Olms, 1968-1970) が挙げられる．第1巻は，喜劇作品とその登場人物の索引である．以下，第2巻は歴史劇と劇以外の作品．第3巻は悲劇と，『ペリクリーズ』，『血縁の二騎士』，『サー・トマス・モア』．第4-6巻は，アルファベット順に並べられたシェイクスピア使用の全語彙のリスト，となっている．*The Harvard Concordance to Shakespeare* (Cambridge: Harvard Univ. Press, 1973) は，スピヴァックのコンコーダンスを1巻本に縮刷した版である．T. H. ハワード＝ヒル T. H. Howard-Hill によって企画編集された *Oxford Shakespeare Concordances* (Oxford: Clarendon, 1969-1973) は，それぞれの巻が独立に出版されている．ここでは各劇作品ごとに1巻が当てられていて，そのテクストは目下準備中のオックスフォード古綴字本シェイクスピア版 *Oxford Old Spelling Shakespeare* に依っている．したがってテクストの引用は古綴字でなされ，ハワード＝ヒルは，これに通し行番号法を用いている．このコンコーダンスは，1語1語をテクストのすべてにわたって説明し，それが現われる頻度数，行番号，参照行を示している．

これらのもの以外にもシェイクスピア言語を扱い，引用個所を示しているものがある．E. A. Abbott, *A Shakespearian Grammar* (1870; reprint New York: Dover, 1966;〔千城書房, 1962〕)がそれで，これはいまだに標準的な文法書である．ここではさまざまな文法的構造が概説され，また詩形について解説された項

目もある．劇作品と詩からの文例が示されていて，シェイクスピアの慣用と，古代，中世英語のそれとの比較も頻繁に行なわれている．アイラート・エクウェル Eilert Ekwall は，*Shakespeare's Vocabulary; Its Etymological Elements* (1903; reprint New York: AMS Press, 1966) のなかで，シェイクスピア言語の語源的研究を行なっている．

役に立つ参考書として，Helge Kökeritz, *Shakespeare's Pronunciation* (New Haven: Yale Univ. Press, 1953) がある．この本の主目的は，シェイクスピアの発音について包括的な説明をすることと，その発音の再構成のために適切な音韻的根拠を示すことにある．ケカリッツは，発音についての適切な知識は，テクストと韻律を理解するためになくてはならないものであり，それはたとえば，文法とか統語論などの知識が大切なのと同じであると考えている．

手頃な参考書としては C. T. Onions, *A Shakespeare Grossary* (Oxford: Clarendon, 1911)[1] が挙げられるが，これは *Oxford English Dictionary* に挙げられた語法に基づいている．語の定義が与えられると，それはシェイクスピアのテクスト中のどの個所にあるかが示される．これらの引用は，同時代の他の作家からの文例を挙げて補足されることもある．

これとよく比較され，いっそう広範にまとめられているのが，Alexander Schmidt, *Shakespeare Lexicon*, 3rd ed. revised by Gregor Sarrazin (1901; reprint New York: Blom, 1968) である．すべての語に対して，その定義とシェイクスピア本文の引用が載っている（シュミットはグローブ版から引用している）．

---

1) これは紀伊國屋書店から翻刻出版されている．

語の定義を扱ってはいるが,特殊な性質をもったものとしては, Eric Partridge, *Shakespeare's Bawdy*, 2nd ed. (London: Routledge & Kegan Paul, 1968; 1st ed., 1947) がある.パートリッジの著書には,シェイクスピアの性的描写や猥褻(わいせつ)部分に関する論文が載っているが,主要な部分は180ページにおよぶ用語解説(グロッサリー)で,猥褻な意味をもつと思われるあらゆる語を載せている.語の定義のところには,それが劇や詩のどこにあるかという出典を示している.パートリッジは間違いなくシェイクスピアにいままで当てられたことのなかった光を当てたといえるであろう.シェイクスピアをお上品ぶった聖者にしてしまおうとする人たちに対して見事に反撃したのである.

最近のものでは, E. A. M. Colman, *The Dramatic Use of Bawdy in Shakespeare* (London: Longman, 1974) が,シェイクスピアが劇や詩のなかで猥褻語の技法を発展させていったことを探究している.コルマンの主張によれば,シェイクスピアは,ついに猥褻語を,いわば劇の創作のための武器庫のなかにある,もっとも強力な武器にしたてたのである.その発展をたどってゆくために,コルマンは劇作品をおおむね年代順に扱い,また別にソネットと詩作品とを論じている.

John Bate, *How to Find Out about Shakespeare* (Oxford: Pergamon Press, 1968) は,シェイクスピア批評や研究の概論である.図書館司書としてベイトは,シェイクスピア時代の英国,彼の生涯,劇場,上演,テクスト,材源,文芸批評,個々の劇作品の解説などの主題を中心として,研究者に必要と思われる文献について述べ,それらを評価している.

O. J. Campbell and Edward H. Quinn, eds., *The Reader's*

Encyclopedia of Shakespeare (New York: Crowell, 1966; published in London by Methuen with the title *A Shakespeare Encyclopaedia*) は非常に役に立つ本である．これは広範な主題や人物についての情報を収録した概説書で，アルファベット順に *Aaron* から *Zuccarelli* に至るまで配列してある．また批評と研究を世紀別に配列して論評した優れた個所がある．また批評のさまざまな学派を解説する題目も載っている．付録には，年表とか，関連した文書のコピー，30ページに及ぶ精選した文献目録などがある．

上記のものほど野心的とは言えないが，それでも非常に役に立つのが，F. E. Halliday, *A Shakespeare Companion 1564-1964*, 2nd ed. (London: Duckworth, 1964) である．これはペーパーバック版も出ている．これもまたアルファベット順に，シェイクスピアの作品，作中人物，同時代の劇作家，歴史，役者，校訂者，学者に関するあらゆる種類の情報を提供している．

ほぼ同様の領域を扱っているものに，Sandra Clark and T. H. Long, eds., *The New Century Shakespeare Handbook* (Englewood Cliffs, N. J.: Prentice-Hall, 1974) がある．アルファベット順の項目の前に，シェイクスピアの生涯，劇場と上演，主要な詩作品についての短い論文が載っている．しかしこの本がすでに出版されているものに較べて，何か重要なものを付け加えているとはいえない．

Michael R. Martin and Richard C. Harrier, *The Concise Encyclopedic Guide to Shakespeare* (New York: Horizon, 1971) には，用語解説と，貢献度の高い著名な批評家，学者，演劇人のリストが載っている．また現代における上演，シェイクスピア関

係の音楽の作曲家, レコードなどのリストも載っている.

次の2つの論文集は, 批評と研究の両方の面で適切な視野を研究者に与えてくれるだろう. そのうち先に出たのが, Harley Granville-Barker and G. B. Harrison, eds. *A Companion to Shakespeare Studies* (Cambridge; Cambridge Univ. Press, 1934) である. 本書は, 1930年代における学問研究がどのようなものであったかを示す好個の見本であり, またいくつかの題目について有益な紹介をしている. つまり自伝, 劇場, シェイクスピアの劇作法, エリザベス朝英語, 音楽, 歴史的背景, 材源, テクスト, 同時代の劇, シェイクスピア批評と研究などである. そのなかでも特に優れた寄稿者として, ポラード Pollard, ハリスン, グランヴィル＝バーカー, T. S. エリオット T. S. Eliot, シソン Sisson がいる. この論文集の続編が Kenneth Muir and S. Schoenbaum, eds., *A New Companion to Shakespeare Studies* (Cambridge: Cambridge Univ. Press, 1971) である. 体裁は前書とほぼ同じで, 共通した主題について18篇の論文が並んでいる. 論文の執筆者は, シェーンボーム, ホスリー Hosley, G. K. ハンター G. K. Hunter, ベヴィントン Bevington, ブラッドブルック Bradbrook, ユア Ure, スプレイグ Sprague, スターンフェルド Sternfeld などである. 上記2書とも必読書リストが付いており, いろいろな主題に関する事実や批評的意見についてなんらかの評価基準を望む研究者に特に推薦したいものである. 本書はこれから研究を始めようとするときの予備知識を得るのによいであろう.

研究を始めたばかりの学生にとっても, また学者にとっても, シェイクスピアを読むときにどうしても必要な知識や助言を与えることを主旨とした本を挙げてみよう. 古いものとしては,

Raymond M. Alden, *A Shakespeare Handbook*, revised by O. J. Campbell (Freeport, N. Y.: Libraries Press, 1970; originally, 1932) がある．本書にはそれぞれが関連しあった適切な主題を扱った論文が載っているが，半分以上はシェイクスピアの材源に関するもので，いくつかの基本的な材源も再録している．

Roland M. Frye, *Shakespeare: The Art of the Dramatist* (Boston: Houghton Mifflin, 1970) は，読者にシェイクスピア関係の事実と研究法についての知識を与えようとしている．つまりシェイクスピアを読んだり，理解したりする際の，鍵となる問題を広範に論じているのである．たとえばフライは，シェイクスピア喜劇の目立った特色を述べたり，悲劇における人物や詩の韻律を論じたりしている．また彼はシェイクスピアにおける構造とか，様式，性格描写といった問題に焦点を当てる．研究者にとってこれはとても役に立つと思われる．

もっとも有名なシェイクスピア学者のひとり，ハーディン・クレイグ Hardin Craig は，*An Interpretation of Shakespeare* (New York: Dryden Press, 1948) を出版しているが，ここには劇作品，詩作品すべてについての章があり，それらに関する情報や解説がのっている．専門的な参考書ではないが，Mark Van Doren, *Shakespeare* (New York: Holt, 1939) は，学生が読むのに手頃で，大いに刺激を与えてくれる本である．ヴァン＝ドーレンは，詩作品や劇作品をそれぞれ論じ，特に劇中の詩的部分に鋭い感性を示している．

Alfred Harbage, *William Shakespeare: A Reader's Guide* (New York: Farrah, Straus, 1963) は，シェイクスピア劇の構成要素について論じている．つまり作品の言語，詩行，台本など

について，読者がどのようにこれらの基本的な要素を扱えばよいかを示している．ハーベッジは，頻繁に各場面を取り上げて，14の劇作品を広範に論じ，実際にどのように劇作品を読み，理解したらよいのかを示している．

これよりも簡潔な本としては，Maurice Charney, *How to Read Shakespeare* (New York: McGraw-Hill, 1971) がある．彼は劇の上演の問題，すなわちテクストとサブ・テクスト，劇場のコンヴェンションの問題，劇場の詩，シェイクスピアの描く人物像などを論じている．これはシェイクスピアをどう読むかということを，いきいきと，わかりやすく教えてくれ，実に豊富な実例を用いて，問題点を明らかにしている．

文学史

いくつかの文学史の本は，シェイクスピア時代の適切な背景的知識を教えてくれるし，シェイクスピアを特に扱ったものも多い．標準的な文学史のひとつに，A. W. Ward and A. R. Waller, eds., *Cambridge History of English Literature* (Cambridge: Cambridge Univ. Press, 1950) がある．その第5巻が「1642年までの劇作品」*The Drama to 1642* である．ここにはジョージ・セインツベリ George Saintsbury のシェイクスピアの生涯，劇作品，詩作品などに関する論文，F. W. ムーアマン F. W. Moorman のシェイクスピアの未公認作品に関する論文，アーネスト・ウォルダー Ernest Walder のテクストに関する論文（これはどちらかといえば本文校訂者の歴史である），J. G. ロバートスン J. G. Robertson のヨーロッパ大陸におけるシェイクス

ピアに関する論文などが含まれている．しかしこの本に書かれている意見はやや古く，事実の誤認もあって，後の学者が訂正している．

有名なものとしては，A. C. Baugh, ed., *A Literary History of England* (New York: Appleton, 1948) がある．タッカー・ブルック Tucker Brooke がルネッサンス期の部分を担当していて，そこにはシェイクスピアに関する2章が含まれている．全体として彼の論は，シェイクスピアの自伝的事実とか，校訂本についての簡単な批評を含む伝統的な解釈であるが，主眼点は劇作家としての発展を概説することにある．

Martin Day, *History of English Literature to 1660* (New York: Doubleday, 1963) の第12章は，シェイクスピアの生涯，詩，劇作品が扱われている．劇の分類を一瞥しただけでも，デイの主観的な見方が窺える．すなわち，初期の歴史劇（クロニクル・プレイズ），偉大な歴史劇，夢想劇（ファンタジー）と真面目な喜劇，ロマンチックな歴史的悲劇，どたばた喜劇，偉大な喜劇，偉大な悲劇，後期の悲劇，後期のロマンス劇と夢想劇，といった調子である．

A. C. Ward, *English Literature: Chaucer to Bernard Shaw* (New York: Longmans, Green, 1958)には，劇作品の批評と，テクストや材源についての知識を与えてくれる章がある(第9章, pp. 195-216).

David Daiches, *A Critical History of English Literature*, 2nd ed. (New York: Ronald Press, 1970) の第2巻にもシェイクスピアについての章がある (pp. 246-308)．これは主としてシェイクスピア劇全般の解釈を述べた論文で，シェイクスピアに関する事実という点ではもの足りない．デイシズはソネットにつ

いては言及していないけれども，シェイクスピアを偉大な劇作家であるばかりでなく，偉大な詩人でもあるとみなしている(p. 306).

ルネッサンス時代のみを特に扱った文学史としては，V. De Sola Pinto, *The English Renaissance 1510-1688* (New York: Dover; London: Cresset, 1951) があり，その第10章 (pp. 243-261) はシェイクスピアを取りあげている．冒頭から138ページまではルネッサンス時代を論じ，その他は「学生のための読書案内」で，これは概説的参考文献目録といえる．その中には，シェイクスピアのテクスト，伝記，批評，書誌学的な資料などが含まれている．この本は最初1938年に出版されたもので，いくぶん時代遅れであろう．

Hardin Craig, *The Literature of the English Renaissance 1485-1660* (1950; reprint New York: Collier, 1962) は，ルネッサンス時代を概観する．第3章と第5章でクレイグは，シェイクスピアを含めた当時の演劇を論じている．またシェイクスピア劇に関する知識を盛り込み，簡潔な分析を行なっている．巻末には簡単なシェイクスピア文献目録がある．

ペリカン＝シリーズの英文学ガイドの中に，Boris Ford, ed. *The Age of Shakespeare* rev. ed. (Baltimore: Penguin; London: Cassell, 1961) がある．ここでは，L. G. サリンガー L. G. Salingar が社会的背景と文学ルネッサンスの部分を執筆し，また他の研究者がシェイクスピアと同時代の作家とか，またそれ以外の主題について書いている．シェイクスピア自身については，デレク・トラヴァーシ Derek Traversi が若きシェイクスピアを，J. C. マックスウェル J. C. Maxwell が中期の劇作品を，L. C. ナイツ L. C. Knights が『リア王』と大悲劇作品を，またトラ

ヴァーシが晩年の作品を論じていて，ケネス・ミュア Kenneth Muir がシェイクスピア解釈の変遷——研究と批評の歴史的概観を行なっている．

オックスフォード版の英文学史シリーズでは，そのうちの優れた2巻がシェイクスピア時代を論じている．C. S. Lewis, *English Literature in the Sixteenth Century* (Oxford: Clarendon, 1954) は，16世紀初頭を中世の終末期とみなして，そういう観点から文学を概観する．その後の16世紀文学をルイスは2つのグループに分ける．1つは「単調な詩」（これは必ずしも軽蔑を表わすのではなく，韻律やイメージがそれほど豊かではない詩のことをいう）で，もう1つは「黄金の詩」（これは書き方を習得したために，よい作品であるだけでなく，純粋で率直な詩のことをいう）である．「黄金の詩」の項目では，主としてシドニーとスペンサーに焦点を当てて論じている．この書には広範な文献目録がある．このシリーズのもう1巻 Douglas Bush, *English Literature in the Earlier Seventeenth Century 1600-1660*, 2nd ed. (Oxford: Clarendon, 1962; originally, 1945)には，作家個人に関する章だけではなく，さらに一般的な主題に関する章があり，歴史と伝記，政治思想，科学と科学思想，宗教と宗教思想などを論じている．本書にもまた重要な参考文献一覧が載っている．この2巻の書物はそれぞれが扱っている時代の文学を的確に，見識をもって解説しているので，これ以上のものに改訂することは困難であろう．

シェイクスピア時代の演劇については歴史的研究と批評の両面で優れた概説を提供する参考書がある．F. P. Wilson, *The English Drama 1485-1585*, edited by G. K. Hunter (New York and Oxford: Oxford Univ. Press, 1969) は，やはりオックス

フォード英文学史シリーズの1冊であるが，初期チューダー朝の道徳劇(モラリテイー)や幕間狂言(インタールード)，また後期チューダー朝の道徳劇，チューダー朝の仮面劇や野外劇(ページェント)や余興の催し物，宗教劇，およそ1540-1584年の間の喜劇・悲劇，それに1585年より前の劇場などの主題を論じている．この本の中で，ハンターは，私的，公的な出来事や，それと関連したイングランド，スコットランド，ヨーロッパ大陸の出版物についてのとても貴重な年表をつくっており，また文献目録からも有益な知識が得られる．オックスフォード＝シリーズでは，その後の1642年の劇場の閉鎖にいたるまでの時代を扱った1巻を準備中である．

ごく初期のものとしては，Felix Schelling, *Elizabethan Drama 1558-1642*, 2 vols. (Boston: Houghton Mifflin, 1908) がある．これはもうまったく時代遅れのものではあるけれども，少なくとも研究史的な意味では役に立つ．第2巻の最後に長い「書誌論考」(pp. 433-537) があって，19世紀の出版物に関して有益な観点を与えてくれる．

学生向きの手頃なもので，しかもペーパーバックで入手できるものとしては，Thomas M. Parrott and Robert H. Ball, *A Short View of Elizabethan Drama* (New York: Scribner's, 1943) がある．これは英国の演劇史で，中世の教会の典礼文における演劇の起源（およそ10世紀頃）から，劇場の閉鎖に至る時代までが論じられているが，シェイクスピア自身については書かれていない．この本は，論じやすいように多くの劇作家をグループ分けしているが，ジョンスン Jonson，ボーモント Beaumont，フレッチャー Fletcher に関しては個々の章で論じている．特に初学者にとって本書はうまく要約されていて便利であるが，何といって

も時代遅れであり，中世劇に関してはもっともそれが著しく，ここで述べられている仮説や事実は，この20年間あまりの間にその正当性が大きく疑われるようになってきた．

M. C. ブラッドブルック M. C. Bradbrook の2つの著書をみると，エリザベス1世朝の演劇についての概観が得られる．まず *Themes and Conventions of Elizabethan Tragedy* (Cambridge: Cambridge Univ. Press, 1935)が挙げられるが，ここでブラッドブルックは，劇場の上演の際のさまざまなコンヴェンション（伝統）——せりふ，行動，演技について論じている．この本の第2部で，彼女は特定の悲劇作家，マーロウ Marlowe, ターナー Tourneur, ウェブスター Webster, ミドルトン Middleton などをさらに専門的に論じている．最後の章「衰退期」では，フォード Ford とシャーリー Shirley を扱っている．この本は演劇史であると同時に，批評的な解釈を加えたものでもある．次に出版された *The Growth and Structure of Elizabethan Comedy* (London: Chatto & Windus, 1955) は，エリザベス朝の喜劇の時代的発展を，その形式的特徴を規定しながらたどったものである．ブラッドブルック女史はこの本でエリザベス朝喜劇は中世劇の伝統，一般大衆の継承してきた伝統，大学や宮廷中心の伝統などから遺産を受け継いだことを論じているのである．ここではまたシェイクスピアのすぐ前の時代の作家たち——リリー Lyly, ピール Peele, グリーン Greene, ナッシュ Nashe 等についても論じている．またジェイムズ1世朝の喜劇，つまりシェイクスピアやその同時代の作家であるジョンスン Jonson, マーストン Marston, ミドルトン Middleton, チャップマン Chapman, フレッチャー Fletcher 等についても広範に論じている．

もう1つ標準的な演劇論としては Una Ellis-Fermor, *The Jacobean Drama: An Interpretation*, 4th ed.(London: Methuen, 1958; 1st ed., 1936) がある．最初の2章は，ジェイムズ1世朝演劇の際立った特徴を定義している．それからおよそ12人の作家について，上記の一般的特色と対照させたり，それぞれを比較検討したりしている．さらに劇的技法に関する当時支配的であった考えや慣習を論じている．しかし，ここに取り上げて論じている劇作家の取捨選択については，いくぶん妙に思われる点もある．

校訂本

信頼できるシェイクスピア校訂本が，どれほど研究者にとって大切なものであるかについては，いくら強調してもしたりないくらいである．なぜならまず研究者は，満足な校訂本を持っているのだという安心感をもつことができるし，そのうえ，多くの校訂本には，手引となる貴重な研究材料とか注が見出されるからである．もっとも新しい全集として出版された校訂本としては，編集主幹 G. ブレイクモア・エヴァンズ G. Blakemore Evans の *The Riverside Shakespeare* (Boston: Houghton Mifflin, 1974) がある．エヴァンズは傑出した本文校訂者で，彼は原典テクストを再吟味し，1709年のニコラス・ロウ版以後出た主要なテクストを照合している．そのうえハリー・レヴィン Harry Levin が序文を書いていて，シェイクスピアの受継いだ伝統，伝記，言語媒体，文体，舞台装置，芸術的発展などを論じている．エヴァンズは，シェイクスピアのテクストに関する論文を書いていて，そこには非常に役立つ書誌学用語解説が載っている．作品はジャンル

別に分けられている．ハーシェル・ベイカー Herschel Baker が歴史劇の序文と注の責任者であり，フランク・カーモード Frank Kermode が同じく悲劇を，ハレット・スミス Hallet Smith が同じくロマンス劇と詩を，アン・バートン Anne Barton が喜劇の序文を担当している．本書にはまた大部の付録がついていて，そこには 1660 年から今日に至るまでの上演史に関するチャールズ・シャタック Charles Shattuck の明解な論文が載っている．この本にはまた精選された文献一覧が付いている．

　デイヴィッド・ベヴィントン David Bevington は，ハーディン・クレイグ Hardin Craig 版の *The Complete Works of Shakespeare* (Glenview, Ill.: Scott, Foresman, 1973; Craig original ed., 1951) に広範な改訂を加えて出版した．旧版，新版ともに有益な序論的内容が含まれている．ベヴィントンはシェイクスピア時代の英国の生活，シェイクスピア以前の劇作品，ロンドンの劇場と劇団，作品の制作年代の順，シェイクスピア批評，編纂校訂者と版本，シェイクスピアの英語等について書いている．彼は公認された作品，制作年代，材源，上演史についての資料を付録に載せている．また題目別に配列された 25 ページにわたる参考文献目録は，研究者にとって役に立つ．ベヴィントンは，各劇作品の冒頭に解説的論文を載せ，またシェイクスピアの文学的発展のさまざまな段階ごとにより総合的な論文を書いている．この版と，リヴァーサイド Riverside 版とは，共によくできた全集である．

　1972年に，すでにシグネット版として出ていた全集が全 1 巻のハードカヴァーで出版された．Sylvan Barnet, general ed., *The Complete Signet Classic Shakespeare* (New York: Harcourt Brace

Javanovich, 1972) がそれである．本書では多くの校訂者が劇作品を担当し，年代順に配列してある（この中には最近次第にシェイクスピア作品とみなされるようになってきている『血縁の二騎士』も入っている）．バーネットは，長い総論のなかで，シェイクスピアの生涯，公認作品，劇場と役者，劇の背景，文体と構造，シェイクスピアの英語，知的背景，喜劇，歴史劇，悲劇，劇以外の作品，各種のテクストといった主題を扱っている．彼はまたシェイクスピアの発展を論じ，個々の作品を評価している．各劇作品と詩作品のテクストの前に，各々の校訂者による解説的序論が載っており，また材源についての知識とか，テクストの注と共に本文異同の記述も含んでいる．この版には14ページにわたる参考文献，つまりいくつかの題目別の，次には個々の劇作品や詩作品別の「推薦参考書目」を載せてある．

もうひとつ，広く教科書に用いられてきたのがペリカン版の全集であり，1969年に1巻本として発行された．Alfred Harbage, ed., *William Shakespeare: The Complete Works* (Harmondsworth, Middlesex: Penguin, 1969) である．これはもとのペーパーバック版を改訂したものである．序論として，アーネスト・ストラスマン Ernest Strathmann が知的，政治的背景を論じ，フランク・ウォッズワース Frank Wadsworth がシェイクスピアの生涯，バーナード・ベッカーマン Bernard Beckerman がシェイクスピアの劇場，ハーベッジがシェイクスピアの技法，サイラス・ホイ Cyrus Hoy が原典のテクストについて論じている．劇作品はジャンルによって分類され，それぞれの作品にはその校訂者の短い序論が付いている．参考文献目録は，全体の必要な個所にそれぞれ付けられている．本書は全般的に良くできており，研

究者にとって使いやすいものである.

本文校訂の研究者たちに称賛されてきたのが Peter Alexander, *The Complete Works* (London and Glasgow: Collins, 1951) である. この本にはいままで取り上げてきた版本のようにいろいろ便利で役立つ注解は載っていない. アレクザンダーは, 第 1・2 つ折本の順序に従っているが, 『ペリクリーズ』と詩作品も入れている. 短い序論が付けられ, 巻末には用語解説が載っている. アレクザンダーは優れた本文校訂の批評家で, この版本は多くの人たちから今世紀に出版されたなかでもっとも権威のあるものとみなされているのである.

さらにもう 1 つ, 大きな影響を与えた版がある. George Lyman Kittredge, *The Complete Works of Shakespeare* (Boston: Ginn, 1936) がそれである. キットリッジがエリザベス朝の英語に非常に精通しているということは, 巻末の用語解説を見れば明らかである. 作品は 2 つ折本の順序に従って配列され, 『血縁の二騎士』も含まれている. 本書はこの作品を収めた最初の版であろう. この本がでてから 1, 2 世代はキットリッジ本によって育ってきた. その衰えない人気のせいか, 出版社がアーヴィング・リブナー Irving Ribner に依頼して改訂版を出した (Waltham, Mass.: Xerox, 1971). リブナーは, 極端な変更を行なって, キットリッジのテクストと注を単純化してしまった. そのために元の版本とはまったく違ったものになり, 多くの学者からの厳しい批判にさらされている. この改訂版でリブナーは, シェイクスピアと英国ルネッサンス, シェイクスピアの生涯, シェイクスピア以前の英国演劇, エリザベス朝劇場と劇団, 劇作品の出版, シェイクスピア批評について論じ, 文献目録も付いている.

大胆な想像力と，ときにはとっぴな解釈で有名な Arthur Quiller-Couch and John Dover Wilson, eds., *The Works of Shakespeare* (the New Cambridge edition) (Cambridge: Cambridge Univ. Press, 1921-1966) は，1巻ずつ刊行されたが全部で40年以上もの歳月を費やした．本書のほとんどはウィルスンの手になるものである．広範囲にわたる序論があり，そのなかには解釈，材源，上演史などが含まれている．また各巻本文校訂の問題の検討，注釈，用語解説などが付いている．

これらの他にあと2つの全集に特に注目しなければならない．まず the *New Variorum* editionである．これは1871年から刊行され始めたが，まだ未完である（「新しい」と名づけたのは，それ以前のいくつかの集注版（ヴェリオーラム）[2]に対して反対の意味を表わしたものである）．初期に出されたものは，現在改訂されつつある．この版の全体計画はアメリカ現代語学文学学会 MLA の後援のもとに行なわれ，1巻ずつ単行本として刊行され，劇作品をもっとも広範に検討している．テクストの異同や注解は，ただ単なる説明ではなく，特定の問題——それがテクストの異同であろうと解釈であろうと——についての反応の跡を歴史的にたどれるようになっている．また巻末には総括的な校訂本の歴史，上演史，批評史が載っている．

これほどすばらしいものではないが，同じように重要な版本が the *Arden Shakespeare* である．最初のアーデン版は，1899年か

---

2) 集注版とはさまざまな研究者の注をつけたテクストのことをいう．最初の集注版はジョージ・スティーヴンズ George Steevens のシェイクスピア全集第5版（アイザック・リード Isaac Reed 編）（1803年）で21巻からなった．新集注版は，最初 H. F. ファーネス H. F. Furness によって始められたが，彼の死（1912年）以後は，本文にもあるように，アメリカ現代語学文学学会によって発行されている．

ら1924年の間に出版され，W. J. クレイグ W. J. Craig が最初の編集主幹であった．「新」アーデン版のほうは，1951年に始まり，いまだに刊行継続中である[3]．編集主幹は，現在 H. F. ブルックス H. F. Brooks とハロルド・ジェンキンズ Harold Jenkins であるが，非常に多くの人たちがこの計画に参加しているので，個々の巻の質の程度はまちまちである．しかし全体的にみて，非常に印象的な全集であることは間違いない．この版は，テクストに関する問題，材源研究，簡単な上演史，解釈，総じて非常に有益な注釈などの学問的知識の宝庫である．本の体裁も感じが良いし，おおむね使いやすい（ペーパーバック版もある）．

　これまで挙げてきたような意味での版本とは異なっているが，最近出たシェイクスピアの第1・2つ折本のファクシミリ版，Charlton Hinman, ed., *The First Folio of Shakespeare: The Norton Facsimile* (New York: Norton, 1968) も大いに注目すべきものである．これはいままでに出版されたもののなかではもっとも信頼できるファクシミリ版である．ヒンマンは，ワシントン D. C. にあるフォルジャー・シェイクスピア・ライブラリーに所蔵された厖大な収集本から資料を得た．そこから慎重に選んだものを写真に収め，「理想的」な2つ折本，すなわち最良のページから成る模範的テクストをつくりだしたのである．ヒンマンのファクシミリ版は，そういうわけで，2つ折本の手を加えていない原本というようなものではない．序文のなかでヒンマンは，2つ折本とその内容，この版の印刷と校正，ファクシミリ版そのものについて論じている．あらゆる点で，これはまれにみる本だといえる．非常に驚くべきことは，価格が手頃なことで，意欲的な

---

3) 1984年夏現在『ソネット詩集』のみが未刊である．

シェイクスピア研究者なら誰でも容易に入手できる．もとの2つ折本は文学史のみでなく，印刷史をも形作ってきたが，このファクシミリはファクシミリ印刷の歴史に確固とした地位を占めたといえるであろう．ヒンマンはこの版でテクストに通し番号制をとっているが，この通し番号方式はやがてより伝統的な幕や場ごとの行付け方法にとってかわるようになるであろう．この本のすみずみまでゆきとどいた印刷・製本技術と心くばりとは，校訂者とその出版社に対し大きな信頼をもたらしている．[4]

ジャンル別の研究

これからは，複数の劇作品を論じているものを分析し，要約してゆく．特定の1作品のみを扱っている論文なり単行本を求めるのなら，標準的な文献目録を見ればよい．特にロナルド・バーマン Ronald Berman のものとか，スタンリー・ウェルズ Stanley Wells のものがよく，それらは批評的な研究について解説している．またその場合校訂本も見逃してはならない．それが全集本の場合でも，個々の劇作品について単独に出された版の場合でも，この章ですでに述べたような有益なアーデン版や，ニュー・ケンブリッジ版のようなものを参考にすればよい．

この解説ではまず，ごく初期のもっとも重要な喜劇研究，歴史劇研究，悲劇研究から始めようと思う．批評研究を行なうときに第1の基礎となるものを示したいからである．その他のものは，

---

4) 以上の版本の他に現在1982年から Stanley Wells を編集主幹とする The *Oxford Shakespeare*, 1984年から P. Brockbank, B. Gibbons, B. Harris, R. Hood を編集主幹とする新しい *New Cambridge Shakespeare* の刊行が始まった．

最初にあげたグループを補ったり，あるいはそれに対して反論したりしているか，またはある範疇の劇作品（初期と後期といったような）を扱っているか，または特定のジャンルに共通の主題とか手法を扱っているグループである．それをみれば批評研究が実に広範で，多彩であることが明らかになる．これには歴史的批評，性格批評，主題による批評，言語=イメージ批評，心理分析的批評，神話批評などが含まれるのである．あらゆる事実が，シェイクスピアという劇作家だけでなく，その批評家たちもまた，測りしれない多様性をもっていることを示している．

喜劇研究

この項目においても，またこれ以外でも，喜劇批評の歴史を語るつもりはない．しかしそれにもかかわらず，これから述べる書物を概観してゆくと，批評家がシェイクスピアの喜劇をどのように扱ってきたかという認識がはっきりとつかめてくる．まず驚かされるのは，喜劇というジャンルがはなはだしく無視されてきたことである．おそらくその原因は，批評家が軽薄な喜劇を解説できるなどとは考えもしなかったか，そうする価値もないと考えていたからである．しばらくの間は悲劇のほうがずっと真摯な芸術形式であるとみなす偏見があった．しかし単に美学的な見地からいっても，ひとつの形式が他の形式より優れているなどとはいえないであろう．この30年間ほどはますます多くの喜劇研究がなされてきている．そのことについてはこれから明らかにされるであろう．ある批評家たちは喜劇，特にシェイクスピア喜劇の理論に注目し続けてきた．また喜劇作品を創作するさいの劇的技法のほ

うに関心を抱いた批評家たちもいる．とにかく喜劇作家としてのシェイクスピアの発展が多くの批評家の関心をひきつけたのである．喜劇の基本的主題や喜劇の構造も強い関心事となっている．まずもっとも重要な喜劇論を検討した後で，喜劇における主題とか構造上の手法に関する研究を論じてゆくことにする．その後で喜劇の各々の時代全部にふれている著作を考察する．それから制作年代順に焦点をしぼり，初期のロマンチック喜劇の批評的研究から始まって，「問題喜劇」あるいは中期の喜劇へと進み，さらに晩年の「ロマンス劇」の研究へと進んでゆくことにする．

批評の概説としては便利であるが，現在では新しく書き直す必要のあるのが，John Russell Brown, "The Interpretation of Shakespeare's Comedies," *Shakespeare Survey*, 8 (1955), 1–13. である．批評選集としては，Laurence Lerner, ed., *Shakespeare's Comedies: An Anthology of Modern Criticism* (Harmondsworth, Middlesex; Penguin, 1967) がある．これには『ウインザーの陽気な女房たち』までの10の喜劇作品に関する論文と，喜劇の本質に関する5つの論文をのせている． Kenneth Muir, ed., *Shakespeare: The Comedies* (Englewood, Cliffs, N. J.: Prentice-Hall, 1965) は，シェイクスピア喜劇の全体を扱っていて，精選参考文献も載っている． Herbert Weil, *Discussions of Shakespeare's Romantic Comedy* (Boston: Heath, 1966) は『十二夜』にいたるまでの初期の喜劇に焦点をあてている．ここには18世紀および19世紀の批評の抜粋ものっている．新しいものとしては，David Palmer and Malcolm Bradbury, *Shakespearian Comedy*, Stratford-upon-Avon Studies 14 (London: Arnold, 1972) があげられるが，喜劇に関する9篇の書きおろし論文と，参考文献に関

する解説がついている.

現代において最初に本格的な喜劇批評を行なった労作が, H. B. Charlton, *Shakespearian Comedy* (London: Methuen, 1938) である. この本の目的は, 喜劇作家としてのシェイクスピアの成長をたどることである. この本を構成する論文は, 8年間にわたってジョン・ライランズ・ライブラリーで行なわれた8回の講演がもととなっている. チャールトンは, 喜劇の発展過程といったものをたどろうとするあまり, ときどき勇み足を踏むらしい. 特に制作年代をいじくって『十二夜』,『むだ騒ぎ』,『お気に召すまま』を, シェイクスピア技法の究極の「完成状態」であるとみなそうとして,「問題」喜劇の後に位置づけてしまうときなどがそれである.

チャールトンのみる喜劇的特質は, 現実的気質, 愛, 現在に対する関心である. また喜劇の目的は境遇に打ち勝つことである. 第2章はロマンチシズム, 特に『ヴェローナの二紳士』のロマンチシズムを強調する. エリザベス朝のロマンチック喜劇は, ロマンスの世界を喜劇の役にたつように翻案する試みであった. チャールトンは,『間違いの喜劇』,『じゃじゃ馬ならし』,『恋の骨折損』をロマンチシズムからの「反動」とみる. そして彼は後に『じゃじゃ馬ならし』こそ, 成熟した作品に向かってゆく街道の一里塚であるとみなしている.『夏の夜の夢』は, シェイクスピアの最初の傑作であり, 彼が将来世界でもっとも立派な喜劇作家となることを示している.『ヴェニスの商人』はやや難点があり, 特にシャイロックのもつ曖昧さが, 作者の意図をぼかしてしまっているとしている. チャールトンはまた, フォルスタッフに1章をあてているが, 彼に対しては慎重な態度をとり, フォルスタッフが名誉, 信仰, 愛, 真実の価値を否定したのは, 喜劇としては失敗

であったとする．一方，彼は『トロイラスとクレシダ』，『終りよければすべてよし』，『以尺報尺』のいわゆる皮肉，辛辣さ，暗さという評価に反論する．それらの作品は，シェイクスピアがフォルスタッフで喜劇的失敗を経験して，その後喜劇的精神を回復しようとした努力の現われであるとみなすのである．これらすべては，シェイクスピアのもっとも偉大な喜劇である『お気に召すまま』，『十二夜』，『むだ騒ぎ』などの作品にみられるシェイクスピアの芸術的完成へとつながるものである．

喜劇批評に深い影響をもたらしてきた論文が，Northrop Frye, "The Argument of Comedy," *English Institute Essays 1948* (New York: Columbia Univ. Press, 1949), pp. 58-73. である（この論文は多くの論文選集に収められてきたが，その後増補改訂されて，Frye, *Anatomy of Criticism* (Princeton: Princeton Univ. Press, 1957), pp. 163-186. に収められている）．これは喜劇の本質論を試みたもので，神話批評の代表例である．フライによれば，喜劇の行動は普通の世界として表現される世界から始まり，次いで緑の世界に入っていって変容を受け，そこで喜劇的大団円に達し，再び通常の世界へ回帰してくるというのである．祭儀的用語を用いれば，この過程は夏の冬に対する勝利を表わしている．真の喜劇的大団円とは，個の解放であって，それはまた社会との和解でもある．喜劇の浄化作用(カタルシス)の背後にある祭式的型は，死後の復活であり，復活した英雄の顕現あるいは顕示である．人間存在の基本的型は，フライによれば，喜劇的であるのに反して，悲劇は暗黙のうちに示された，あるいは未完の喜劇なのである．

フライは，この主題全体を次の喜劇論で本格的に拡大してみせる．*A Natural Perspective: The Development of Shakespearean*

Comedy and Romance (New York: Columbia Univ. Press, 1965) がそれである．シェイクスピアが主として劇的構造[5]に関心を抱いていたことを確信しながら，フライはまたこの研究が，道徳的観念，イメージ，ヴィジョン，主題などとは対立するものであると強調している．喜劇的構造をもってさえいれば，それが特に「幸福」な結末であるなしに関係なく喜劇なのである．この観点からフライは奇妙な結論を引きだしている．たとえば『アテネのタイモン』は，悲劇というより喜劇だというのである．上記の論文ですでに考えを示していたように，フライは，喜劇の神話的，いいかえれば原初的基礎は，祝祭的気分の支配する世界で自然に内在する力が再生し，復活してゆく運動であるとする．喜劇の運動は，回帰的であるばかりでなく，弁証法的でもある．なぜならわれわれをより高い精神世界へと引き上げてくれるからである．だから喜劇ではしばしば結婚というかたちで示される和解とか，新しい社会の誕生などが強調されるのである．その過程において，「反喜劇的」要素であるシャイロックや，マルヴォーリオとかは，喜劇的大団円に達するためには排除されなければならないことになる．

フライの立場をある意味で補強している本が，C. L. Barber, *Shakespeare's Festive Comedy* (Princeton: Princeton Univ. Press,

5) 「構造」structure について，フライは次のような趣旨のことを言っている．「この言葉は奇術的な面がかなりみられるので慎重に近づいてゆくことが必要である．構造とは建築用語からきた隠喩で，批評自体の奇妙な現象の結果として批評用語に適用されることになった．文学作品に対するとき，われわれの精神的態度は作品と共にあって，批評以前の段階にいる．作品を一読するか，観劇し終わったとき，初めてまったく違った面が現われてくる．われわれは作品を諸要素の同時的統一としてみる．それは発端，中間部，結末というようなものではなく，中心と外周というようなものとしてみるのである．」

1959)〔邦訳『シェイクスピアの祝祭喜劇』玉泉八州男・野崎睦美訳，白水社.〕である．劇形式とそれに関係する社会慣習の研究において，バーバーは，エリザベス朝の社会と祝祭日の慣習が祝祭喜劇にどのように貢献しているかを探究する．もっぱら『恋の骨折損』，『夏の夜の夢』，『ヴェニスの商人』，『ヘンリー4世』，『お気に召すまま』，『十二夜』が対象となる．これらの劇作品は，いわゆるサトゥルヌス祭的，つまり「祝祭的」といえる経験のさまざまな形式を用いていることが特徴である．これらの喜劇にみられる基本的型は，解放を経て浄化に至るという方式に見出される．祝祭喜劇によって達成される「浄化」は，劇で表現される解放と同時に起き，人間と「自然」——祝祭日に祝われる自然との関係の自覚が強く呼び覚まされる．

　初めの3章で，バーバーはエリザベス朝の祝祭日の慣習を扱っている．そして次の2章では具体的に祭りにおける余興の実例を示している．バーバーの選択した作品は重要である．なぜならそれらは社会的形式から芸術形式への転換を示しているからである．シェイクスピアの喜劇は祝祭日の余興ではなく，慎重に構成された劇作品である．たとえば，『恋の骨折損』は余興とはいえない．なぜなら主人公の1人ビローンは娯楽というものとは無関係な人間で，たわむれはくだらないものだと憂え，嘆くからである．『夏の夜の夢』では，魔術的な5月祭の余興が，結婚によって成就される自然の意志を表現している．この喜劇は，その底流となっている祭式の魔術的意味を明らかにするが，作品そのものはあくまでも人間的出来事として描かれる．バーバーは，シャイロックがいかにこの祭儀的力と無関係な人物であるかということに注目する．このことによって，作品はさらに複雑性を帯びる．

シャイロックという「脅威」が作品を評価するとき決定的に重要な点なのである．しかしシャイロックは，人間的であるべきものが機械的なものに堕落した姿を表わしているかぎりにおいては，喜劇的である．男に変装してはいるが，『お気に召すまま』のロザリンドは，ビローンの場合と類似した機能をもっている．バーバーは自由なアーデンの森を強調する．なぜならこの劇自体が生命のさまざまなリズムに対する感情をはっきりと表現しているからである．無礼講[6]と自由が『十二夜』では探究されている．バーバーにとって，シェイクスピア喜劇はいつわりの自由と真実の自由を区別し，人間の本性と社会に潜む力を再認識させるもので，その力は礼節や自由の陥る危険性を埋め合わせる働きをもつのである．

Thomas McFarland, *Shakespeare's Pastoral Comedy* (Chapel Hill: Univ. of North Carolina Press, 1972) は，喜劇をある共通の主題(モチーフ)のもとに分類する．マックファーランドはこの本のかなりの部分をさいて，牧歌と喜劇とを理論的に，また歴史的に論じている．彼はまた，シェイクスピアが牧歌を利用して，喜劇自体の表現力を強めたり，深めたりしているとし，喜劇と牧歌との両立は，何よりもまず技巧への共通の傾向にあるとする．また両者とも社会を映す小宇宙としての機能をもち，またこの両形式は共に男女の愛を強調するという共通性をもっているという．この両

---

6) 無礼講 Misrule とは，クリスマスや5月祭，聖霊降臨節などで馬鹿騒ぎをした祭りのことで，通常無礼講の王様 Lord of Misrule が選ばれて，主人の一種の替え玉になり，主人の威厳を茶番と化したりした．ローマ神話の農耕神サトゥルヌスの祭りなどがその原型と考えられている．サトゥルヌス祭は秋作の植えつけの終わる12月初旬1週間くらい行なわれ，古代ローマ最大の祭りで，奴隷などもその期間自由を楽しんだという．

者を合体させた牧歌的喜劇は，シェイクスピアにとってどちらか一方の形式のみでは達成できないものを達成しているのである．マックファーランドは5作品——『恋の骨折損』,『夏の夜の夢』,『お気に召すまま』,『冬の夜話』,『あらし』——を論じている．これらの作品において，社会的，宗教的関心の相互関係が，これらの劇の重要性の共通項とみなされる．『恋の骨折損』の理想的な背景が，この劇の形式の欠如を埋め合わせ，劇をつくりあげているのである．『夏の夜の夢』のアテネ公爵シーシアスは，最初から喜劇と牧歌の魅力をあわせもつ状態の存在を明言していて，劇全体は『恋の骨折損』よりも，いっそう形式から遠ざかり，はかないものになっている．『お気に召すまま』は，行動も語調も暗い．だから喜劇としての調和を保とうと努力しているのである．ジェイクイーズの存在によって，牧歌的環境が脅かされているだけでなく，批判されている．『冬の夜話』では，4幕と5幕で牧歌調が回復される．『あらし』では，シェイクスピアの喜劇的ヴィジョンの2つの大きな本質——つまり社会的和合への運動と，不調和と分裂の認識——が決定的な対決を強いられる．この劇は，兄弟愛と社会的調和の魅力を再び強調するという点で，『夏の夜の夢』の幸福を再確認するものである．

これとはまた違った主題を研究したものに, Robert G. Hunter, *Shakespeare and the Comedy of Forgiveness* (New York: Columbia Univ. Press, 1965) がある．これは主として6作品を扱っている．『むだ騒ぎ』,『終りよければすべてよし』,『以尺報尺』,『冬の夜話』,『シンベリン』,『あらし』である．ハンターは，これらの喜劇が1つの特別のジャンルを構成しているとみなしている．この6作品はいずれも中世の物語の原型に類似し，シェイク

スピアの改作の本質を規定するのに役立つ．ハンターは1つの章を中世からの伝統にさき，さらに他の1章でシェイクスピア以前の劇作品を引き合いに出している．彼は，赦しの原理がある文学形式の発展をどれほど促したか，この赦しの原理に共感し，それを理解することが上記の芸術作品の成功にとってどれほど重要であったかを示そうとしているのである．『むだ騒ぎ』は，赦しを描いた最初の喜劇で，『終りよければすべてよし』からはシェイクスピアの喜劇作品はことごとくこの伝統に従っている．社会のしくみが，『むだ騒ぎ』においては争いのために脅威にさらされる．しかし真相が明らかとなり，悔い改めと赦しが示された後から，愛と秩序が回復する．『終りよければすべてよし』で，シェイクスピアは慎重に材源を赦しの喜劇へと変えてしまう．『シンベリン』の全体的効果は，圧倒的にポスツュマスの悔い改めに対する同情的理解と，心から湧き出る赦しの感情とによっている（ハンターは，この作品が赦しを描いたロマンチック喜劇のうちでもっとも顕著なキリスト教的作品とみなしている）．『冬の夜話』のハーマイオニが復活するエピソードは，シェイクスピアが和解と赦しについてもっとも霊感をもった瞬間である．『以尺報尺』の結末をめでたいものにしている寛容は，われわれに共通の人間性を認識し，受容するという態度からくるのである．『あらし』では，赦しの主題と，ロマンチックな愛の主題とをそれぞれ別の筋で扱っている．ハンターは，赦しを受ける主要人物はアロンゾウだという．ハンターは，あからさまに「キリスト教的」なシェイクスピア研究の態度をとる批評家のしばしば陥る陥穽をかなり上手に避けている．彼は，キリスト教的な観点によらなくては主張できないなどとはいわずに中心主題を論じることができるので

ある.

Bertrand Evans, *Shakespeare's Comedies* (Oxford: Clarendon, 1960) は主として劇の技法に関心をはらっている. エヴァンズはあらゆる喜劇作品を扱い, シェイクスピアの劇作法の特質の1つ, すなわち意識と抑制の利用によって作品の本質に迫る. 彼がシェイクスピア技法を示す語は「相矛盾する意識」である. これには変装とか, もちろんアイロニーなども含まれる. 変装とは, 作者が矛盾する意識構造を創造しようとするときに, シェイクスピアがいくつか用いる手段の1つにすぎない. アイロニーとは, 行動している人物たちの意識のさまざまなレヴェルを利用した結果, ならびに効果である. シェイクスピア喜劇として公認された作品においては, 次第に意識と抑制のさまざまな問題が互いに解き難くもつれ合うようになってくる. シェイクスピアが『間違いの喜劇』以後きまって行なうのは, 潜在的な解決策の存在を何らかの徴候によってわれわれに示そうとすることである.『夏の夜の夢』で初めて, シェイクスピアは人間の営みを妨げたり, 抑制したりする外的力を用いている. 円熟期の喜劇では, 規則的にクライマックスが3幕の最終場面とか, 4幕の冒頭, あるいはその両方にまたがってやってくる. 同じように, この瞬間矛盾する意識の利用もその頂点に達する.『十二夜』はシェイクスピアの作劇手法の頂点を表わすものである. なぜなら変装したヴァイオラは劇全体にわたってうまく演じ続けるからである. エヴァンズによれば,『終りよければすべてよし』のヘレナは, シェイクスピアの劇的発展の転換点であるという. なぜなら, 彼女以後, 女性の主人公たちは劇世界を支配することはなくなり, そのかわり役割は男役, しかも慈悲深く, 全知全能な男性 (プロスペローのよ

うな)に移ってしまうからである.

　喜劇全体を対象に扱いながら,エヴァンズとは異なった研究方法を取っているものがある.その1つが,Larry S. Champion, *The Evolution of Shakespeare's Comedy: A Study in Dramatic Perspective* (Cambridge: Harvard Univ. Press, 1970) である.この本には45ページにわたる脚注が付いていて,批評家を評価し,どういう書物や論文を読んだらよいかを示してくれて有益である.チャンピオンは,喜劇を4つのカテゴリー,すなわち,行動の喜劇,アイデンティティーの喜劇,問題喜劇,変化の喜劇に分類する[7].シェイクスピアの発展をたどりながら,彼は『間違いの喜劇』,『ヴェローナの二紳士』,『夏の夜の夢』,『むだ騒ぎ』,『十二夜』,『終りよければすべてよし』,『以尺報尺』,『冬の夜話』,『あらし』に焦点をあてる.チャンピオンによれば,初期の喜劇は本質的に状況的喜劇であって,それらの作品においてはユーモアは性格からというよりも行動から引き起こされる.第2のグループでは,筋が実際の行動を描くことよりもアイデンティティー[8]の問題を強調する.問題喜劇は,変化のレベルで,性格を滑稽になりすぎないように描く.中心人物は罪を犯しても,最後には道徳面での喜劇的浄化を体験した後に赦されるのである.最後の変化の喜劇の性格の発展には,罪と自己犠牲的赦しの観念を

---

7) チャンピオンは,本文の説明で「問題喜劇」と「変化の喜劇」を1つのグループに入れている.「変化の喜劇」とは,主人公が経験を重ねることによって,ちょうど偉大な悲劇と同じように,価値感が基本から変えられてしまうことをいう.

8) アイデンティティーとは,自己が自己そのものであるということを意味する語であって,シェイクスピアにおいては,真の自己認識,あるいはその認識への到達(いままで知覚していなかったことを知ること)を意味している.

含み，価値観の変化を伴う．チャンピオンが強調している観念の1つは，「喜劇のポインター犬」[9]の役をはたす人物という認識であって，それは観客に対して全体像を与えてくれる人物のことである．

S. C. Sen Gupta, *Shakespearian Comedy* (Calcutta: Oxford Univ. Press, 1972; originally, 1950) もまた，シェイクスピア喜劇の発展の全時代を概観している．最初の2章で，セン＝グプタは喜劇論と，英国喜劇の発展を中世劇におけるその起こりから論じている．彼の主張によると，英国喜劇が筋を自由自在に描くためには，プラウトゥスとテレンティウスからの古典喜劇の影響を待たなければならなかった．エリザベス朝喜劇の主要な特色は，その豊かさと多彩さにある．そしてシェイクスピア喜劇は多様性という点，すなわち，性格描写，統一性と多様性，論理性と矛盾性において優っているという．セン＝グプタにとって，シェイクスピア喜劇は探究の芸術である．それも通常は個としての人間を追究する．フォルスタッフは，シェイクスピアの描いた最大の喜劇的人物である．

John Russell Brown, *Shakespeare and His Comedies*, 2nd ed. (London: Methuen, 1962; 1st ed., 1957) は，性格描写の重要性という点に反論する．ブラウンは，喜劇全体を概観し，作品の中で行なわれている暗黙の判断を強調する．ブラウンはこの暗黙の判断こそシェイクスピアの人生に対する態度を反映しているの

---

9) ポインター犬は，立ち止まって獲物をかぎだす猟犬のことであるが，喜劇人物のなかでは，たとえば『冬の夜話』のポーライナやオートリカスのように，劇的行動そのものの中心をかぎわけて，そこへと導く働きをする者のことをいっている．これらの人物は，シェイクスピアが喜劇的ではあっても，深い人間性の観察を表現できるような全体像を創造する役に立っているのである．

だといっている．ブラウンは，シェイクスピアの他の劇作品を多く引用して，喜劇に表わされているこの判断の基礎を示そうとする．彼は，構造を述べた章で，喜劇はしばしば歴史劇の構造に似ているという．豊かな理想的愛こそ『ヴェニスの商人』で示される主要な判断であるのに対して，『夏の夜の夢』と『むだ騒ぎ』では，真実の愛を探究している．恋人たちは，自分たちの真実を確立し，それが自分たちにはもっとも正当なものにみえる．『お気に召すまま』では，愛のもつ理想的秩序を精一杯祝うときに，劇は最高潮に達する．以上の3つの判断は，『十二夜』でも繰り返される．また初期喜劇以来の登場人物，状況，技巧等が繰り返されている．『終りよければすべてよし』，『以尺報尺』，『トロイラスとクレシダ』には，愛の試練と，愛に対する不完全な反応とが含まれる．晩年のロマンス劇には，それぞれの違いはあっても，初期喜劇にみられる暗黙の判断のほとんどが共有されている．『あらし』だけがこの型に当てはまらないように思われる．なぜなら主筋はここではプロスペローの人徳と復讐願望との間の葛藤という点に注意が向けられているからである．この研究書は説得力があるが，あまりにうまく型に当てはまりすぎているように思われる．

初期の喜劇を吟味しながら，批評家たちはそれぞれがたいていは実験的作品であるとされる『間違いの喜劇』から『十二夜』にいたるまでの劇のめだった特徴を明確にしようとする．E. M. W. Tillyard, *Shakespeare's Early Comedies* (London: Chatto & Windus, 1965)では，『間違いの喜劇』，『じゃじゃ馬ならし』，『ヴェローナの二紳士』，『恋の骨折損』，『ヴェニスの商人』について論じられている．最初の2章では，シェイクスピア喜劇の背景と

領域が扱われる．ティリアードは，首尾一貫した主題とか構造とかを追究しないで，そのかわりそれぞれの作品を各々別個に扱っている．彼によれば，シェイクスピア喜劇が他の偉大な喜劇と異なる点は，ロマンスに特有の精神的状態を分けもっていることである．『間違いの喜劇』において，シェイクスピアは不変の直観的認識として把握するようになった「社会的規範を決してはずれるな」という考えに従っている[10]．『じゃじゃ馬ならし』は，必ずしも首尾一貫した作品ではないために，完璧に表現されたり，あるいは創作されているわけではない[11]．『ヴェローナの二紳士』で友情(フレンドシップ)の主題を追究するときも，シェイクスピアはこのロマンス的主題を純粋なもの，あるいはそのまま手を加えなくてもよいものとは思っていなかった．『恋の骨折損』における青春と言語過剰という2大主題は相互に関連したもので，この喜劇は社会的喜劇の中心領域に属している．ティリアードは，シャイロックについてはロマンチック喜劇に登場するのにふさわしい人物であるとみなしている．

初期喜劇をまた別の観点から研究しているのが，Blaze O. Bonazza, *Shakespeare's Early Comedies: A Structural Analysis* (The Hague: Mouton, 1966) である．これは初期喜劇の構造について分析しているが，『間違いの喜劇』，『恋の骨折損』，『ヴェローナの二紳士』，『夏の夜の夢』に焦点が当てられている．ボナ

---

10) ティリアードによれば，この事実から一番遠くにあると思われる『冬の夜話』のような空想的な作品においてさえも，老羊飼いを登場させて庶民の卑しい生活を見せる（第3幕第3場参照）という．
11) スライが登場する序幕の問題，姉のキャタリーナと妹のヴィアンカの筋が一方は笑劇 farce であり，他方がロマンチックな喜劇であるというように対立していることなどを指している．

ッツァにとって構造という語は，ただ単なるプロットの構成という意味だけではなく，劇全体の構成要素，つまりプロットにおける挿話とその構想，性格描写，言語を含むのである．この本には残念ながら卒業論文的な雰囲気が感じられる．というのも，制作年代とか，材源，本文批評関係などのあらゆる知識が盛られている割に，劇的構造の問題にはせいぜい通り一遍な扱いをしているだけだからである．あらゆる分析は，『夏の夜の夢』で頂点に達し，この作品においてシェイクスピアは，喜劇的構造の問題を解決したという．初期の作品は実際にこの劇の成功という点から評価されているのである．なぜならこの劇において初期の実験が思い通りに，劇的に表わされているからである．この本は他の著作に較べてそれほど刺激的なものではない．

Peter G. Phialas, *Shakespeare's Romantic Comedies: The Development of Their Form and Meaning* (Chapel Hill: Univ. of North Carolina, 1966)において，フィアラスはロマンチック喜劇の特質を行動の分析によって明らかにしようとしている．彼はかなりの脚注を付けていて，その多くは他の批評家に言及し，本文においては特にチャールトン[12]に言及している．フィアラスによれば，シェイクスピアの喜劇的性格を発展させ，それを中心となる喜劇的主題の表現に適合させる能力，また劇的構造を発展させる能力について，その着実な進歩の跡をたどってゆくことが可能であるという．その中心主題は，人間の肉体的存在という事実に対して恋人たちが理想を表現することである．ここから愛の重要性と中心的位置とがはっきりしてくる．フィアラスは『間違いの喜劇』と『じゃじゃ馬ならし』を含めているが，この2作品と

---

12) 本書 pp. 71-72 参照．

もロマンチック喜劇の重要な特徴のいくつかをすでにもっているからである.『ヴェローナの二紳士』は,赦しと和解という主題を探究した最初の「ロマンチック喜劇」である.『恋の骨折損』では,喜劇的な誤ちを犯すが,そのためにかえって逆転と認識へと導かれるのである.『夏の夜の夢』の他の劇より優れている点は,劇中劇構造の考案である.筋をうまくまとめあげているという点では,『ヴェニスの商人』が他の初期喜劇を凌いでいる.『むだ騒ぎ』は,観客から舞台上の行動に対する非常に複雑な反応を引きだそうとする.『お気に召すまま』では牧歌的主題が重要であるが,それはロマンスとロマンチックな愛の主題を強調したり,制限したりしている.この劇はロマンチック喜劇として成功した形式であることを示している.『十二夜』は思索的な劇で,それはときに重々しい感じになりがちである.意にそまない者の愛や,ロマンチックな恋人の愛などいろいろな愛を描くという意味での教育を主題としている.

80歳を迎えた年に出版されたJohn Dover Wilson, *Shakespeare's Happy Comedies* (London: Faber & Faber; Evanston: Northwestern Univ. Press, 1962)は,シェイクスピアの喜劇的才能の特質を明らかにしようとする.またシェイクスピア喜劇が無視されてきたことをも論じている.「めでたし」で終わる喜劇とは,『間違いの喜劇』,『ヴェローナの二紳士』,『恋の骨折損』,『ヴェニスの商人』,『お気に召すまま』,『十二夜』,『夏の夜の夢』,『ウィンザーの陽気な女房たち』,『むだ騒ぎ』のことをいっている.ウィルスンは,シェイクスピア喜劇を情緒的で,心の優しい,空想的な,人間的なものであると定義している.初期の喜劇は,心静かな幸福感を共有し,結末では楽しい気分に発展してゆくもの

が多いが，時にはあやうく深刻になりかかったりする．めでたしで終わる喜劇の主要な要素は，背景のヨーロッパ大陸，あるいは地中海文化（『ウィンザーの陽気な女房たち』は例外である），滑稽な人物や道化[13]，ジェントリー階級の者たちの言葉遊び，商人やその商売，身分の高い者たちの愛と友情などである．ウィルスンによれば，『恋の骨折損』は，シェイクスピアが諷刺と茶番とを入念に，しかも一貫して試みたものであって，「言葉の祝宴」を強調する．『ウィンザーの陽気な女房たち』はどうであるかといえば，シェイクスピアがジョンスン風に喜劇を書いて，それにもっとも近づいたものである．シャイロックは，悲劇的人物とみなすべきもので，喜劇的人物ではない（しかしもしそうだとするならこの喜劇の「めでたしで終わること」はどうなるのかという疑問がおこる）．マルヴォーリオは，『十二夜』のなかでもっとも興味深い人物であり，フェステはあらゆる道化のなかでもっとも頭の回転のはやい人物である．『むだ騒ぎ』は見事ゲームであり，『お気に召すまま』は，牧歌的ロマンスの中心に嘲笑的調子が現われる喜劇である．このような特定の喜劇の分析からウィルスンは，結論として，シェイクスピアが実験を楽しんでいたこと，決して体系といったものに束縛されなかったこと——仮に彼が理論をもっていたにしても，それにこだわらない態度をもち続けたこと——を示している．

性格よりも形式を強調するのが，Ralph Berry, *Shakespeare's Comedies*: *Explorations in Form* (Princeton: Princeton Univ.

---

13) clown や fool のことをいっている．clown がもともと「うすのろ」の意味で，主として粗野な田舎者などの道化を指しているのに対して，fool は宮廷などの職業的道化師のこと．しかしこの両者を厳密に区別するのは困難である．

Press, 1972) である．これは『間違いの喜劇』から『十二夜』までの10作品を扱っている．彼は，作品の共通の形式とか構造を展開してゆくよりもむしろ，個々の作品をそれぞれ独自のものとして扱っている．ベリーは，各作品の有機的形式を強調するのである．個々の分析の目的は，喜劇作品を支配する観念を発見することであり，それを表現している行動にその観念を結びつけることである．喜劇手法の中心は，明らかに喜劇的な部分とその他の部分との関係にあり，それは普通，道化のもつ社会的機能の拡大なのであり，社会的に身分の高い者を批判することである．喜劇の表わす壮大な主題は幻想と，その正反対の観念，つまり現実である．ベリーは特にC.L.バーバーの「祝祭喜劇」的研究に反論し，それを不適切で，不完全な研究だと言っている．彼は，たとえば『恋の骨折損』とか『ヴェニスの商人』などの喜劇の言語に特別な関心をはらう．ベリーは，特定の発展のあとをたどることに関心をはらいはしないが，『十二夜』のなかに『間違いの喜劇』以来明らかになったいくつかの主題の反復と再表現を認めている．彼によれば，喜劇は悲劇を準備する手段であり，それは喜劇の目的とはいわないまでも，結果なのである．

　「問題喜劇」という言い方がよいか悪いかは別として，そういわれている一群の喜劇——普通『終りよければすべてよし』,『以尺報尺』,『トロイラスとクレシダ』——を特に扱っている研究がある．その研究を概観するのであれば，Michael Jamieson, "The Problem Plays, 1920–1970," *Shakespeare Survey*, 25 (1972), 1–10. をみればよい．問題喜劇を本格的に扱った最初の本は William W. Lawrence, *Shakespeare's Problem Comedies* (New York: Macmillan, 1931; revised, Harmondsworth, Middlesex: Penguin,

1969) である.ローレンスは,F. S. Boas, *Shakespeare and His Predecessors* (London, 1896) によって最初に出された提言に基づいて書名をつけた.

「問題劇」という語は,悲劇の範疇には明らかにあてはまらないが,そうかといって一般的に認められた喜劇という概念にあてはめるにはあまりにも深刻で分析的[14]すぎる作品を指すのに便利な言葉である.その支配的な精神はリアリズムでなければならない.また本質的特徴は,人間生活において,人を苦しめたり,悩ませたりする厄介な問題が,非常に真摯な精神をもって表現される点にある.問題喜劇は,異なった倫理的解釈をゆるす状況においての性格や行動の複雑な相互関係を探究するのである.これらの作品は,シェイクスピア芸術の根本的な出発点を表わしている.

ローレンスの問題喜劇の扱い方は,大部分をそれぞれの作品の確実と思われる材源と伝承の分析によっている.『終りよければすべてよし』において,ヘレナは気高く,けなげである.バートラムのほうは,まったく月並みな心変わりをする.この物語の基本は,貴婦人が多くの苦悩を切りぬけて幸福をつかむ点にある.この劇には2つの筋の流れがあって,それはフランス王を治癒することと,自分に課せられた難題をやり遂げることである.これをローレンスは伝統的物語と考えている.『以尺報尺』の全体的調子は,悲劇ほど憂鬱なものではない.この劇は,古くからの伝承や社会習慣によってもっともよく理解できる.この作品には人間の弱さに対する同情が満ちあふれている.『トロイラスとクレ

---

14) ここで分析的 analytic とは,ティリアードの項目でふれられているように,「人間性の細部を観察し,記録しようとする強い興味」(本書 p. 88 参照) のことをいっていると思われる.

シダ』のダブル・プロットの基本問題は失敗である．第5幕は劇的表現に乏しいが，心理的には強く訴えてくる．ローレンスはまた『シンベリン』の一部や，他のロマンス劇を簡潔に検討している．またなぜシェイクスピアが特定の時期に問題劇を書いたのであろうかについても考えている（これは批評家のお気に入りのゲームである）．シェイクスピアの成熟期にあたっているという事実がもっとも明らかな説明になる．おそらくひとつには雄大な構想と，より広い哲学的視野をもったためかもしれないし，または青春期の幻想を喪失したためかもしれない．あるいはまた当時優勢になった文学的，劇的様式の影響かもしれない．これらの考察はなかなか興味深いし，なるほどと思わせる点もある．しかし，シェイクスピアがなぜそのとき，そういう内容のものを特に書いたのかという芸術的疑問に答えていない．ローレンスは，歴史的研究において優れているが，実際の作品分析が弱い．

　E. M. W. Tillyard, *Shakespeare's Problem Plays* (Toronto: Univ. of Toronto Press, 1950) には『ハムレット』論が含まれている．ティリアードによれば，『ハムレット』と『トロイラスとクレシダ』は，興味深い問題を扱い，しかもそれらを提示しているから問題劇なのである．『終りよければすべてよし』と『以尺報尺』は，それ自体が問題である．ティリアードは，自ら「問題劇」という語を漠然と曖昧に用いていることを認めている．これらの作品に共通する特質は，宗教的教義とか抽象的思索，あるいはその両者を合わせたものに対する関心，また悪に対しての強烈な意識を明らかに示すような真摯な調子，人間性の細部を観察し，記録しようとする強い興味などである．ティリアードによれば，『ハムレット』は完全な意味の悲劇ではない．生まれ変わる

ハムレットとして描かれているかどうかという点でいくぶん悲劇としては欠陥がある[15]. この作品は, 精細な筋の展開, すなわちおびただしい事柄の表現にとらわれすぎ, そのためにこの劇を悲劇の領域から押し出してしまっているのである[16]. 『トロイラスとクレシダ』論では主として材源について取り扱っている. しかしこの作品を悲劇的諷刺として分類することを否定する. 『終りよければすべてよし』は不完全な詩的様式をもち, 『以尺報尺』は様式の一貫性に欠ける作品である. 本書の「結び」の部分で, 『終りよければすべてよし』と『以尺報尺』に見出される慈悲と赦しの主題は晩期のロマンス劇への道を示しているとティリアードはみている. あらゆる点から考えて, この本はティリアードの傑作とはいえないであろう.

Ernest Schanzer, *The Problem Plays of Shakespeare* (London: Routledge & Kegan Paul, 1963) は, ティリアードやその他の研究を批判している. 彼のいう問題劇とは, 『ジュリアス・シーザー』, 『以尺報尺』, 『アントニーとクレオパトラ』であって, これをみても一般読者に対して問題劇とみなされる作品群を慎重に考えさせようとしていることがわかる. シャンツァーによれば, ティリアードは曖昧すぎ, むしろローレンスの「問題」を倫理的領域に限定したほうがよいという意見に賛成する. しかしその一

---

15) ティリアードによれば, 悲劇の主人公は筋の発展に従って変化してゆき, 最後には新しい存在の確信という覚醒がなければならない. つまり生まれ変わらなければならない. しかしハムレットは最後までこの特質を示していないという.

16) ティリアードによれば, 悲劇形式とは理想的にいえば, 明確に限定されたもの, 形式的なものである. 登場人物の行動目的は明白であり, 観客は自己の共感すべきところをよくわきまえている. たとえば『マクベス』で, 主人公がバンクオウを殺害したとき, われわれは彼が悪人であるとはっきり認識している, といっている.

方で，ローレンスの分類した作品群も彼の仮説には当てはまらない．シャンツァーは，まず問題という用語の満足できる定義を探し求め，それから，あてはまるとすれば，どの劇作品がそれにあてはまるかを見極めるべきだと主張する．観客の側からの曖昧な反応こそ，著者の見出している特徴のひとつであって，この曖昧さはわれわれの側がどのような倫理的な態度をとればよいのか不確かなままで倫理的問題が提示されることによって生じてくるのである．だから主人公や主筋に対するわれわれの反応は，複合的というよりはむしろ，不確定な，分裂したものなのである．

William B. Toole, *Shakespeare's Problem Plays: Studies in Form and Meaning* (The Hague: Mouton, 1966) は，こうした不確かなものよりもむしろ，問題劇が宗教劇であり，中世道徳劇の影響を強く受けたという確実な点に関心を示している．トゥールはまずティリアードの示した作品群までもどって，最初の2章で彼の主張の背景を描く．つまり『神曲』と中世劇の詳細な吟味を行なう．これらは問題劇に対する彼のいわゆる「キリスト教的」研究の基礎をなしているのである．彼によれば『ハムレット』はキリスト教的悲劇であって，原罪の問題と結果を探求したものである．『終りよければすべてよし』と『以尺報尺』において，シェイクスピアは道徳劇に暗示されているものを明らかにしようとした．この2作品は中世の喜劇的原型を劇形式で表現しているのである．主人公たちは，要するに形而上的な逆境から形而上的な繁栄へと向かう．『トロイラスとクレシダ』の世界は応報の世界であり，悔い改めの暗示を欠いているから，それは悲劇にとどまっていて，その他の問題劇とはその点でまったく異なっている——それでは何故この作品を問題劇の中に含んだのかと読者

は疑問に思うであろう．トゥールは，問題劇に関する批評の多くを再検討している．たとえ彼のキリスト教的批評の道を必ずしも共に旅してみたいと思わないとしても，これは大変役に立つ著作なのである．

批評家たちは，これらとはまた異なる一群の喜劇作品，すなわち晩年のロマンス劇をひとつのグループにわけている．『ペリクリーズ』，『シンベリン』，『冬の夜話』，『あらし』である．Philip Edwards, "Shakespeare's Romance: 1900–1957," *Shakespeare Survey*, 11 (1958), 1–18. で，エドワーズはこれらの作品の批評を概説している．Derek Traversi, *Shakespeare: The Last Phase* (Stanford: Stanford Univ. Press, 1955) も，これらの作品を詳細に分析している．トラヴァーシによれば，これらの作品の核心に没落と和解との有機的関係という観念が存在する．これらは完全にリアリズムを排除し，象徴によってのみ正しく定義されるものになっている．『ペリクリーズ』は詩的象徴を実験した作品だが，不完全である．ここで主張されているものは精神的復活という観念にほかならない．『シンベリン』では，喪失と和解という主題が，シンベリンの息子たちと娘の両者において二重に表現されている．『冬の夜話』は完成した作品で，時間と激情によって引き起こされた愛と友情における不和を描き，また最後の場面でその不和が癒されるという点を探究している．最後の場面で，イメージの発展が，適切な形式的完成を与えられている．トラヴァーシにとって『あらし』は，象徴的手法におけるいっそうの論理的な発展を表現したものである．最後の場面での人間状態からの昇華は，ミランダのロマンチックな夢に前もって示されているが，それはこの劇の全象徴体系の極致とみなされる．

ティリアードも彼の初期の著作, E. M. W. Tillyard, *Shakespeare's Last Plays* (London: Chatto & Windus, 1938)でシェイクスピア晩年の作品を同じく論じている．しかし彼は，テクストの信頼性が薄いとして『ペリクリーズ』を除外している．彼はまず「悲劇のパターン」という見出しでこれらの劇を論じている．古い秩序は，あの悲劇の中心的な作品群においてと同じようにこの晩年の作品においても徹底的に破壊されている．この破壊的要素こそそれらが初期の喜劇作品と訣別した点である．全体的な構想は，繁栄，破壊，再創造である．ティリアードは，各作品においてこの構想がどのようにはたらくかをたどってみせる．「真実のさまざまな面」[17]という章で，真実の各々異なった面について語ろうとするとき，彼は宗教的な人間に近い精神状態を暗示し，ある程度の象徴的表現をとることは確かであると認めるが，しかし宗教的独断を意味しているわけではないという[18]．彼によれば，『シンベリン』ではこの真実のさまざまな面がいくぶんぼやけてしまっている．ところが『冬の夜話』ではそれらの面が際立ってうまく対照されている．一方『あらし』になると，真実のさまざまな面はくっきりとした対照，絶妙な対照，微妙な変化というあざやかな型をもっているのである[19]．

---

17) 「真実のさまざまな面」(Planes of Reality)，ティリアードはヒエラルキーの観念を垂直と水平の両面からとらえる．詳しくはpp.183-184注92), 93)参照．

18) さまざまな面をもった真実の世界を描こうとするとき，1つの型によらないで，それらを羅列しておくのは未知の世界に対して敬意を表わしていることになる．自己主張とは反対の態度であって，これはリアリズムに対してシンボリズムの存在を示している．「宗教的」な点に関しては，G. W. ナイトの記事 p. 186 注95) 参照．

19) 原文では真実のさまざまな面が色彩にたとえて説明されている．『冬の夜話』では色彩が互いに鮮かな，見事な対照をつくりだしているが，『あらし』では

G. Wilson Knight, *The Crown of Life: Essays in Interpretation of Shakespeare's Final Plays* (London Methuen, 1948; originally, 1947) は,妙なことに『ヘンリー8世』をこの作品群に入れ,それはロマンス劇に暗示されているヴィジョン[20]の極致であるからだといっている.この考えは確かに独創的で,いくぶん難題である一方,結局のところ確信を与えてくれる観念とは思えない.この本にはナイトの最初期の論文「神話と奇蹟」(1929年)も含まれている.これはナイトの後の多くの批評の根幹をなすものであって,彼は,シェイクスピアが空想によってではなく,ヴィジョンによって心を動かされたこと,だから娯楽性だけではなく,プラトン的な意味における神話を創造したのだという信念を述べている.だから晩年の劇でシェイクスピアは,人生の意味についての直接的ヴィジョンを表現してみせる.『ペリクリーズ』では,ロマンスの構造の内部に悲劇のもつ深さと真実が存在する.これはいわばシェイクスピア的道徳劇といってよい.偉大な自然,占有できず,常に新しい,創造的な自然が『冬の夜話』を支配する神である.レオンティーズの暴虐はこの神に背いたのである.レオンティーズが完全に悔い改め,パーディタの帰還によって創作が完璧になるまで復活は起こらないのである.ナイトは『シンベリン』におけるジュピター神の映像を強調する.それはこの劇の神学的印象主義と調和しているとみる.しかし彼が最大の賞賛を惜しまないのは『あらし』に対してであって,この作品はもっとも完璧な芸術作品であり,われわれの文学におい

鮮かな模様に変化し,非常に複雑だが,『シンベリン』のように曖昧ではない.この模様は,大きくくっきりとした対象,小さくて絶妙な対照,そして微妙な変化をもったものである,という.

20) 想像によって心に描いたもの.想像的あるいは詩的映像.

て神秘的なヴィジョンを水晶のようにもっとも透明に結晶させた行為である．彼はプロスペローとシェイクスピアを同一視する．この劇を通してシェイクスピアは自己の内面をみつめ，自己自身の魂の過去の発展をたどっている——この点について多くの批評家たちは異議をとなえるであろう．ナイトによればこの作品にはメタファー[21]が乏しい．なぜならこの劇そのものがメタファーであるからだと彼はいっている．

ナイトほど神秘的ではないが，同じく精神的な研究が，Joan Hartwig, *Shakespeare's Tragicomic Vision* (Baton Rouge: Louisiana State Univ. Press, 1972) である．ハートウィッグは晩年の作品群を悲喜劇というもっともとらえどころのない形式のジャンルの範囲に入るものとみなそうとしている．彼女の研究の一部は，舞台上の現実に対する観客の知覚を中心に回転する．観客というものは，何とかバランスを保とうとして見かけとは反対の反応をとることができる．晩期の劇は幻想(イリュージョン)を用いて現実的世界を照し出そうとするが，観客は2つの世界の相違を自覚している．これらの作品の究極的ヴィジョンは，人間行動の領域と神の領域の再結合である．『ペリクリーズ』において，シェイクスピアが観客を把握し，またそのための手法をもっていることをハートウィッグは強調する．つまりシェイクスピアは舞台上の幻想と観客との意識的距離を創造するのである．他の作品と同じように，この劇は「歓喜」の経験に達し，それを観客とわかちあっている．『シンベリン』の主要な関心は，人間の本性と外観の不一致である．『冬の夜話』の結末で，ポーライナは幻想と現実とを喜びに満ちた真実の中へと融合してしまう．悲喜劇的認識に必要

21) 隠喩．比較を用いないで1つの言葉が2つのことを表わす比喩的表現のこと．

な想像的な興奮をかきたてるのである．このとき観客は，限られた一瞬間に，人間行動の世界における不思議を垣間見ようとして彼らの合理的判断を一時停止する．プロスペローは，魔術師であり人間として，神の力と存在を体現する．シェイクスピアの悲喜劇のヴィジョンで重要な主要素のすべては，『あらし』のなかで強烈な自意識をもって伝えられ，演じられる．この劇は実際，他のロマンス劇の大団円から始まっているのである．晩期の作品を概観すると，シェイクスピアは直接，超自然的なものを表現することから始まって，人間の姿の具体的表現（プロスペロー）へと向かっていることがわかる．また彼は，ペリクリーズというほとんど全体的に受身な主人公を完全に行動的なプロスペロー，つまり神の知識を共有する人間へと変化させているのである．ハートウィッグの研究は新鮮である．それは彼女が，神話的ヴィジョンへの衝動を放棄し，われわれ観客が悲喜劇をどのように感じ，どのようにそれに参加するかという点を重視する立場に立っているからである．

歴史劇の研究

喜劇研究が無視されてきたとすれば，シェイクスピアの歴史劇はなおのことである．それらはたいてい喜劇か悲劇の変形であるとみなされてきた．歴史劇をひとつのジャンルとして定義することは，むしろ不正確なままで今日にいたっている．広範に探究されてきた領域のひとつが，シェイクスピアの利用可能であった材源についてである．どの年代記を彼が引用したと想像されるか．どのように利用したのであろうか．劇作品と年代記物語（あるい

はどのようなものが用いられたにしてもその材源）とはどのように対応しあっているのか．歴史劇は，英国史に基づいているのであるが，同時代の政治理論の研究や，歴史劇に現われた仮説が，政治思想の潮流をどのように反映しているのか，あるいは反映していないのかなどの研究に非常な刺激を与えることになった．シェイクスピアは本当に同時代のエリザベス朝の国民に対して，彼ら自身の政治的世界についての教訓を与えようとしたのであろうか．歴史の展開においてシェイクスピアは神の摂理の働きをどのようなものと見なしたか．この点に関して，批評家の意見が分裂してきたことは確かである．歴史劇はチューダー朝のナショナリズム台頭に貢献したらしい——このことは意図的だったのか，それとも偶然の一致だったのか．歴史劇とは政治宣伝に満ちたものなのか，あるいは，そこから首尾一貫した政治思想体系が現われてくるのであろうか．歴史劇で示されたシェイクスピアの芸術的手腕の発展もまた批評家たちの関心をひきつけてきた．

歴史劇批評の概観は，Harold Jenkins, "Shakespeare's History Plays: 1900-1951," *Shakespeare Survey*, 6 (1953), 1-15. をみればよい．Eugene Waith, ed., *Shakespeare: The Histories: A Collection of Critical Essays* (Englewood Cliffs, N. J.: Prentice-Hall, 1965) には11論文が再録され，ウェイスの序文，簡単な精選文献目録が載っている．Irving Ribner, *The English History Play in the Age of Shakespeare*, 2nd ed. (New York: Barnes & Noble, 1965; 1st ed., 1957) をみると，シェイクスピアがかかわってきた演劇の状況がわかる．最初の章でリブナーは，シェイクスピア時代の歴史と劇作品について論じている．それから彼は目をこの歴史劇のジャンルの出現に向け，それが中世

劇，特に道徳劇に負うところが大であるとみる．本書で16世紀のさまざまな歴史劇についての詳細な考察がなされていて，シェイクスピアの歴史劇も論じられている．付録Bには，1519年から1653年までの現存する英国歴史劇の，実に役に立つ年表が付いている．付録Dは精選文献目録となっている．

あらゆる歴史劇批評は，賛否は別として E. M. W. Tillyard, *Shakespeare's History Plays* (London: Chatto & Windus, 1944) という先駆的研究から出発している．ティリアードの研究はすでに歴史劇研究の伝統的解釈となっているのである．彼はこの研究書のかなりの部分を背景研究，つまり宇宙論的，歴史的，劇文学以外の文学的，劇文学的背景研究にさいている．ティリアードによれば，シェイクスピアはホール Hall の年代記(クロニクル)から見出した歴史的ヴィジョンに主として影響されたのである．そして彼は歴史を宇宙的にとらえた体系として描くことに成功した．それは根本から宗教的なものであり，それによって出来事は正義の法則，神の摂理の支配の下に展開されてゆくというのである．歴史劇の主人公，特に最初の4部作（『ヘンリー6世』第1部，第2部，第3部と『リチャード3世』の主人公は，イングランド[22]そのものであって，シェイクスピアへの中世の道徳劇の影響を反映した構造を生みだしている．

歴史上の「チューダー朝神話」という考えをティリアードは強調する――つまり，ヘンリー7世治下のチューダー朝が，ばら戦争を見事に治めて，この国に新しい統一と平和をもたらしたとい

---

22) 英国はイングランド，スコットランド，ウェールズ，北アイルランド，などからなっている．これらの諸国はたびたび互いに戦争を引き起こし，北アイルランドなどは現在も紛争が絶えない．

うことである．歴史の展開において因果関係をたえず主張するには，秩序という主題が説得力をもつ．『ヘンリー6世』第1部ではイングランドの試練を扱い，また神の干渉という仮定を設けている．一方，『ヘンリー6世』第2部では，故国の不和の問題に発展し，ヨーク公の姿が浮かび上ってくる．『ヘンリー6世』第3部で，シェイクスピアは混沌そのものを描いてみせる．本格的な内乱が勃発するのである．『リチャード3世』の主な役割は，この国家的4部作を完成させ，イングランドの繁栄を取り戻すという神の計画の遂行を示すことにある．この観点のために，リチャードという劇的人物には充分な注意をはらっていない．これらの4作品を結びつけているきずなは政治的主題，つまり秩序と混乱，正当な政治的位階と内乱，それこそ神のイングランドに示し給うた道であったとの信念などである．『ジョン王』は，王位継承の政治的問題とか，反乱の倫理，王の性格を示してみせる．ティリアードによれば，『リチャード2世』は，歴史劇中でもっとも形式的な，祭儀的な作品である．リチャードの犯した罪は暴虐というほどのものではなく，したがって彼に対する反乱は反逆的である．『ヘンリー4世』において，ハル王子は最初，戦闘的あるいは騎士的能力を試される．そしてホッパーとフォルスタッフという両極端の中間的存在である．しかし第2部では，公民としての美徳について試され，無法あるいは悪政の立場か，秩序あるいは（王として最高の美徳である）正義かの両者の選択を迫られる．『ヘンリー5世』が書かれるまでに，シェイクスピアはイングランドの主題を完成していたので，したがって彼のような具体的な英雄に支配させることができたのであるが，ティリアードは，この作品自体に関して多くの欠点を見出している．ティリア

ードの批評のわれわれに与えた貢献は,劇作品中の正統的政治思想に関する歴史的研究である.つまりシェイクスピアが歴史に表われる神の摂理観を自覚し,それを利用していることを示しているのである.

Lily B. Campbell, *Shakespeare's Histories: Mirrors of Elizabethan Policy* (San Marino, Calif.: Huntington Library, 1947) は,ティリアードの研究を補強している.この研究もまた正統的な政治思想の観点から歴史劇へとせまってゆく(『ジョン王』,『リチャード2世』,『ヘンリー4世』,『ヘンリー5世』,『リチャード3世』のみを扱っている).第1部は歴史文献と政治——さまざまな歴史観,英国の歴史家——を扱っている.キャンブルにとって,歴史劇は歴史に対する文学的研究手段であって,政治を扱っているのは,それがさまざまな行動様式を反映しているからである.『ジョン王』では,フォークンブリッジは主人公ではないが,そのかわり道徳劇に現われる悪役(ヴァイス)のように,他人を行動へと駆り立てる役である.『リチャード2世』は,同時代の政治的問題や政治状況,つまり王の廃位の問題を反映した作品である.したがってシェイクスピアはリチャードを用いて,王のもつ権利や義務に関するチューダー家の政治倫理を明らかにしようとしているのである.ヘンリー4世は,謀反をおこし,王位を簒奪したために,その罪の報いとして反乱に苦しめられる.一方,ヘンリー5世は理想的な英雄に描かれている.『ヘンリー5世』は,英国人を正当な要求にかなった勝利者とし,神の恩寵によって勝利を勝ちとるさまを描いている.『リチャード3世』は,悲劇と歴史の諸要素を結合した劇作品である.

M. M. Reese, *The Cease of Majesty: A Study of Shakespeare's*

History Plays(London: Arnold, 1961) は，主としてティリアードの系統を継いでいる．歴史の主目的は，神が人事を支配したもう論理と根拠を示すことである．歴史はまた，過去の実例によって現在の不運をどう耐え忍ぶかを教えてくれる．リースは，チューダー朝の歴史家，ポリドア・ヴァージル Polydore Vergil, モア More, フェイビアン Fabyan, ホール Hall, ホリンシェッド Holinshed を論じている．また，ダニエル・ドレイトン Daniel Drayton の文学作品，それに『王侯の鑑』*The Mirror for Magistrates*[23] を論じている．リースによれば，歴史劇というものは中世の民衆劇，奇跡劇や道徳劇から自然に発展したものである．シェイクスピア独特の特質は何かといえば，彼の洞察力の深く，広範であることと，結論に少しの独断もなく調和がとれていることである．歴史劇によって，シェイクスピアは理想的な執政者像を求め，ヘンリー5世という人物にそのもっともふさわしい像を見出しているのである．『ヘンリー6世』の3部はそれぞれ，実際の人間像や人間の苦境をほんの一瞥しているだけにすぎない．リチャードという主人公は，『リチャード3世』に荒々しい迫力を与えてはいるが，この作品は彼自身を表現したものではない．『リチャード2世』において，シェイクスピアは反逆がつねに悪であることを論じているが，ボリンブルックの性格と運命が一体

---

23) 1559年に出版された．詩で書かれた19の物語からなっている．作者はウィリアム・ボルドウィン，ジョージ・フェラーズなどである．物語は，リドゲイト Lydgate 版のボッカチオ著『君主の没落』とそっくりの語り口で，英国の歴史上の人物が，自己の没落を語る．1563年の第2版には，リチャード3世の支持者バッキンガム公を扱ったトマス・サックヴィル Thomas Sackville 作『バッキンガム公の謀叛』*Complaint of Buckingham* が入っているが，これはシェイクスピアが『リチャード3世』でヒントを得た作品といわれている．

となって王冠への容赦ない衝動へと彼を駆り立てる．リチャードの悲劇の真の犠牲者はイングランドなのである（これはティリアード的見方の反映である）．『ジョン王』は，焦点がぼけた不満足な作品である．『ヘンリー4世』の1部，2部は2作品とも皇太子の教育の問題を扱い，道徳劇的類型が内在している．シェイクスピアは『ヘンリー5世』で，キリスト教徒の王の鏡に映し出されたイングランドの尊厳の回復を祝福しているのである．シェイクスピアの歴史劇は一貫してイングランドの苦境と運命を反映しており，また時として興味深い劇的人物を表現してみせるのである．

S. C. Sen Gupta, *Shakespeare's Historical Plays* (London; Oxford Univ. Press, 1964) は，ティリアード学派に真向うから反論する．セン゠グプタの基本的な考えによれば，シェイクスピアの偉大さは主として生き生きと生身の人間であるかのように男女の像を創造する能力にあるという．こうした観点は，歴史劇に道徳の何らかの型を求めようとする人々とは大いに異なった見解である．チューダー朝の政治哲学を論じるさいにも，セン゠グプタによれば特定の政治的，倫理的観念を宣伝することがシェイクスピアの主要な関心であったという考えは疑わしいという．事実，シェイクスピアがチューダー朝の歴史観を表現しようとしたとする考えはいくぶん単純である．歴史劇は道徳的説教でもなければ，政治論文でもないのである．そのかわり，事件に対する個人的な人間的相とか，男女の人生における自然[24]と運命の葛藤や

---

24) エリザベス朝の文学やシェイクスピアに表現されているさまざまな自然観の対立については，John F. Danby, *Shakespeare's Doctrine of Nature* (London, 1949) や，本書のティリアード，シオドア・スペンサーなどの項目参照．

衝突が強調される．セン=グプタは，最初の4部作では，網の目のように複雑な歴史を単純化し，変化の原因を人間の性格に潜む予測できない要素に帰する傾向が次第に現われてくると考える．『ヘンリー6世』第3部が歴史劇というよりは，むしろ事件の年代記にとどまっているのに反して，『リチャード3世』は初めて，興味の中心に悲劇的主人公をおくことによって歴史上のさまざまな素材を構成しようとする．それはそうであるとしても，その素材は最後まで一部分手に負えないままになっているともいっている．『ジョン王』は歴史劇であると同時に観念劇でもある．『リチャード2世』は，政治的記録とか，道徳的教訓というよりも一個の人間悲劇である．『ヘンリー4世』の主題は，ハル皇太子の教育にあるのではなく，フォルスタッフの曲折に富んだ運命にある．この劇はハルが善と悪の両者にはさまれて葛藤することが中心になる道徳劇のようなものではないことは確かである．『ヘンリー5世』で，シェイクスピアは叙事詩と劇とが融合し，さらにコーラスによって事件や人物たちの全体像をつかめるように描いている．セン=グプタは健全な見方で行過ぎを正し，歴史劇は劇作品なのであって，歴史文書でもなければ，政治宣伝文でもないと主張しているのである．

Robert Ornstein, *A Kingdom for a Stage: The Achievement of Shakespeare's History Plays* (Cambridge: Harvard Univ. Press, 1972) もまた歴史劇のもつ審美的特質を強調する．この研究は，歴史劇全部を論じているが，初期の批評論，特にティリアードとキャンブルに対するある種の反動である．オーンスタインの論によると，何か実際の目的があってシェイクスピアが歴史劇のジャンルに手を染めたのであるにしても，その伝統とか，実践

を探ろうとするのは誤った見方である．つまり歴史劇は芸術的基準に照らして判断すべきもので，「エリザベス朝の世界像」[25]を再現するというような成果によって判断されるべきものではない．

シェイクスピアが，歴史上のチューダー朝神話を語るつもりで歴史劇4部作[26]を書いたというのは大いに疑わしい．神話が存在したとすれば，むしろヨーク神話と呼ぶべきであろう．どのような材源を素材として用いたにしても，過去に対するシェイクスピアの解釈は彼独自のものである．4部作それ自体は，非常に個別的な作品で，互いに違ったものであるから，英国史をひとつの奇妙なかたちに構成したパノラマの，それぞれが補いあう一部というように作品群をみなすわけにはゆかないのである．シェイクスピアが歴史劇で発展させたものは，芸術的探究と自己発見の旅であって，その道は政治や歴史を超えて，彼の成熟した芸術が示す普遍的主題と関心へとほとんど間違いなく続いているのである．彼は，『ヘンリー6世』作品群のなかで性格描写の可能性と，劇的な，また詩的な手法の幅を示している．『ヘンリー6世』第3部では，ヘンリー王が聖人らしくなるにつれて，ますます劇的人物から遠のき，むしろ道徳的象徴となるが，一方リチャードは新しい，複雑な心理をもった人物となる．歴史劇において初めて，シェイクスピアの『リチャード3世』の筋の組立てが垂直形式と同時に水平形式をもつようになった．なぜならリチャードの盛衰の各段階ごとに政治的，道徳的現実のあざやかな発見が示されるからである．オーンスタインがいうように，リチャードは長い間道徳教師の役を演じ，その後からこの劇の道徳的教訓そのものになる．リ

---

25) ティリアード　本書　p. 183 参照．
26) 『ヘンリー6世』1部・2部・3部と『リチャード3世』．

チャード2世は単に劇の主人公という以上に，同時代の詩的な声であり，詩的感受性の精髄を表現したものである．この劇は主人公の本性を精妙に描き出してみせる．『ヘンリー4世』第1部は，そのヴィジョンとプロットの統合がすばらしい．喜劇と歴史との相互作用を包含し，しかもそれを主張している．『ヘンリー4世』第2部は，老齢からくる幻滅と衰弱が重苦しい作品である．『ヘンリー5世』において英国の英雄主義をたたえるさいに，シェイクスピアは英雄主義をたたえながらしかも成功している点が驚異的である．なぜなら彼は主要人物たちの行動様式や動機について，主題を損う点のあることをも認めているからである．

Robert B. Pierce, *Shakespeare's History Plays: The Family and the State* (Columbus: Ohio State Univ. Press, 1971) も，『ヘンリー8世』を除くすべての歴史劇を論じている．歴史劇の技法の発展を王家や国家に関連づけながら観察するために，彼は制作年代順に検討していく．ピアースは，3つの基本的領域を論じている．第1は，王家に基づき，しかも対応関係がそれとわかるような習慣に依存する比喩や類比．第2に，歴史的事件の中心に投げ込まれてしまう王家の生活の場面．第3には劇の部分，全体を問わず，王家が政治的状況に手が付けられないほど巻き込まれてしまうことである．歴史劇の観念と技巧とが，観客の側でもそれらに対して同じような反応が起きることを理解しようと試みながら，論究されている．『ヘンリー6世』3部作では，王家が政治的無秩序の原因と結果を説明するものとしての機能をほぼ完全に果たしている．『リチャード3世』における王家の役割は，セネカ風の悲運[27]などよりずっと大きな復讐を達成することにあり，神の摂理の力としてその復讐に重みと倫理的意味とを与える

ことである.『リチャード2世』は,歴史劇におけるもっとも代表的な王家の主題を具現している.事実,この劇の中心となる筋の1つが王位継承問題である.この劇はある点で父と息子たちの劇である.秩序正しい王位継承を強調しているだけでなく,倫理にかなった継承を探究しているのである.シェイクスピアは,『ヘンリー4世』の2部作で政治的秩序の追求を示しているが,それは王家の内部における人間の秩序を追求するのと基本的には同じものとして表わされている.尺度が違っているだけである.『ヘンリー5世』ではこの王家の主題はあまり重要でない.たしかに王家を政治的主題のひとつの反響としてもちだすという機能をはたしているが,それはこの機能を深めてはいないのである.ピアースはこの研究書の主張を優れた結論でまとめている.

2番目の4部作に焦点をあてた研究としては, Derek Traversi, *Shakespeare from "Richard II" to "Henry V"* (Stanford: Stanford Univ. Press, 1957) があり,この4部作をハル皇太子の生涯や経歴を中心に書かれたものとみなしている.これらの作品の提出する問題とは,王となるにふさわしい個人的特質,しか

---

27) セネカ Seneca (c. 4 B.C.-A.D. 65) というローマのストア派の哲学者,悲劇作家,政治家だった人物の作品を手本とした悲劇は,ルネッサンス時代に広く模倣された.彼の作品には『ハーキュリーズ』,『エディポス』,『メディア』などがある.表現が激情的で,凶行,暴行などの行為は舞台外で行なわれ,それをメッセンジャーが舞台で伝える.ギリシア風の主題——狂気,密通,近親相姦などが描かれ,それがまた復讐の種になる.英国ではサックヴィル Sackvill とノートン Norton の合作『ゴーボダック』*Gorboduc* (1562) が最初のセネカ風悲劇で,その後キッド Kyd やマーロウ Marlowe を経て,シェイクスピアもセネカ風の作品を書いている.『タイタス・アンドロニカス』や,『ヘンリー6世』から『リチャード2世』などの歴史劇は,家代々に伝えられる呪いというセネカ的主題の変形であるといわれる.

も政治的なものと明らかに異なった特質とはいったい何かということである.最高の出来映えといえる点は,ハルひとりの胸に秘めた王となるべき使命観がひとつずつ明らかになるにつれて,それらは王威の中心的表現となるものを反映し,条件づけるひとつのイングランドという国にたえず関連づけられていることである.『リチャード2世』は,プロットが単純であるけれども,非常に凝った文体で書かれている.この劇のもっとも独創的な特徴はさまざまな技巧的形式で書こうと努力していること,入念に仕上げられた対照的な文体を,真の悲劇的主題をつくりだす緊張に呼応させようと努力していることである.個性と個性の葛藤が劇的に強調され,王の悲劇的なまでの無能と,敵方の果断な台頭とが釣合っている.『ヘンリー4世』第1部は,重要な複合的構造がめざましい成長を遂げている.有能な政治家としての皇太子になろうとはっきり意識するまでの展開が,いま無政府状態に脅かされているイングランド領土を背景に対置されている.フォルスタッフは崩壊し,最後に腐敗してゆく力であるが,その事実は,彼のいきいきとした表現によってもくつがえされることはない.『ヘンリー4世』第2部では,高等法院長とフォルスタッフとが釣合っている.この劇には後悔と復元という観念があって,喜劇的特質から厳しい道徳へ変転する精神が特徴となる.『ヘンリー5世』の中心主題は,聖別された権威に基づき,フランスとの戦争によって勝ち取った王位による秩序をイングランドに確立するということである.この頃のシェイクスピアのほとんどの作品と同じように,この劇も激情の統御,またその行動との関係に関心をはらっている.『ヘンリー5世』では,主人公ヘンリーの鋭い動機分析が,慎重に組み立てられてきた王としての職務の観念と

結びつけられている．トラヴァーシの意見によれば，この劇は悲劇的調子に到達するまでにはいたらない明確なペシミズムで終っている．

いくつかの歴史劇を通じて，ある特定の主題をたどった研究がある．Michael Manheim, *The Weak King Dilemma in the Shakespearean History Play* (Syracuse: Syracuse Univ. Press, 1973) がそれである．王に対して，たとえ彼が暴虐であろうと意気地がなかろうと，臣下が彼に抱く反撥と共感の相反する感情が表現されている作品群をマンハイムは検討する．マンハイムによると，これは1590年代のエリザベス朝の人たちの間で深刻になり始めた君主制に関する反撥の広がりを表わしているのである．この批評的研究ではまた，観客が君主に対して同情を寄せるよう巧妙に操縦する点に関しても考察されている．マンハイムはこの点を論じるとき，『エドワード2世』*Edward II* とか『ウッドストック』*Woodstock* などのいくつかのシェイクスピア以外の作品にも検討を加えている．弱体な王の抱える中心的ジレンマは，王の廃位が正統化されるかどうかという点にある．リチャード2世はまず反感を買い，いったん彼が傷つきやすい人間であるとわかると次に同情をよびおこす．死の場面でリチャードがついに新しい自己覚醒のしるしを示すと，劇は悲劇に近づく．ボリンブルックは，もちろん，力の具現者である．『ヘンリー6世』3部作では，不適格な王は廃位されるべきであるかどうかというジレンマの極限にまで到達する．ヘンリーのさまざまな弱さが，貴族たちの残虐や力に直面して自身を王位から引きずりおろすことになる．こうした劇のすべてに固有の観念は根深いマキャベリ主義であって，これは弱体な王にとってかわるべきものとみなされる．うま

く治めている強力な王は，一種のマキァベリ主義の現実的教訓を学びとった者なのである．『ジョン王』は過渡的な作品である．主として庶子のフィリップの性格などにみられるこの新しい政治方式との和解がみられるからである．だからこの作品は，『ヘンリー6世』と『ヘンリー5世』との中間にあって，反マキァベリ主義と親マキァベリ主義との裂け目に橋渡しをしている．そのような傾向の頂点に達するのが『ヘンリー5世』である．この作品は強力な王を表現し，他の王にみられる動揺や弱さに悩まされてはいない．ヘンリー5世は，力強さとかマキァベリ主義とかの烙印を好ましいもの，魅力的なものにしている．マンハイムの研究の難点は，劇のテクストに対してしばしば不注意なことで，細部を厳密に想起させてくれないところがある．彼はまた，シェイクスピアが必然的に依存したはずの一定の材源を彼の論旨と結びつけるのを怠っている．いいかえれば，シェイクスピアがヘンリー6世を強力な王にできないのは，歴史的事実がそうできなくさせているからなのである．

James Winny, *The Player King: A Theme of Shakespeare's Histories* (New York: Barnes & Noble, 1968; London: Chatto & Windus) も大変有益な研究である．ウィニーはティリアード説，つまり4部作が倫理的主張をもった首尾一貫した主題を形成しているという説に反対する．それどころか，6代にわたる治世の歴史的年代順はシェイクスピアの構想した目的とは無関係であり，創作年代順こそ重要であるという．この連作(『リチャード2世』から『ヘンリー5世』まで)を通じて，王は不安定な王座についている．政敵の攻撃にさらされて，自らの王冠を失いたくなければ，彼らの野心をどうしても押えなければならな

い．だから王としての任務は，直接支配である．ウィニーは，劇から劇へと発展のあとをたどりながら，政治的概念としてではなく，想像上の概念としての王という観念に焦点をあてるのである．『リチャード2世』では，リチャードという人間の本質は，その名と王の称号にあるようにみえる．政治的破局からくるショックによって，彼はそのような自らの大げさな実体の空しさを認識し，彼が従来無視してきた基本的で素朴な人間に後退してゆかざるをえなくなる．この作品は王という称号のぺてん（リチャード王）が，強固な現実（ボリンブルック）との避けようとして避けられなかった対決という1点に集中する．ヘンリー4世となったボリンブルック自身も現実をすりぬける．道義的責任のためという看板を踏襲するのである．彼が外見上の威厳を保つのに反して，フォルスタッフは威厳や沈着さを滑稽に演じてこの気取りを茶化している．ハル王子は，国王の旗印を汚名に屈服し引き渡すことによって卑しめ[28]，纂奪者である父王の始めたやり方を踏襲する．しかし彼は最後に国王の務めと人格とに威厳を取り戻すのである．ウィニーの意見によれば，『ヘンリー5世』は，かなり欠点のある作品で，彼はヘンリーが理想的なキリスト教徒の王であるという考えを嫌っている．何らかの理由で，シェイクスピアは歴史的題材をもてあましているように思われる．この劇では，王の心中の不安と疑いを描いたときがもっともいきいきとしている．

David Riggs, *Shakespeare's Heroical Histories: "Henry VI"*

---

[28] 『ヘンリー4世』第1部において，ハル王子はロンドンの下町でフォルスタッフなどのならず者と遊興の毎日を過ごしている．この行為はヘンリー王によると，「下賤のものと交わってお前の王子としての優越を台無しにしてしまった」（3幕2場）ということになる．

and Its Literary Tradition (Cambridge: Harvard Univ. Press, 1971)では, ホールとかホリンシェッドなどの年代記作家よりも, シェイクスピアがえた文学的, 劇的, 修辞的伝統を強調している. 第1章でリッグズは, エリザベス朝歴史劇を創作する実践的問題に関連のある歴史や文献について, 一連の仮説を展開してゆく. 彼はここで神の摂理と史料編集の問題を考察する. その基本的仮説の1つは, エリザベス朝の劇作家たちが歴史への人間中心的とらえ方を直感的につかむようになってきたことと, 他方年代記作家たちの神の摂理観は一般的方法というよりはむしろ例外になっていたことである. 彼はさらにマーロウの『タンバレイン』に特別の関心を寄せながら, 人気の高い歴史物の修辞的な基礎を探究している. 第3章では, マーロウの作品からリチャード3世にいたる「典型的英雄」を概観し, ヘルクレス的英雄[29]の発展における血統と行為とを区別している.『ヘンリー6世』の3部作では, シェイクスピアは王の統治に明瞭な輪郭を与えた「行為者」を表現しているが, これは首尾一貫した倫理的歴史とか, 神の摂理の観点とは対立する. リッグズは3部作全体にわたって, 英雄的理想主義の次第に腐敗してゆく姿をシェイクスピアが扱っていることを論究する. この3部作は, ここに記述されている文学的伝統の具体例であると同時に, 批評でもある. 著者は, 最後の章で『リ

---

29) ヘルクレス的英雄とは, 非常に困難なことを成し遂げる英雄のことであるが, 悲劇においては, 運命に立ち向かってゆく英雄, 極限状況へと向かってゆく英雄のことである. マーロウ, チャップマン, ドライデンの作中人物やシェイクスピアの『アントニーとクレオパトラ』や『コリオレーナス』についてヘルクレス的英雄の観点から論じているものに, Eugene M. Waith, *The Herculean Hero: in Marlowe, Chapman, Shakespeare and Dryden* (London: Chatto & Windus, 1962)がある.

チャード3世』と『ヘンリー4世』第1部を英国史における英雄的伝統とその重要性の再評価という点から考察している。この2作品こそ先に述べたジレンマを解決しようとしているのである。たとえば『ヘンリー4世』第1部は，伝統的規範の腐食を当然とみなし，そうすることによって皇太子に騎士としての使命を選ぶようにしむける意図を再評価するのである。リッグズは役に立つ参考文献目録を付している。

　歴史劇について書こうとするものはみな，遅かれ早かれ，神の摂理の果たす役割について何か語らなくてはならず，いずれ誰かが歴史劇についてのこの重要な問題を本格的に研究することは避けられなかったし，また望まれてもいた。Henry A. Kelly, *Divine Providence in the England of Shakespeare's Histories* (Cambridge: Harvard Univ. Press, 1970) はそういう意図から書かれたものである。本書の第1部は，15世紀イングランドについて同時代の文書の中に現われている，歴史のさまざまな「神話」を扱っている。これらの見解は，16世紀の散文年代記作家であるヴァージル，ホール，ホリンシェッドなどによってまとめられ，また幾人かのエリザベス朝詩人の中にもみられる。ケリーによれば，上記の年代記作家のものには絶対的な意味での神の与えた罪とか，審判とかの成就を示すようなものは見当たらない。しかしダニエルの書いた1595年版の『内戦史』*The Civil Wars* には，神のもくろみのはっきりした意識がみられる。『リチャード2世』には，この神の摂理の主題が存在しているが，神がこの劇の行動に積極的にかかわっているという作者の決定的な観念はみられない。『ヘンリー4世』第1部では修辞的効果を与えるために時としてこの主題が導入されている。『ヘンリー4世』第2部で

は，神のすべて良しとしたもう側と，罪深い行為とされる側との葛藤においていったいそのどちらを信じているのか，シェイクスピアは明らかにしていない．『ヘンリー6世』3部作の行動は，それ以前の治世から導き出される神の摂理の帰結として現われてくるわけではない．葛藤はそれ自身の原因による新しい状況から引き起こされるのである．『リチャード3世』は，ヘンリー6世とその一族が，祖父であるヘンリー4世の犯した「罪」のためにいま罰せられているところであるとは示していないのである．ケリーの考えでは，ティリアードが述べたチューダー朝神話の神の摂理という観点は，事実を追認したかたちでのプラトン的イデアであって，劇や文学そのものによる実体化ではない．それどころか，シェイクスピアは人物を劇化することによって，歴史の語る歴史上の人物によってなされたあらゆる客観的に知れわたった神の審判という観念を排除してしまったのである．

ケリーの研究によって，われわれはあのティリアードに代表される初期の観点から180度方向転換をしてしまった．歴史劇についてのいくつかの研究によって，批評家は政治的，歴史的問題への関心を減じさせ，それらが何よりもまず劇作品であるということ，作品のもつ芸術的特質こそが解明されなければならないことを強調しようとするようになったのである．

悲劇の研究

悲劇批評は，しばしば性格研究に焦点があてられてきた．確かに悲劇の中心人物は，忘れられない印象を残す．彼らの動機，心理，精神は，舞台で上演されても，またテクストのかたちで読ま

れても心を引きつける．どの時代の名優たちも，シェイクスピアの悲劇の主人公の役を演じてみたいと望むのである．批評家は，悲劇の精神と形式を検討し，シェイクスピアの悲劇作家としての発展の流れに注目してきた．また彼と同時代の劇作家の影響や，悲劇理論の影響という問題点を論じてきた．ある批評家たちは，共通の主題を分類し，その主題によって悲劇作品を結びつけてきた．また文体やイメージの問題も考察されてきた．

悲劇論についての非常に有益な書評は，Edward Quinn, James Ruoff, and Joseph Grennen, eds., *The Major Shakespearean Tragedies: A Critical Bibliography* (New York: Free Press, 1973)である．この書は，『ハムレット』，『リア王』，『オセロウ』，『マクベス』についての批評や研究を論評し，評価を下している．本書は各作品についての業績を5つのカテゴリーに分けている．批評，版本，テクスト，材源，舞台上演であるが，特に批評に重点が置かれている．批評は年代順に論じられ，ふつう18世紀から始められる．それぞれの劇作品を論じた後に，批評家の索引が付けられている．Clifford Leech, "Studies in Shakespearian and Other Jacobean Tragedy, 1918-1972: A Retrospect," *Shakespeare Survey*, 26 (1973), 1-9. もまた他の批評を論評したものである．特殊研究については2つの研究，すなわち Leech, "Studies in *Hamlet*, 1901-1955," *Shakespeare Survey*, 9 (1956), 1-15. と，Helen Gardner, "'Othello': A Retrospect, 1900-67," *Shakespeare Survey*, 21 (1968), 1-11. をみればよい．悲劇批評の選集としては，Laurence Lerner, ed., *Shakespeare's Tragedies: An Anthology of Modern Criticism* (Harmondsworth, Middlesex, England, 1963) がある．ここには悲劇9作品につい

ての論文と,悲劇論,それに特殊なシェイクスピア悲劇論などが収められている.Clifford Leech, ed., *Shakespeare: The Tragedies: A Collection of Critical Essays* (Chicago: Univ. of Chicago Press, 1965) には18篇の論文が再録されている.ドライデンから現代の批評家に及び,リーチの序文が付いていて,シェイクスピア悲劇に関するいくつかの批評について論評している.

おそらく悲劇研究のなかでもっとも強烈な影響を与え,事実シェイクスピア批評のなかでも最大の影響を与え続けてきたのが,A. C. Bradley, *Shakespearean Tragedy* (London: Macmillan, 1904)〔邦訳『シェイクスピアの悲劇』(上)(下)中西信太郎訳,岩波文庫〕である.本書が20回以上にもわたって版を重ねてきた事実がこの研究の卓越性を証明している.ブラッドリーは,『ハムレット』,『オセロウ』,『リア王』,『マクベス』を徹底的に分析し,その主人公の性格を強調し,心理を明らかにしようとする.冒頭のいくつかの章でまずブラッドリーは,シェイクスピア悲劇の「本質」と「構造」を論じている.ブラッドリーによれば,悲劇の中心は性格から生じる行動,あるいは行動の内部から生じる性格にある.不運や破局は人間の行為から必然的にもたらされるものである.しかもその行為の根本は性格から生じるのである[30].悲劇的主人公の本性を論じながら,主人公の悲劇的特質は同時にまた彼の偉大さであり,運命的破局をもたらすものだと著者はみているのである.

『ハムレット』という劇全体は,主人公ハムレットの特異な性格によって決定される.彼の直面する困難は内的なものである.

---

30) 「性格とは運命である」という言葉のなかにブラッドリーの性格批評の特徴がみられる.

ブラッドリーは，この作品が内省から生じる悲劇であるとするコウルリッジ説[31]を否定する．そうではなく，悲劇の原因は，まったく異常な精神状態，ハムレットの受けた倫理的衝撃から生じた深い憂鬱状態によるのである．この憂鬱という心的状態からハムレットのあらゆる行動が説明され，ブラッドリーはそれを詳細に検討している．クローディアスの祈りの場[32]でハムレットが王の生命を奪わないでおくことはこの劇の転回点となるが，ここからあらゆる悲惨な出来事が続出する．ブラッドリーはまたクローディアスが心理的にも，劇的にも興味深い人物であるとみなしている．

『オセロウ』は，あらゆる悲劇の中でもっとも痛ましい感情をかきたて，もっとも凄惨な作品でもある．しかし一方でオセロウ自身はシェイクスピアの主人公のなかでもっともロマンチックな人物である．彼の精神は素朴で，生まれつき激しい情熱にあふれた人間である．人を信頼するかぎり，彼はとことんまで信頼する．ブラッドリーはコウルリッジとは反対にイアーゴウの悪意の充分な動機をなんなく見つける．イアーゴウという人間は，知性と意志の並はずれた力を有し，権力欲を満足させたいという意欲が自らを駆り立てているのだ，とブラッドレーは考えている．

ブラッドレーにとって，『リア王』はシェイクスピアの偉大な業績であるが，最高の作品ではない．たとえば，グロースター公の目がくりぬかれる場などは，舞台劇としての作品の汚点である．それにもましてこの劇の主要な欠点といえるのが，ダブル・

---

31) コウルリッジによれば，ハムレットの復讐の遅延は彼の内省的性質による．彼の不決断の原因は，そういった性質以外に考えられないとする．

32) 劇中劇の場で，ハムレットの仕掛けた罠にはまったクローディアス王は，謁見室の大廊下で，空しい懺悔の祈りを捧げる（3幕3場）．

プロット，つまりリア王とグロースターの物語である．しかしこの技法によって劇が普遍的特質を与えられていることは，ブラッドリーも認めている．ブラッドリー自身の演劇観からすると，「幸福な結末」が求められるのである——苦悩はすでに充分描かれてきたというのである．リアの最後のせりふや仕草は「押さえきれない喜び」を表現すべきだと彼は考える．

『マクベス』は悲劇のうちでもっとも激しい，もっとも凝縮した作品である．ブラッドリーによれば，魔女は影響力を与えるものにすぎない．マクベスとマクベス夫人は野心に燃えている．ダンカン王殺害の後のマクベスは，シェイクスピアの中で，心理的にもっとも著しい発展を示す登場人物である．しかも妙なことに彼は観客の共感を決して失いはしない．マクベス夫人の偉大さは，その勇気と意志力にある．

ブラッドリーの理論を認める立場は，今世紀の批評史においては盛衰を繰り返してきた．これに関連した事実は，Katherine Cooke, *A. C. Bradley and His Influence in Twentieth-Century Shakespeare Criticism* (Oxford: Clarendon, 1972) に記録されている．この本にはブラッドリーの伝記，批評理論，彼に対して他の批評家から加えられた攻撃，彼の貢献に対する評価などが論じられている．全体としてクックは，ブラッドリーがいまなお高い関心を引きつけ，読まれ続けているのは正当な理由があるからであり，本書が出版された頃の数10年間，彼の成功に対して向けられた嫉妬もいまは消えていると考えている．

ブラッドリーの弟子を自称している人がチャールトンで，その著 H. B. Charlton, *Shakespearian Tragedy* (Cambridge: Cambridge Univ. Press, 1948) では，どのような表現手段によっ

てシェイクスピア悲劇が不可避性[33]の効果を得ているかという点を重要視している．偉大な悲劇において，人間はある究極的な，神秘的な衝動によって道徳を形成する．シェイクスピア悲劇は，したがって，人間精神の神聖化である．チャールトンは，初期の悲劇を習作あるいは実験とみなす．ハムレットは自己自身の理想的世界を創造し，そしてそれを現実世界の真実の知的な投影であると誤解する．このために彼はほとんど行動が不可能になってしまうのである．オセロウの没落はこの悲劇の核であるが，彼は悲劇的世界，すなわち文化的ならびに精神的という2つの伝統の悲惨な遭遇点としての世界における悲劇的人物なのである．イアーゴウの悪意は彼の内部から触発されて出てきたものである．マクベスは将来起こりうる苦悩をすべて予感するにもかかわらず，野心があらゆる彼の道徳的ためらいを打ち負かしてしまう．彼はダンカン王を殺害し，罪の報いが始まる．『リア王』の劇的世界は素朴なものである．素朴で単純な過程をたどってゆくうちに，『リア王』はその表現する悲劇的世界を普遍的なものにし，あらゆる人間を生の悲劇的葛藤のなかへと引きずりこんでしまうのである．

　チャールトンはシェイクスピア悲劇について次のような総括的結論を引きだしている．シェイクスピアの悲劇は深い精神性を有

---

33) チャールトンによれば，悲劇の終わりは死であるが，その死は作者が勝手に考えついたものではなく，状況から必然的に与えられるものでなくてはならない．窮極的な「必然」the ultimate Necessary の力によってもたらされるものでなくてはならない．ギリシア劇ではこの力とは復讐の女神ネメシス Nemesis であったが，シェイクスピアを初めとするエリザベス朝の悲劇では，人間の個性の中にそれを見出した．不可避性の根源は人間と世界との相互作用の中にあるといっている．

するが, 必ずしも宗教的であるというのではない. 主要な関心事は人間中心主義者としての関心である. 精神と肉体の間に厳しい, 確固とした二分法則はない. 人生における真の悲劇は, その不毛であることを信じてしまうことにある. 人生は神秘のうちに始まるが, 人間は創造力をもっている.

いくつかの批評的研究は, 創作年代にしたがって区分した作品群を取り扱う. たとえば, Nicholas Brooke, *Shakespeare's Early Tragedies* (London: Methuen, 1968) は『タイタス・アンドロニカス』,『リチャード3世』,『ロミオとジュリエット』,『リチャード2世』,『ジュリアス・シーザー』,『ハムレット』を検討する. この本はそれらの発展のあとをたどるとか, 共通主題を描くとかということを特にねらったものではなく, むしろ個々の作品の「文体」に関心をはらっている. 『タイタス・アンドロニカス』では, 中心主題は人間が激情によって野獣へと堕落してゆくことにある. ブルックは詩的様式化を強調する. なぜならそれがこの作品を統一している要因だからである. 道徳的歴史への集中がリチャード3世のもつ不隠な活力という本質から注意をそらしてきた. 『リチャード3世』で, シェイクスピアはある種の懐疑主義を容認し, そうすることによって彼自身の正統的観念のもつ悲劇的ジレンマを発見するのである. 『ロミオとジュリエット』は, 形式的構造を強調するが, また同時に絶えずそれを疑ったり, その意味を見極めたりしている. 形式的外観は, 内面的経験を制限するだけではなく, 明らかにもしてくれるのである. シェイクスピアは愛と死を一体化することをロミオとジュリエットの青春の一部としてしまう. これは作品全体にわたる逆説的主張の中心を形成する. 『リチャード2世』では, 王の悲劇は彼の人間性その

ものにある．彼の苦悩は，彼の欠点と皮相的な関係しかない．
『ジュリアス・シーザー』の構造は，二重のヴィジョンをもっている．ひとつは当面の高貴なものを指向すると同時にまた，他は見せかけの，滑稽なものをも指向しているのである．他の作品と同じように，この劇は人間を人間として探究する．確定した価値尺度の中でのみ意味をもつ，天国・地獄の『ハムレット』における修辞的壮重体は，天国・地獄の観念では何も解釈できない現世の非常にいきいきとした存在感と対照されている．シェイクスピアは，ハムレットの行動と言葉をこの両極間にゆれ動かしながら，しかもなお，まぎれもなく1人の人間として描くことができるのである．

多くの批評家の関心が中期の悲劇，『ハムレット』，『リア王』，『オセロウ』，『マクベス』という成熟期の作品に向けられてきたことは理解できるが，そうしたもののうち初期の研究が，Lily B. Campbell, *Shakespeare's Tragic Heroes: Slaves of Passion* (Cambridge: Cambridge Univ. Press, 1930) である．歴史的批評によるこの研究書で，キャンブルは，ルネッサンス期の哲学と心理学の広範な背景を示してくれる．4大悲劇は激情を映し出す鏡である．『ハムレット』において，シェイクスピアは，人間が悲しみに出会ったとき，それをどのように受けとめるかという基本問題に答えようと試みたのである．だからこれは悲哀の悲劇である．『オセロウ』は嫉妬の研究であって，嫉妬が人種の違った人間にどのような影響を及ぼすかという研究である．『リア王』は，老いの悲劇として構想された憤怒の悲劇である．このような激情の研究という点からみると，『マクベス』は，恐怖とは正反対の観念を背景とした恐怖の研究となる．登場人物の激情が作品

全体を通じて行動よりも重要なのである．キャンブルの研究は，徹底的にルネッサンス時代の文献によって実証されているが，結局のところその結論の単純さに失望するかもしれない．

これとは根本的に異なった，しかし歴史的ともいえる研究が，Carol Carlisle, *Shakespeare from the Greenroom: Actor's Criticisms of Four Major Tragedies*(Chapel Hill: Univ. of North Carolina Press, 1969) である．この本は，広範な知識を集め，役者の批評家としての主要な業績を例示してくれる．過去から現在にいたる役者が収録されている（付録には簡単な伝記が載っている）．各章は，3つの大項目からなり，それによってそれぞれの批評が分類されている．劇作品，登場人物，批評から劇場へ，の3つである．有益な序論と結論では，役者たちの貢献を評価し，彼らの批評の状況を確定している．要するに，本書は研究を印象深くそろえてみせてくれるし，いままでしばしば見逃されすぎていた領域を探究しているのである．

Bernard McElroy, *Shakespeare's Mature Tragedies*(Princeton: Princeton Univ. Press, 1973) という比較的最近の研究において，マッケロイは4大悲劇の世界に共通した基礎は相補的視点（対立）であるという．彼は，劇的世界と，主人公の主観的な，知覚的な世界との関係を検討している．シェイクスピア悲劇の中心点は，悲劇的主人公の経験である．マッケロイは，成熟期の悲劇的主人公たちが共有する5つの主要な特質を考える．（1）普遍化の傾向．（2）異常なほどの自意識．（3）自己を個人としてだけでなく，広範な構造の一部として意識すること．（4）偽善，そして虚偽の表現を忌まわしい犯罪とみなす倫理感．（5）現実認識や自己認識を，基本的な仮定の段階ですり減らしてしまうもろさ．

ハムレットの世界の特質は，危うさ，とらえどころのなさ，腐敗などがいたるところにあることである．ハムレットが自己の世界に示すもっとも首尾一貫した，めだった反応は怒りである．悲劇的葛藤は彼が行動せよと命じられたことと，自らしたいと思っていることとの間に生じる．『オセロウ』には，2つの主要な領域がある．ヴェニスとキプロス島である．この作品は主として苦悩を描く．さらにつきつめていえば，果てしなく深まる孤独の苦悩を描く劇である．行動は信念によって決まる．イアーゴウは，自分の心が要求して信じたいとし向けるものを信じる．オセロウの悲劇は，愛があれば，あらゆる相違を乗り越えられるという愛の信念にすべてを賭け，それからひとたびそれに疑問が生じてくると，その信念を保てなくなることがわかる，という点にある．『リア王』は，衰えゆく中世のヒエラルキー[34]が，実利的物質主義の攻撃に直面する実例である．この劇の世界は，非常に根源的で，原始的なエネルギー，激しく両極にわかれた対立，つねに変転するアイデンティティーからなる．このアイデンティティーの問題は，リア王自身において最大の問題である．彼の死は，自分に何も希望が残されなくなってしまったときでも，なおまだ希望する能力を人間がもっていることを示している．とりわけ『マク

---

34) ピラミッド型の階層社会のこと．中世ヨーロッパのカトリック教会で教皇を中心とする僧侶の位階制を指したが，後にはこれが類比的に拡大解釈され，宇宙から社会，人間関係などにもこの観念が応用された．自然の秩序 order がヒエラルキーに示されていることについては，Theodore Spencer, *Shakespeare and the Nature of Man*（本書 p.184）や，J. F. Danby, *Shakespeare's Doctorine of Nature* (London: Faber and Faber, 1961; 1st. ed., 1949), それにE. M. W. Tillyard, *The Elizabethan World Picture*（本書 p.183）などを参照．さらに第1章の言及（p.32）参照．

ベス』は，しまいには精神的麻痺状態に導く自己嫌悪，自己憎悪の悲劇である．この世界では，自然は死に絶えたようにみえ，邪悪な夢が眠りを責めさいなむ．

最後の悲劇作品を扱かったものに，Willard Farnham, *Shakespeare's Tragic Frontier: The World of His Final Tragedies* (Berkeley and Los Angeles: Univ. of California Press, 1950) がある．ファーナムは，『マクベス』，『アテネのタイモン』，『アントニーとクレオパトラ』，『コリオレーナス』をひとつのグループとして考える．深い汚れに染まっていてもまれにみる精神の持主が，シェイクスピアの最後の悲劇世界の中心を占める．この世界は非常に逆説的であるために，悲劇そのものを圧倒してしまう危険がある．この究極的世界に住む「主人公」は根深い欠点がある．タイモンのみせかけの愛は，本当は利己主義の一形式であり，マクベスは，この世の地位を得るために悪に身をゆだねる．アントニーは，クレオパトラが自己の名誉をおびやかすことを知っていながら彼女を受け入れる．コリオレーナスは，自己自身のことに目を奪われて反逆を犯す．しかしそれぞれの主人公たちは，逆説的高貴さ[35]を示しているのである．ファーナムは，これらすべてを詩や演劇によって示されたジェイムズ1世朝的世界に結びつける．要約すれば，『アテネのタイモン』は人間の獣性という主題を強調し，『マクベス』は，ジェイムズ1世朝悲劇という点から書かれた道徳劇であり，アントニーとクレオパトラは，

---

35) 逆説的高貴さ paradoxical nobility とは，主人公の欠点や誤ちが，その同一の人間の高貴さと分かちえないくらいに偉大なものとして描かれていること．この悲劇的な最前線 frontier を越えると，もう悲劇は存在しなくなるとファーナムは考えている．

上記の逆説的高貴を追究し，完成したものである．コリオレーナスは，彼の誇り高いことが没落をもたらすという逆説を示す悲劇的人物である．

いくつかの批評的研究は，ローマ史劇という作品群を共通した立場から吟味しようとしてきた．J. C. Maxwell, "Shakespeare's Roman Plays: 1900-1956," *Shakespeare Survey*, 10 (1957), 1-11. という論文では，それらの批評を概観している．批評の選集としては，Maurice Charney, ed., *Discussions of Shakespeare's Roman Plays* (Boston: Heath, 1964) があり，コウルリッジ以後の14の論文が載っている．

最初の本格的なローマ史劇研究は，M. W. MacCallum, *Shakespeare's Roman Plays and Their Background* (London: Macmillan, 1967; originally, 1910) である．この際立った研究書は，材源の使用について充分な説得力をもっている．またその主な批評的研究法は性格論によっていて，実に詳細な分析が行なわれている（いくぶんブラッドリーを模範としたところがある）．しかしこの本は劇を劇としてみようとすることにはほとんど注意をはらっていない．本書には16世紀の他のローマ史劇，シェイクスピアの歴史の扱い方，こうしたローマ史劇の祖先といえる材源等に関する長い序論が載っている．マッカラムは，3作品について非常に詳細に論じているが，それはシェイクスピアの材源の利用の仕方，そして主要な人物たちの分析に焦点をあてているのである．

いっそう分析的な研究としては，たとえば G. Wilson Knight, *The Imperial Theme* (London: Oxford Univ. Press, 1931) という論文集がある．ナイトによれば，『ジュリアス・シーザー』は全体にわたって，エロス的な感覚が燃えさかっている．ヴィジ

ョンは楽観的で,いきいきとして,はっとさせるものがある.登場人物はみな「愛する者たち」[36]である——感情的で,熱烈であるが,しかし正確にいえば性欲的な愛ではない.『コリオレーナス』の主題は,愛の多様性とは縁のない野心,いや価値観にすら存在する本質的欠陥を示すのである[37].この作品のスタイルは,輝きや色彩をほとんど欠いている.ナイトの意見では,『アントニーとクレオパトラ』こそ,シェイクスピアのなかでおそらくもっとも緻密な,偉大な劇である.有限なものと無限なものが全篇にわたって混じりあう.劇全体はヴィジョンをもった,理想主義的な楽観主義を表現している.しかし現実的問題や,悲劇的哀感がないというのではない.ナイトは,『アントニーとクレオパトラ』においていわゆる「超越的人間主義」[38]を探究している.アントニーとクレオパトラは究極的に死ではなく生を見出している.これは生と死とを最終的にはひとつのものに融合してしまう

---

36) ナイトは「愛」という言葉をここでは広い意味で使用している.ブルータスとカシアス,ブルータスとシーザーなどの関係もこの言葉に含まれ,時には友情より薄い意味にも用いられている.これらの「愛」は,同志意識,情愛 affection (love ほど強くない愛) の雰囲気を全体にわたってつくりあげる働きをする.

37) ナイトは戦争と愛という2つの価値観の対立がこの劇の中心主題であるといっている.コリオレーナスの欠点は,名誉を究極の目標として追求し,愛をその下に服従させていることにある.誇りとか野心とかあらゆる自己中心的傾向が愛よりも評価されている.しかしこの価値観は破産してしまい,彼の自負心は愛に屈服するといっている.

38) ナイトによれば,『リア王』が「自然」と人間世界という領域で優れた自然主義的な観念を展開しているのに反して,この作品はむしろ「宇宙的」なヴィジョンを明らかにしている.われわれの視点は地上の物質界に向けられるだけではなく,四大元や音楽の宇宙的要素,またそれにもまして人間に超自然的栄光をもたらす,あらゆるものを超越してゆくヴィジョンを与えられた人間主義へと向けられてゆく.

愛の高度な形而上学なのである.

Derek Traversi, *Shakespeare: The Roman Plays* (Stanford: Stanford Univ. Press, 1963) は,『ジュリアス・シーザー』から『コリオレーナス』にいたる劇的発展を探究している——つまりもっとも明瞭で, よく知られた作品から『コリオレーナス』つまり, シェイクスピア悲劇の最高傑作というわけではないにしても, 彼のあらゆる政治的な概念を描いた中でももっとも調和のとれた, 完璧な作品までを探究しているのである. ローマ史劇に現われる劇的発展は, シェイクスピアの悲劇的なヴィジョンの成長と呼応している. 本論の長い, 非常に詳細な分析は, しばしば場面のひとつひとつを追ってゆくが, 帝国についての爛熟し, 普遍化したさまざまな直感的認識が止むことなく腐敗してゆく世界を,『アントニーとクレオパトラ』に見出しているのである. ここには2つの主題, つまり政治的主題と「形而上的」主題の相互作用がある. それによってこの作品はシェイクスピアの天才がもたらした最高傑作のひとつとなっているのである. 死は, 他のほとんどの悲劇と違って, 解放の手段となっている.『コリオレーナス』では, アイロニーがその特殊な効果をもたらす鍵である. 個人的にしろ, 政治的にしろ, 人間の可能性をこのうえなく辛辣に評価することによって, 荒涼とした, 不満足な結末へと導かれる.

Maurice Charney, *Shakespeare's Roman Plays: The Function of Imagery in the Drama* (Cambridge: Harvard Univ. Press, 1961) においては, 明らかにローマ史劇の文体の問題に関心が寄せられている. この本の研究方法は, ローマ史劇を劇場における詩とみなして, 言語表現によるものも, そうでないものも主としてイメージによって考察しようとしている. このことから必然的

に劇作品自体を綿密に分析することになる．序論では，イメージの機能を論じ，第2章ではローマ史劇の文体を一般的に分析している．各章で『ジュリアス・シーザー』，『アントニーとクレオパトラ』，『コリオレーナス』のイメージを解釈している．『ジュリアス・シーザー』では，劇の非常に限定された語彙にその文体の特徴がもっともよく現われている．そしてイメージもそれに応じて限定されている．その主要な主題的イメージは，嵐とその徴候，血，火などである．それとは対照的に，『アントニーとクレオパトラ』は，イメージと文体上の効果とがもっとも豊かに表現された作品のひとつである．イメージは暗示的で，その意味は明確に述べられるというよりはむしろほのめかされるのである．そのために文体は省略的で複雑である．おまけにこの作品には「誇張法的」な特質がある．大きさと広がりをもったイメージは，世界主題にもっとも力強く表現されている．つまりそれは本質的に世界の頽廃と価値の下落へと向かう運動である．ここにおいてエジプトとローマという2つの世界は象徴的な対照関係に置かれている．『コリオレーナス』の文体は，特に『アントニーとクレオパトラ』と対照的である．この劇において世界は奇妙なほど冷たく，孤高で，客観的である．イメージは，食物，病気，動物に集中する．これらの主題的イメージは，この劇がもつ格別諷刺的な特質を確立するのに役立っている．そしていろいろなイメージが平民と貴族の葛藤をめぐって構成される．

J. L. Simmons, *Shakespeare's Pagan World: The Roman Tragedies* (Charlottesville: Univ. Press of Virginia, 1973) では，まったく違った研究法をとっている．シモンズによれば，これらの3つの悲劇は本質的に『ハムレット』，『リア王』，『オセロ

ウ』,『マクベス』などとは違っている.この3作品がひとつの統合体として関係づけられる際のもっとも重要な要因は,歴史的に置かれた異教的環境にあり,そこから各々の悲劇が起こってくる.ブルータスやシーザー,アントニー,コリオレーナスたちの彼ら自身の悲劇に対する視野は,厳しく制限されているが,それは主としてローマが真の暗黒だからである.彼らはまた自己認識の瞬間も,またその可能性ももっていない.ローマから追放されると,ローマの英雄たちは,そのためにそれぞれの悲劇の没落してゆく行動において,ローマと対決しなければならなくなる——ローマ以外の世界はないのである.ローマは最後に破滅するが,その破滅によって本来ローマが与えるはずの不滅性を悲劇的主人公に与えることになるのは皮肉である.

シモンズの研究は『コリオレーナス』から始まる.この作品はシェイクスピアがローマ悲劇という観念をもっとも明瞭に,最終的に表明したものであるとみなしている.ここでは主人公に焦点が当てられているが,彼の道徳観は明らかにローマの道徳観である.コリオレーナスとローマはついに相容れなくなる.人間が,理想と現実の2つの世界に忠実であろうとすれば当然耐えなければならなくなる葛藤のためである.シモンズによれば,『ジュリアス・シーザー』のブルータスとシーザーの2人は,つねにわずかな自己認識しかもてなかった.まずブルータスに焦点が当てられ,彼の悲劇における曖昧さが,謎めいたシーザーという反対のイメージによって映し出される.全体を通じてブルータスは,ローマという目でのみ自己を見つめるのである.逆説とアイロニーが『アントニーとクレオパトラ』の中心である.この作品は,結局とても実現できそうもない理想,それにもかかわらず,たとえ破滅へい

たることになろうとも人間を高貴にさせずにはおかない理想を喚起するからである．死にさいして，アントニーは過去の自己，つまり高貴なローマ人と，現在所有しているもの，つまりエジプト人の女王を共に抱く．しかし両者の和解はない．シモンズによれば，クレオパトラはアントニーのヴィジョンの断片をつなぎ合せてくれるのである．この研究書を通じてシモンズが強く主張していることは，異教という背景が限定的事実，つまり登場人物たちの和解の可能性を妨げる事実である．人間的魅力を勝ちとる真の手段や，栄光をえる望みはないのである．

以上述べてきた以外のさまざまな領域の悲劇の研究は，主にシェイクスピア悲劇の技法とか，定義の問題に関するものである．たとえば，William Rosen, *Shakespeare and the Craft of Tragedy* (Cambridge: Harvard Univ. Press, 1960)があるが，これは劇的技法に焦点をあてて，特に『リア王』，『マクベス』，『アントニーとクレオパトラ』，『コリオレーナス』を扱っている．ロウゼンは，観客の視点が主人公に対してどのようにつくられるかを論じている．観客と主人公との密接な関係が，『リア王』と『マクベス』の場合明らかであるが，『アントニーとクレオパトラ』，『コリオレーナス』ではほとんどそれが失われている．どのようにわれわれは登場人物を認識してゆくのかが重要なのである．われわれはリア王の目を通して世界を見る，そのために彼のものの見方に深くかかわってしまうのである．『マクベス』でシェイクスピアは，マクベスに対する一定の視点を定めることによって，観客の反応を形成する．主人公が悪人であることによってやっかいな問題がおきる．『アントニーとクレオパトラ』では，われわれの視点は絶えず変更を強いられてしまう．ここからこの劇に対

するしばしば相反する解釈が生じるのである.『コリオレーナス』は, 人間の完全無欠性, その概念, 価値, そしてどのようにそれが破壊されるかを吟味している. このことはわれわれ観客のコリオレーナスに対する態度の操作の仕方のうちに明らかにされてくる. ここでは他の登場人物たちによる判断が明瞭に描かれているのである.

Brents Stirling, *Unity in Shakespearian Tragedy* (New York: Columbia Univ. Press, 1956) は, シェイクスピアがある心理的主題を用いることによって個々の劇作品の内部的統一をどのように達成するかを論じている. ここでは人物たちに焦点が当てられている. スターリングは,『ロミオとジュリエット』の性急さの主題に注目する. また『ハムレット』では奇怪さの主題[39]を追究する.『ジュリアス・シーザー』は主人公を悪へと走らせ, それから自己の誤ちを再確認するという行為の誠実性にかかわっている. 名誉という主題が『オセロウ』では重要である. また一方では, 暗闇, 眠り, 忘我, 矛盾などの主題が『マクベス』では決定的なものである. スターリングは,『アントニーとクレオパトラ』を彼らの愛の理想主義を否定する諷刺とみなしている. シェイクスピアは, 悲劇的洞察を劇そのものの特質とし, ただ二義的に, それでもしばしば, それが主人公の特質であるという見方をしていたのである.

John Lawlor は, *The Tragic Sense in Shakespeare* (London: Chatto & Windus, 1960) で逆説の使用を探究し, 主として『ハムレット』,『マクベス』,『リア王』,『オセロウ』を論じている.

---

39) 『ハムレット』第1幕5場でホレーショウに向かってハムレットは,「今後どのような奇怪な振舞をするかもしれないからな」と言っている.

逆説こそ悲劇的体験の基礎であり,中心である.劇において,過剰な重荷を負った人間は,救いか破滅かのどちらかをなしとげようとする強大な対立の間におかれている.ローラーは,『リチャード2世』から『ヘンリー5世』の4部作を用いて,外見と実体の葛藤を示そうとする.外見の世界とは大部分幻滅の世界である.実体は必ずしも人間の最善の目的と合致するものではない.『ハムレット』は,人間が運命の受動者 patient であるのかどうか,決してその行為者 agent とはなれないのかという疑問を提出する.悲劇的葛藤は主人公に集中し,彼は自己に課せられた行為を嫌い,その嫌悪の原因を探ろうとし,結局それが何のためかを知ることができない.『オセロウ』の葛藤は,偶然と故意の間にある.家庭生活と軍隊生活のさまざまな偶然で演じられる意図そのものが悪である.おそらく最大の「偶然」は,イアーゴウとオセロウが出会ったことであろう.『マクベス』では超自然的なものを背景として,人間行動の視野[40]が保たれている.しかし自然的[41]なものは取りかえしがつかないほどに取り除かれて,マクベスは引き返すことができないのである.『リア王』の苦悩は想像の真理と正義の観念を中心に回転する.ローラーの指摘するように,コーディーリアが生きているというリア王の幻想と,現実はわれわれの思い通りになるし,しかも後悔が時間の経過を帳消しにするだろうという幻想とが釣合っているのである[42]́.

---

40) 「人間行動の視野」とは,ローラーによると,この世の人間の領域であって,どのような超自然的描写がなされても作家は現実性を失わずにそれを保っていなければならないという.
41) ローラーは,『マクベス』を論じている章に "Natural and Supernatual" という題をつけている.ここで自然的なもの the natural とは人間の行為者 agent としての意識のことである.マクベスは最後にこの自然的なものを失ってしまう.

悲劇作家としてのシェイクスピアの成長は，倫理的ヴィジョンにおける成長にあるという観点を展開した研究が，Irving Ribner, *Patterns in Shakespearian Tragedy* (New York: Barnes & Noble, 1960) である．リブナーは，すべての悲劇について触れているが，『リチャード2世』，『リチャード3世』，『ジョン王』も含めている．彼は，シェイクスピア悲劇の作劇法における展開とか発展を認める．著者はおそらく発展という観念をあまりにも強調しすぎているので，まるで各作品がそれ以前の作品を改良したものだといっているような感じをうける．

悲劇の基本的主題は，悲劇の主人公がその破滅の過程を通じて悪の本質を学びとることにある．そのようにして，死を迎えるにもかかわらず，精神の勝利に到達するのである．『タイタス・アンドロニカス』，『リチャード3世』，『ロミオとジュリエット』は，シェイクスピアがそれ以後に用いる基本形式を示している．『タイタス・アンドロニカス』は有徳な人物が騙されて没落してゆく悲劇である．『リチャード3世』は慎重に仕組んだ悪を行なう人間の成功と没落の悲劇である．『ロミオとジュリエット』は普通の男が成熟へと成長してゆく物語である．以前よりもいっそう，シェイクスピアは『ジュリアス・シーザー』において，劇人物の知的な主張を具体化することができ，しかも性格の葛藤にお

---

42) ローラーによれば，リア王のもたらした荒廃からはどのような決定的な覚醒も現われてこない．悔い改めた後も，彼の確信は最初のときと変わらない．現実を処理できると思っている．リアの現実とは壁に囲まれた獄に2人でいるということであるが，それにもかかわらず，それは意志的な孤独である．リアは幻滅して死ぬが，観客はそうではない．悲劇的経験とは他人の悪を耐え忍ぶという単なる受身の能力を祝福に満たされた体験へと変化させることなのである．そこからわれわれは物が見えるようになる，といっている．

いてイデオロギーの衝突を暗黙のうちにさらけ出すことができるようになった.『ハムレット』において,主人公は普遍的な象徴である. 劇全体はキリスト教的人生観と情緒的に等価なものである. ハムレットの人生の旅路は,宇宙の秩序の意志を確認することとみなすことができるだろう. シェイクスピアは,『オセロウ』において人類の悪との遭遇,その悪の破壊力,それにもかかわらず救いに到達できる人間の能力といったキリスト教的観念を劇化したのである.『リア王』のあらゆる要素は,この世界に正義を確認させる再生の主題によって形成されている. リブナーは,登場人物の性格をほとんど無視して,そのかわり彼らを象徴的機能を果たすものとみなすのである.『アテネのタイモン』と『マクベス』とは,秩序の型の内部における悪の作用が中心となっている.『アントニーとクレオパトラ』と『コリオレーナス』は,悪の破壊力と悪の壮大さを示している. しかし『アントニーとクレオパトラ』では,終幕で女主人公の再生があり,『コリオレーナス』では,主人公は自らの死によって英雄的な利他主義と自己犠牲とを示し,少なくともそのことによってローマは救われる. ある意味でこの本はブラッドリーの研究法から大きく逸脱したものである. 本書全体のねらいは,性格を象徴とか秩序のより大きな構造における単なる将棋の駒にしてしまうことにあるからである.

Ruth Nevo, *Tragic Form in Shakespeare* (Princeton: Princeton Univ. Press, 1972) の研究法は,リブナーの倫理的分析と対立するものである. ネボウは,ある劇作品があれば,その内部における悲劇的進展の段階を識別できるという. これを識別してゆくことは劇作品の理解を助けるのみでなく,悲劇観の本質を理解

する上でも役に立つ．シェイクスピア悲劇は，ネボウによれば，5つの段階に次々と展開してゆく．第1幕あるいは第1段階（この両者は必ずしも一致しない）は「苦境(プレデイカメント)」である．第2は「精神の葛藤(サイコマキア)」[43]，第3は「運命の逆転(ペリペテイア)」[44]，第4はアイロニーとペーソスとの全体的把握，第5は大詰である．

彼女の演劇論はこの形式分析に従って進められる．しばしば倫理的な，教訓的な傾向になりやすい批評解釈の仮面をはぎ取ろうとしているのである．『ジュリアス・シーザー』のブルータスの生涯はシェイクスピア的な軌跡を描いている．この劇は偉大な悲劇にいたる境界をまさに越えようとしているが，形式がまだ実体を伴っていない．『ハムレット』においては計略，陰謀，隠匿，虚偽などが，尼寺の場から劇中劇を経過してポローニアス殺害にいたるまでの連続において危機に達する．この連続的場面によってペリペテイア（運命の逆転）がはっきりする．『オセロウ』におけるイアーゴウの役割は，第3幕でオセロウの魂を手中にしてゆく大悪魔の最高潮のヴィジョンへと首尾一貫した展開をみせる．オセロウの発見(アナグノーリシス)[45]と劇の破局とが同時であることによって，彼の最後のせりふは迫力をもつ．『マクベス』は，非常なスピード

---

43) 初期のキリスト教徒の伝承，つまり個人の魂あるいは精神の葛藤の意味からきた言葉である．中世の道徳劇などは明らかにこのサイコマキア的状況を有している．ところがシェイクスピアの劇はこの葛藤をそれほどけばけばしく表現しようとはしていない．

44) ペリペテイア peripeteia とは「逆転」，あるいは出来事の急変することをいい，そうなると悲劇の主人公の運命は大不幸に陥ってゆく．この観念はアリストテレスの『詩学』の中の重要な悲劇論から受継いだものである．

45) アナグノーリシス anagnorisis とは「認識」，あるいは「発見」の意味で，悲劇の主人公は劇が大詰に近づくにつれてそれらの典型的な体験をする．この観念もペリペテイアと同様にアリストテレスからきている．

感にあふれ，凝縮されて，内面と外界との葛藤を表現する．第3幕で我々は，悲劇的な主人公の他のどの悲劇にもみられない深刻な崩壊をまのあたりにみる．償いようもない愛の無力が『リア王』の重荷である．第3幕(ペリペテイア)は，リア王がその地位や情勢のすべてを逆転させられてしまうさまを描く，第4幕は慰めと絶望が交互する応答歌的弁証法である．第5幕はシェイクスピアのうちでもっとも完全な，真髄ともいえる悲劇的成果を与えてくれる．クレオパトラの場合は，アントニーの死後その悲劇的役割を引き継ぎ，破局の最終段階の重荷を負ってゆく．コリオレーナスにとっては，第2幕の精神の葛藤が初めてのジレンマ(サイコマキア)である．彼は誠実さか支配かのいずれかを選ばなければならない．なぜならその2つを共に持つことはできないからである．逆転と発見が破局のどんでん返しでやってきて，純粋に悲劇的な苦悩が引き起こされる．ネボウの研究法はいくつかの点であまりにも図式的な印象を与えるかもしれないが，シェイクスピア悲劇の構造の可能性に対して視野を与えてくれることはまちがいない．

Matthew N. Proser, *The Heroic Image in Five Shakespearean Tragedies* (Princeton: Princeton Univ. Press, 1965)において，悲劇はひとつには主人公の自己認識と，劇中の行動で示される全体的人間像との矛盾から起きると主張する．主人公の行動はしばしば自らが描く英雄像によって形成される．プローザーは『ジュリアス・シーザー』，『マクベス』，『オセロウ』，『コリオレーナス』，『アントニーとクレオパトラ』を検討している．ブルータスは自己犠牲的僧侶，ローマの救世主あるいは解放者として自己を描こうとする傾向がある．ブルータスは愛国者である．『マクベス』では，マクベスの「男らしさ」が強調される——行動がすべ

てであり，すべての真相を明らかにする．『オセロウ』と『コリオレーナス』においてシェイクスピアは軍人の主人公を取りあげ，しかもその人物を軍人としての鍛練ではどうにも対処できない状況におく．最後にアントニーは，すべてをひとつの純粋な，しかも自己を明確に示すジェスチュアによって埋め合せようとして，最後の高貴なイメージをうまく演じなければならない．本書の結論は，各々の悲劇の主人公たちが直面する英雄的な行為の瞬間を扱っている．この研究書全体を通して，プローザーはこれらの劇作品の言語を強調している．

H. A. Mason, *Shakespeare's Tragedies of Love* (London: Chatto & Windus, 1970) は，『ロミオとジュリエット』，『オセロウ』，『リア王』，『アントニーとクレオパトラ』に検討を加えている．この本は偶像破壊的な，ときに奇抜な研究書である．上記の作品についてその芸術的効果に強い批判を示し，また他のすべての批評家に対しても極端に批判的である．メイスンによると『オセロウ』は明らかに性急に創作されたものであり，ぎこちない技巧のあとが示されている．この劇がすばらしい技巧で書かれているという広くゆきわたっている批評的見解に反対の意見なのである．概して極端に主観的で，印象主義的な本ではあるが，メイスンはこれらの劇作品を，われわれが理解しようとするさいの正当な批評的問題を提起してくれる場合があるのである．

John Holloway, *The Story of the Night: Studies in Shakespeare's Major Tragedies* (London: Routledge & Kegan Paul, 1961) は，『ハムレット』，『オセロウ』，『リア王』，『マクベス』，『アントニーとクレオパトラ』，『コリオレーナス』，『アテネのタイモン』を論じている．まず序論においてホロウェイはさまざま

な批評方法とそれらの相互関係を扱っている．彼はそういった批評によって示されたシェイクスピア論には概して不満であると表明している．ホロウェイは上記の作品における発展的な型というものを考えているのである．その型とは祭儀的ないけにえへと向かう運動のことである．彼は劇作品が現実を祭式化するにつれて，観客がこの運動に反応し，参加してゆくことを論じている．主人公は，自らの社会の万人の賞賛を集めている状態から，疎外されてゆく存在へと向かってゆく．つまりそれは疎外の過程である．主人公に起こる出来事が暗示しているのは，贖罪の山羊として放遂されること，あるいは犠牲者としていけにえになること，あるいはその両者なのである．『ハムレット』の問題は彼がどのような種類の人間かということにあるのではなく，彼が何をなすかにある．劇が崩壊へと向かう一方で，気違いじみた陰謀，邪悪な策略とその裏をかく計略などの絶え間のない行為と攻撃が続く．オセロウという人物全体の性質は次々と変わってゆくが，その変わり方は首尾一貫している．マクベスの反乱行為は，国家の問題にとどまらず，根源的反乱なのである．『リア王』は，ある面でいえば自然の恐ろしい潜在力の物語であり，混沌へ下降する過程なのである．『アントニーとクレオパトラ』は，政治の世界と愛の世界との間の迷いの真髄を表わしている．上記の劇で主人公が次第に孤立してゆく経験は，『コリオレーナス』や『アテネのタイモン』になると，あからさまに追放者の姿へと変えられてしまう．ホロウェイの人類学的方法は，悲劇の主人公の運命に新しい光を投げかける．しかし，ところどころ曲解と思われるところも見うけられる．

G. Wilson Knight, *The Wheel of Fire* (London: Methuen,

1949; originally, 1930)〔邦訳『煉獄の火輪』石原孝哉・河崎征俊訳, オセアニア出版, 1981〕は主として悲劇作品を論じている. しかしまたいくつかの悲劇論一般, また『以尺報尺』論と『トロイラスとクレシダ』論が各1編ある. ナイトの序論「シェイクスピア解釈の原理について」は, 彼の基本的理論と研究法の概要を示している. 他の論考と同じように, ナイトはここでも形而上学的であり,「宗教的」であり, また劇のイメージの意味に深い関心をいだいている.

『ハムレット』という作品は苦悩の実体の中心に焦点を当てている. この劇の行動においてハムレットの目立った特異性は彼の魂の内部の病(やまい)の徴候とみなされ, それが彼の意志をくじけさせているのであろう. 第1場から最後の場までこの劇には死の影が立ちこめている. つまり死が主題なのである. なぜならハムレットの病(やまい)は知的, および霊的精神の死であるからである. ナイトによると,『オセロウ』の文体は孤高で, 明晰で荘重, 固くて正確であり, 概して直接的な形而上学的内容に欠けている. こうした文体はどちらかといえば広い概念である「雰囲気(やまい)」[46]などよりもむしろ, 個々の人間としての登場人物を研究しようとしなければならない. ナイトはまた, ブルータスとマクベスの比較を行なっているが, この2作品において象徴は嵐, 血, 動物が中心となる.『マクベス』は, シェイクスピアのもっとも深い, 成熟した悪のヴィジョンであ

---

46) シェイクスピアの悲劇は, 時間的, 空間的関連で捉えなければならない. しかしシェイクスピアの作品には, 物語(筋)という時間的経過から独立した, 相互に関連する一連の呼応が見出される.『ハムレット』の死の主題とか,『マクベス』の悪夢のような悪などがそれである. このことを「雰囲気」という, とナイトは言っている. 彼によれば, シェイクスピアの登場人物はこの雰囲気と密接に溶けあっている.

る．恐怖感がその主要な感情となっている．この劇の与える衝撃は悪夢にもなぞらえられる．『リア王』論でナイトは，「グロテスクの喜劇」を探究している．この劇には喜劇とも，悲劇とも解釈されうるような二元的本質がある．道化は，リアの行為のなかに喜劇になりうる潜在性をみている．グロースター公—エドガー父子のドーヴァーでの場面はそのグロテスク感を強めている．2番目の『リア王』論[47]でナイトは，『リア王』的宇宙を定義しようとして，人間的正義と宇宙的正義の問題を探究している．著者は『アテネのタイモン』を，完璧な人間がこの地上に自らの魂の楽園を築こうとする寓話，あるいはアレゴリーであるとみなす．タイモンこそあらゆる悲劇の原型であり，規準である．ナイトによれば，タイモンの憎しみは精神の退廃ではなくて，ダイナミックな肯定的なものであり，目的と方向性をもっている．アテネはそのタイモン，すなわちアテネの完璧な華を破滅させてしまうのである．タイモンをこのようにもちあげると，他の読者や批評家は劇のテクストとは矛盾するという感じをもつであろう．ナイトはここで自らの理論のわなに自らはまっているのではないかと思われてくる．

Roy W. Battenhouse, *Shakespearean Tragedy: Its Art and Its Christian Premises* (Bloomington and London: Indiana Univ. Press, 1969) は，シェイクスピアの悲劇を「キリスト教的」視野から捉えている．本書は主として『ロミオとジュリエット』，『アントニーとクレオパトラ』，『ハムレット』，『リア王』，『コリオレーナス』，それに多少『オセロウ』に注目しながら論じている．バ

---

47) 本書には 'King Lear and the Comedy of the Grotesque' と 'The Lear Universe' の2論文が載っている．

ッテンハウスは，徹底した，ときには度が過ぎたキリスト教的立場の弁護者たちと中傷者たちの中間の進路を進もうとする．彼の理論は，聖書的知識や神学者，特にアウグスチヌスの知識にしっかりと根ざしたものである．バッテンハウスによれば，シェイクスピアは自己の個人的信念を無視して（あるいはそれが欠けているのに），キリスト教的文脈の作品を書いている．そのキリスト教的視野がアリストテレスの悲劇論によって吟味されているのである．バッテンハウスはまた，悲劇理論とさまざまな劇作品の特定の解釈の両面から多くの批評家を論評している．

著者の論題の一部は，シェイクスピアのもっている中世キリスト教伝説についての背景を知ることによって悲劇作品をいっそうよく理解できるということである．オセロウはユダ的人物であって，その悲劇は単に彼の誤ちによるだけではなく，デズデモーナの「慈悲」を無視することによって神の恩寵を拒絶するという罪の深さからくる．オセロウが総じてユダに似ていることを認識すれば，完璧に矛盾することなく彼に内在する心理を解明できる．ロミオが墓を訪れるくだりは，復活祭物語のある種の逆転的類比を形づくっている．彼は毒杯をあおる――これはキリスト教ミサを暗にかたどったものである．バッテンハウスは，修道僧の場合，道徳的に幼稚で，その知恵も疑わしいとみなす．『アントニーとクレオパトラ』は，キリスト教芸術によって異教徒の物語をつくりかえたものである．死による勝利は魅力的ではあるが空虚でもある．ハムレットがこの世を正そうとする企ては，キリスト説話の贖罪の方法を強引に模倣したものである．リア王が慈愛に欠け，グロースターが信仰を欠いているのは，それぞれの役柄にぴったりしている．それというのもこの劇の構造は倫理的発見の論

理を特徴としているからである．リアは思い惑って死ぬのでもなければ，狂い死ぬのでもない．バッテンハウスは，『コリオレーナス』のヴォラムニアを黙示録の女性とみなしている．例の獣の淫婦[48]である．コリオレーナスの運命は2点で悲劇的である．つまり本来はギリシア的特質にあこがれることによる悲劇なのだが，それをまたローマ的特質に順応させることによる悲劇なのである．

したがって，バッテンハウスにとって，キリスト教的悲劇は，人間が熱烈な幸福追求の過程でその主目的を誤ってしまったことがあらゆる他の悲劇的要因の根底にあるということを明らかにしているものなのである．キリスト教悲劇はアダムのすべての子孫が従わなければならない神の摂理を認識することによって終わる．このバッテンハウスのやり方に全面的に従おうとするにしても，しないにしても，それぞれの劇作品に対する彼の読みには他とは違った，興味深い特色がある．

すでに論じたもの以外に少なくとも3冊の悲劇に関する研究書がシェイクスピア劇のキリスト教的基盤を探究している．Harold S. Wilson, *On the Design of Shakespearian Tragedy* (Toronto: Univ. of Toronto Press, 1957) は，悲劇の10作品についてキリスト教的前提を示しているものと，そうでないものとに分けている．信仰の秩序を示しているものとしては『ロミオとジュリエット』，『ハムレット』，『オセロウ』，『マクベス』，自然の秩序を示しているものに『ジュリアス・シーザー』，『コリオレーナス』，『トロイラスとクレシダ』，『アテネのタイモン』，『アントニーとクレオパトラ』，『リア王』があるという．ウイルスンはさらに

---

48) 新約聖書「ヨハネの黙示録」第17章参照．

『ロミオとジュリエット』と『ハムレット』を「正」、『オセロウ』と『マクベス』を「反〔アンテイセシス〕」に分類している．前者は後者ほど暗いものではなく，偶然の役割も際立っているのに反して，後者では行為者は意図的で，自ら用意周到を心がけている．また，『ジュリアス・シーザー』と『コリオレーナス』は「正」であり，『トロイラスとクレシダ』と『アテネのタイモン』がそれに対して「反」である．前者は肯定的であり，偉大な，称賛すべき人間たちを描こうとしたものであるのに反して，後者は苦く，否定的である．しかしこの4つの作品はいずれも悲劇的視野としては広くもなく，非常に偉大な悲劇でもない．偉大な悲劇の名にふさわしいのは『アントニーとクレオパトラ』と『リア王』であって，これは共にシェイクスピアの悲劇的ヴィジョンの「合〔ジンセシス〕」[49]を表わしているとともに，悲劇における彼の偉大な業績である．究極的に現われてくる価値は，アントニーとクレオパトラや，コーディーリアとリア王の愛に認められる人間愛の価値である．人間愛こそ人間生活のうちの最大の善である．

Virgil K. Whitaker, *The Mirror up to Nature: The Technique of Shakespeare's Tragedies* (San Marino: Huntington Library, 1965) は，劇作品の哲学的諸問題に焦点を当てている．ウィティカーは，シェイクスピアの作家活動の最後にいたるまでのエリザベス朝悲劇を論じ，イングランドにおける批評理論を詳細に研究している．シェイクスピアはこうした理論と実践を反映する一方で，彼の悲劇に内包されるものを充分に発展させようとして，当時の神学や形而上学を利用することによって他の作家たちを凌ぐ

---

[49] 「正」thesis, 「反」antithesis, 「合」synthesis の弁証法の3段階の進行についてはヘーゲル哲学などを参照．

のである．著者は，『リチャード2世』,『リチャード3世』,『タイタス・アンドロニカス』,『ロミオとジュリエット』,『ジュリアス・シーザー』を共に初期の実験的作品として同じグループに分けている．しかしその中でも『ジュリアス・シーザー』だけは，シェイクスピアの偉大な劇作品に特徴的な，悲劇的人間観に達している．慎重な倫理的選択が中心となるからである．第4章でウィティカーは，シェイクスピアの悲劇における成熟の特質をぬきだし，それについて述べている．彼は『ハムレット』は習作であり，『リア王』は完成した作品だとみている．リアの悲劇的気高さは倫理的力から生み出されるもので，その力によって彼は再生しようと苦闘するのである．『オセロウ』で暗に示された観念は，『マクベス』のなかでいっそうよい解決が与えられている．つまりここでは誘惑と堕落に曝された人間性を観察している．『アントニーとクレオパトラ』と『コリオレーナス』は，それ以前にみられた創作力の衰えを示している．主要な登場人物にも成長が見られない．

シェイクスピア悲劇と彼の社会との関係にもっと直接的な関心をはらっているのが，Paul N. Siegel, *Shakespearean Tragedy and the Elizabethan Compromise* (New York:New York Univ. Press, 1957) である．シーゲルによれば，貴族階級とブルジョワジーとの社会的妥協がついに崩壊して，それとともにあらゆる疑問や疑惑がもたらされるが，そうしたことすべてはシェイクスピアの悲劇のなかに反映されている．彼は新しい社会的，哲学的世界を悲劇作品に関連させ，『ハムレット』,『オセロウ』,『リア王』,『マクベス』を詳細に検討してゆく．彼の主張によれば，シェイクスピアの方法はキリスト教人文主義者の方法に似ていて，神学的というよりも倫理的である．シェイクスピアの悲劇とはしたがって人

間の邪悪な情熱によって宇宙的秩序が危機に陥ることを探究するものである．シーゲルは，いくつかの作品に関して聖書との対応や，類比を引き出してみせる——たとえば，デズデモーナはキリストの象徴的等価物である．ダンカンとマルコムはキリストの類比である．またマクベスはアダムの，マクベス夫人はイヴの類比である．リアの贖罪はこの地上において救われえないから天国において成就される．確かにこのような見方はブラッドリーからはるかに遠く隔たってしまったといえるであろう．

ソネットの研究

　ソネット批評は，この詩がいったい誰にあてて書かれたものか，思いあたる人物を明らかにしようとする幾多の試みに悩まされてきた．多くの者がまた，ソネットはシェイクスピアの個人的経験を反映していると主張してきたのである．この詩に表現されている性的な問題について疑問を抱いてきた者もいる．要するに，大部分の批評は詩作品そのものから詩人の伝記的事実へとその関心を移し変えてしまった．ソネット詩集が「身の上話」を語っているのだとする者たちと，そうではないとする者たちとが対立してきた．シェイクスピアは，かなり長いソネット連作を創作した16世紀の詩人の文学上の伝統に属するものとみなされてきたし，多くの批評はソネットのさまざまな主題の分析に集中してきた．ここしばらくソネット詩集の配列についての議論が続いているし，新しい配列を作りだす試みもなされている．

　批評史をざっと見渡すには，A. Nejgebauer, "Twentieth-Century Studies in Shakespeare's Songs, Sonnets, and Poems,"

Shakespeare Survey, 15 (1962), 10-18. をみるとよい. 批評集としては, Barbara Herrnstein, ed., *Discussions of Shakespeare's Sonnets* (Boston: Heath, 1964) があり, 主として20世紀に入ってからの批評17編が収められている. 批評論文, ある特定のソネットの解明, 参考文献目録, ソネット本文そのものを含んだ本が, Gerald Willen and Victor B. Reed, eds., *A Casebook on Shakespeare's Sonnets* (New York: Crowell, 1964)である. 役に立つであろうと思われる書誌としては, Tetsumaro Hayashi, *Shakespeare's Sonnets: A Record of 20th-Century Criticism* (Metuchen, N. J.: Scarecrow Press, 1972) がある. この本は3つのカテゴリーに分類されていて, まず1次資料と版本, 次に2次資料, 研究書, 論文, 第3に時代背景の資料となっている.

権威ある版本のひとつに, Hyder Edward Rollins, *The Sonnets*, 2 vols. (Philadelphia and London: Lippincott, 1944) がある. これは新ヴェリオーラム版の一部をなしている. 第1巻には, ソネット本文, テクストに関する注, 解説が載っていて, 第2巻は, 広範な主題, つまり本文異同, 1609年本の信頼性, 創作年代, 配列, 自伝的か否かの問題, 友人[50], 黒い婦人(ダーク・レイディ)[51], 競争相

---

50) 『ソネット詩集』が捧げられている Mr. W. H. という友人のことである. この若い友人の貴公子が誰かは永遠の謎である. ペンブルック伯のウィリアム・ハーバート William Herbert であるとか, サザンプトン伯のヘンリー・ライアスリー Henry Wriotheley とか, その他いろいろの名前が挙げられている.

51) 『ソネット詩集』127-152番にでてくる女性で, これも謎めいた人物である. 誰がモデルであるかについては, いろいろの説がある. 147番, 131番などに色の黒いことへの言及がある. しかし彼女は「詩人」の友人と結んで「詩人」を裏切ろうとする. 黒い dark のは肌のことだけを意味するのではないと思われる.

手の詩人[52]について論じている．

　ソネットの配列の問題を扱った，最近のもっともめざましい業績のひとつが，Brents Stirling, *The Shakespeare Sonnet Order: Poems and Groups* (Berkeley and Los Angeles: Univ. of California Press, 1968)である．この本は要約しにくいのだが，それはあるソネットと別のソネットとの関係を論じるというように，複雑な細部にわたって論証されているからである．にもかかわらずこれは原典である1609年の4つ折本とは違った配列を目標として，入念に，複雑多岐にわたって論証したものなのである．スターリングの新しい配列方法は，文体と主題という内的な証拠に基づいてなされていて，外的な，歴史的な問題によってはいない．その結果，彼は独自の配列による連作として新しい「版」のソネット詩集を提供する．第1章では，ソネットの配列について直面する諸問題を叙述している．第2章はソネットの連作に関しての新しい配列方法とその解説とを提供している．第3章では，60ページにわたる実証がなされている．ソネット詩集については，その叙述的な技法は称賛されうるが，かといって筋の通った連続的な物語ではない．スターリングはまた，ソネット詩集が何らかの「真実」，あるいは歴史上の出来事に直截に言及したものではないといっている．いうまでもなくスターリングの新しい配列が必ずしも受け入れられているわけではないが，それは他の新しい配列方法についての提案にも同じことがいえる．しかし彼の試みはおそらくもっとも学問的な試論であるといえるであろう．

---

52)「競争相手の詩人」The Rival Poet はソネット78-86番で言及されている．具体的に誰を指すのかは不明で，これについても種々の名が挙げられている．シェイクスピアの想像上の人物であると考えることもできる．

伝統的な知識を集めたもので便利なのが, John Dover Wilson, *Shakespeare's Sonnets: An Introduction for Historians and Others* (Cambridge: Cambridge Univ. Press, 1963) である. この80ページほどの短い論集には, テクストの出所と性質,「W. H.」とは誰なのか（ウィルスン自身はそれがペンブルック公爵のウィリアム・ハーバート William Herbert であると確信している）, それに主題や材源についての短い論考が載っている. この本の副題については特別な意図がある. それはウィルスンの頭に特定の「歴史家」のことがあったからである. それは A. L. ラウス A. L. Rowse のことで, 彼は当時（そして現在も相変わらず）ソネット詩集に関して論評しているが, それらはウィルスン（とその他の者たち）とは相入れない意見なのである. 出版社の懇請によって, ウィルスンはこのささやかで遠まわしの反論をまとめあげたのである.

初期の標準的な研究書のひとつに Edward Hubler, *The Sense of Shakespeare's Sonnets* (Princeton: Princeton Univ. Press, 1952) がある. 本書はソネット詩集に対して主題による研究を行なうことを基本としている. ヒューブラーは, 主人公の青年とか, 黒い婦人が誰かを検証しようとはしない. 事実, 彼は詩から伝記へと進むことを意識的に拒み, ソネット詩集が語っていること自体に主要な関心を抱いている. 彼はシェイクスピアが用いている多くの技法を論じる——言葉遊び, 地口, 構造的考案, 対句（ヒューブラーはこれをしばしば失敗だとしている）などである. 彼は黒い婦人を描いた詩（ソネット127-152番）についての章や, 青年の美, うつろいやすさと不変,「心を閉ざして打ちとけないこと」[53], 善悪の認識, 友情, 運命などの項目を設けて, 主題ご

とに論じている．付録でヒューブラーは，ソネット詩集の「同性愛」の問題と，劇作品の原著者の問題を扱っている．

G. Wilson Knight, *The Mutual Flame* (New York: Macmillan, 1955) は，ソネットに関連したさまざまな批評的問題や事実関係の問題を考察している．そして彼は詩集に登場する人物の特定というような多くの問題が立証できないものであると考える．それにもかかわらず，彼はシェイクスピアこそソネット詩集に出てくる詩人と同一人物であるという論を押し進めるのである．彼はソネット詩集を，高い次元での存在認識を指向し，完成へと明白に定義されてゆく過程をなかば劇的に表現したものとみる．主な関心は詩人の美しい青年に対する愛に集中する．ナイトはまた象徴的表現についても考察している．ばら，王，太陽，黄金が主題と関連した主要な象徴(シンボル)である．彼は，詩集における時間，死，永遠の問題に広範な注解を行なっている．「拡大」という題の章で，ナイトはソネット詩集とシェイクスピアの劇作品とを次々と想像がかきたてられるようなやり方で関連づけている．

J. B. Leishman, *Themes and Variations in Shakespeare's Sonnets* (London: Hutchinson, 1961) は，主としてシェイクスピアの詩と他の作家の詩作品とを文体と主題の両面から比較研究している．本書は筋立てて読み通し，その論旨の首尾一貫性を充分に把握することは本当のところ困難な面がある．リーシマンの基本的な研究法は，シェイクスピアと他の詩人との類似性と相違点とを観察することである．彼は詩を文字通りにとらえて，それらが身

---

53) 原文の "the economy of the closed heart" はヒューブラーのいくつかある章の1つの題名である．ソネットの青年貴公子のことをいっている．冷たく，打ちとけず，自分中心で言葉少ないことを表現した言葉である．

の上話をしていること，青年はウィリアム・ハーバートのことであると暗示している．リーシマンは愛のソネットを「時間」に対しての挑戦者と考える．そしてシェイクスピアは，自己を改造することよりもむしろ，自己を超越することに関心があったと論じている．リーシマンは，愛と友情が人生における悪の埋め合せをしているとする．

James Winny, *The Master-Mistresses: A Study of Shakespeare's Sonnets* (London: Chatto & Windus, 1968) はソネットについてのさまざまな学説に答えるかたちで，主題的研究を行なっている．第1章は実に要領よく批評や歴史的研究を要約している．ウィニーは，青年や黒い婦人が誰かという研究の妥当性を否定する．ソネット詩集はその種の身の上話を構成しているわけではない．作り話であることは事実だが，かといってそれは首尾一貫した物語という意味ではない．自伝的なものでないことは確かである．われわれが知っているシェイクスピアの生活とは少しも対応していないし，彼がソネット詩集の主人公である詩人と正確に同一人物であると断定できるようなものではない．ウィニーは，『ソネット詩集』だけで作りあげている物語——相互に漠然と関連づけられた出来事や観念のグループ——を探究する．特に黒い婦人を扱っている一連の詩では，詩人がいろいろの観念に没頭することで，話の脈絡がいっそうたどりにくくなる．とにかく2つの重要な主題が現われる．真実と虚偽，繁殖と生殖[54]の2

---

54) 『ソネット詩集』1-17番は「結婚グループ」といわれているソネット連作であるがここにはよくこの繁殖と生殖の主題が表現されている．たとえばソネット3番のなかで「美しい処女ならば，きみの耕作をさげすむ者があろうか」などがそれである（「耕作」とは生殖の比喩で農耕のイメージを使っている）．

つである．ウィニーはソネット詩集の「二元論」を強調する．詩人がつくりだす二元的連想こそが，ソネット連作の核となり，想像において，それらの連想はソネット詩集全体がかかわっているものになっている．

Hilton Landry, *Interpretations in Shakespeare's Sonnets* (Berkeley and Los Angeles: Univ. of California Press, 1963) は，ソネットの中心主題を追究しようとはしないで，基本的にいくつかのソネットを選んでそれらに関する一連の論文を収めている．しかしランドリーは伝統的なソネット詩集の分類，すなわち1-126番(青年)，127-154番(黒い婦人)といったものには反論を加えている．ランドリーによれば，このような配列方法を支持できるような証拠は何もない．ソネットにみられる「物語」の誤謬を助長するだけである．ランドリーは論文のなかで，上述の詩をそれら周辺の詩の文脈のなかにおいてみる．それから次のような広範な注解を示している．ソネット94番は，ソネット87-93番と，95-96番の間の橋渡し的なもので，8行連句が回顧し，6行連句が先を見つめる．69番と70番，53番と54番は，身体的な外観と倫理的な実体との分離の問題である．33-35番，40-42番，57-58番はすべて「内戦」を暗示する．まず若い友人との戦い (33-35番)，次に男女間の三角関係の諸相 (40-42番)，それから恋の奴隷という哀れな役をになう話者との主人対奴隷の関係 (57-58番) である．66番，121番，129番は強い否定的な感情，主として倫理的な怒りの感情を示している．123番，124番，125番は，ソネット125番で語りかけられている人物に対する話者の愛の特質を本質的なやり方で定義している．

いっそう理論的な研究としては，Murray Krieger, *A Window*

to Criticism: Shakespeare's "Sonnets" and Modern Poetics (Princeton: Princeton Univ. Press, 1964) がある．本書は高度に洗練された，美学的，理論的なもので，ソネット詩集をもとに美学的学説を構築している．クリーガーによれば，ソネット詩集のなかに隠喩，詩，それから詩法の本質を明らかにする鍵が見出せるという[55]．彼は特に鏡[56]と窓[57]の隠喩体系に関心をはらっている．ナルシシズムの鏡とか，恋の魔法の鏡などが詩のなかに見出せる．自己愛[58]の囲みが恋によって破られるということである．ソネット詩集のいくつかにみられるこの自己愛の世界は，うじ虫[59]（象徴的な意味での）の世界になる．またそれは政治的世界でもあるだろう．最後の章は宗教的領域を検討する．愛の終末論と受肉の奇蹟を論じている．初学者にとって本書はいくぶん難解なものかもしれない．

ソネットの制作年代の問題を扱っている最近の研究としては，R. J. C. Wait, *The Background to Shakespeare's Sonnets* (London: Chatto & Windus, 1972) がある．残念なことに，ウェイトはソネット詩集に歴史上の出来事への言及があるという仮定に基づいてソネットの制作年代を定めようとしている．そのようなやり方においてはソネットの詩的解釈というものはない．主として批評方法が疑わしいために，結局，本書は曖昧模糊とした結論になってしまっている傾向がある．

Philip Martin, *Shakespeare's Sonnets: Self, Love and Art*

---

55) 『ソネット詩集』第76番その他を参照．
56) 『ソネット詩集』第3番，第62番，第126番その他を参照．
57) 『ソネット詩集』第3番，第24番その他を参照．
58) 『ソネット詩集』第62番，第77番その他を参照．
59) 『ソネット詩集』第71番その他を参照．

(Cambridge: Cambridge Univ. Press, 1972) は, 『ソネット詩集』の伝統的問題を扱わない. そういった問題はほとんど見当違いのものだとみなしている. そのかわり彼は, シェイクスピアの自己意識が『ソネット詩集』全体の底流をなしているとしている. それは詩[60], うつろいやすさ[61], それらにもまして愛[62]に対するシェイクスピアの関心の中に暗示されている. この自己に対する関心は, シェイクスピア時代の愛の詩ではめずらしいものであった. 最初の2章で, マーティンはいわゆる「自己愛の罪」[63], 主として青年と, 詩人自身に関するソネットを扱っている. これらの詩はソネット連作全体に流れる特性を具体的に示しているといえる. 自己愛とはここでは自己の価値と同等視されている. 別の個所でマーティンは, ソネット創作の文学的慣習(コンヴェンション)全体について探究し, 16世紀においてなぜあれほど多くの詩人がソネット形式に惹きつけられたのかに答えようとしている. 1つの章でマーティンはダンとシェイクスピアとを並置し, 愛のコンヴェンションを意識し, 利用していること, そしてまたそれらに対する彼らの批判とを示そうとして, 2人の恋愛詩を比較するのである. 最後の章では愛の不滅性, 詩に依存しないで, それ自身で存在するようにみえる愛の不滅性を論じている.

---

60) 本書 p.150 注55)参照.
61) ここでいううつろいやすさとは, 美のはかなさや, 時間の容赦のない暴力のことをいっている. シェイクスピアは『ソネット詩集』のなかで, 詩によってこの変化あるいは衰退に対抗しようとしているのである. 第4番, 第64番, 第116番その他を参照.
62) 全篇のうち1-126番までが友人, 127-152番までが「黒い婦人」, 153-154番がその他となっているが, 前2者と「詩人」との三人三様の愛が中心的主題となっている.
63) 『ソネット詩集』第62番参照.

もっとも刺激的な書のひとつが Stephen Booth, *An Essay on Shakespeare's Sonnets* (New Haven and London: Yale Univ. Press, 1969) である．ブースの基本的な分析は，われわれ読者がソネット詩集に対して受けとめる反応がどのようにして起こるのか，またなぜそのように受けとめるのかについて行なわれている．彼は，1609年のソネット連作[64]は，乱雑であるからではなく，あまりにも整っているから，解釈あるいは再編成が必要であると思われるという．本書の目的は，『ソネット詩集』におけるさまざまな種類の構造的型と，それらの相互作用の結果を示すことにある．そこには実に多様な種類の構造が見出される．たとえば形式的，論理的，統語的な型(パターン)がみられるのであって，「スタートを間違って，後から軌道修正する」のである[65]．あらゆる細部において，『ソネット詩集』は読者の精神を活発にし，読むには知的な活力を必要とする．この結果（つまり 14 行にわたって語から語へと移ってゆく実際の詩的体験）はまれな体験であり，価値のあることである．

多様な型についての章で，ブースは修辞的構造，音声的構造，語法の型，多様性などを論じている．統語的単位[66]の型と同様に，音韻の型も秩序の観念を呼び起こす．また彼は後のほうで，

---

64) 1609年に出版された第 1・4 つ折本の 154 作品からなる『ソネット詩集』のこと．
65) ブースは，読者の側での反応から批評を行なう立場をとっているので，多様な構造に対して読者は最初から確定した解釈をとるわけにはゆかず，いろいろの角度からそれをとらえてゆかなければならない，という．たとえば，ある 1 行のなかで，目的語や節や代名詞などがはっきりしないで，不明確であると，一目でその行の意味を決定できない．ひとつの解釈が後にひっくり返されることもありうる．この個所はブースの第 2 章に詳細にふれられている．
66) 文章としての構造をなしていれば，文，句，語どれでも統語的単位である．

文体というものは逆説の経験,つまりひとつの言及の枠組におさまらないいくつかの事がらに対処すること,読者に「対して」でなく,読者の「内部」にもつ経験を再創造すると述べている. 2行対句[67]（カプレット）は,最後の2行のゆるみを引き締め,単一の体系での経験として感得できる状態に読者の精神を引き戻すのである.ブースはこれを「2行対句の快感」といっている.シェイクスピアは型の数や種類を拡大させることによって,ソネット作品を実にさまざまな行動の量だけでなく,それらの葛藤から生じる活力によって,はちきれんばかりに充実させているようにみえる.本書で論じられたソネットの索引は,読者が個々の作品の議論をたどるのに便利である.ソネット60番,73番,94番は特に長々と論じられている.ソネット批評史において,本書のような鋭く,啓発してくれる議論がもっとなされたならばと思う.

さまざまな学派と活動

批評史

シェイクスピア批評史に関する研究を含む研究活動に取り組む研究者もいるであろう.そのためにはいくつかの著作が参考になる.いくつかの問題点を概観するためには3つの論文をみればよ

---

67) 同じ韻をもつ続いた2行をいう.ふつうは脚韻の2行連句 rhymed couplet が多い.韻律は弱強の5歩格 iambic pentameter(すなわち heroic couplet)か,弱強の4歩格 iambic tetrameter である.

い. Kenneth Muir, "Fifty Years of Shakespearian Criticism: 1900-1950," *Shakespeare Survey*, 4 (1951), 1-25; Hardin Craig, "Trend of Shakespeare Scholarship," *Shakespeare Survey*, 2 (1949), 107-114; M. C. Bradbrook, "Fifty Years of the Criticism of Shakespeare's Style," *Shakespeare Survey*, 7 (1954), 1-11. である.

批評史関係で利用できる標準的な研究書は, Augustus Ralli, *A History of Shakespearean Criticism*, 2 vols. (London: Oxford Univ. Press, 1932) である. 本書は初期のものから1925年までのシェイクスピア批評を編集した記念碑的な著作である. その内容は英国, ドイツ, フランスの批評にまで及んでいる (アメリカ人で注目に値するとみなされたたった1人の批評家がストールであったことは興味深い). ラリは, 特定の期間ごとに国籍別に配列された多数の批評家の主張を要約し, それに評価をくだし, 批評家を順番にたどって論じていく. また各項目の終わりで全体的要約を行なっている. しかし本書は初学者には扱いにくく, この著者のときどき示す大げさな文体にはなじめないかもしれない.

Frank Kermode, *Four Centuries of Shakespearian Criticism* (New York: Avon, 1965) はこれよりもずっと使いやすい本である. 本書はフランシス・ミアズ Francis Meres (1598) から1960年代初期に出版された書目にいたるまでの批評選集である. 一般的批評, 喜劇, 歴史劇, 悲劇, 4大悲劇というように配列してある. 同種の研究書としては, Paul N. Siegel, *His Infinite Variety: Major Shakespearean Criticism Since Johnson* (Philadelphia: Lippincott, 1964) がある. 本書は歴史的な意義をもつものよりは現在価値があるかどうかに基づいて選んである. 総体的特徴,

歴史劇, ロマンチック喜劇, 諷刺的喜劇, 悲劇, 悲喜劇的ロマンス劇というように分類されている. シーゲルの書にはまた広範な文献目録が収録されている.

F. E. Halliday, *Shakespeare and His Critics* (London: Duckworth, 1958, rev. ed.) には, 40ページにわたってシェイクスピア批評における重要人物と研究活動の歴史的概観がある. さらに, ハリデイは, 1592年から1955年までの批評例を挙げているが, それらは劇作品ごとに配例され, 劇以外の詩作品も含まれている. 選集ではなく, シェイクスピア批評の発展を分析した重要な本が, Arthur M. Eastman, *A Short History of Shakespearean Criticism* (New York: Random House, 1968) である. この批評史概説は, 400ページにわたって主な批評家を論評している. 第1章では最初の150年間を集中的に論じている. 以下の章では, ジョンスン博士, シュレーゲル, コウルリッジ, ラム, ハズリット, ダウデン, ショウ, ブラッドリー, ストール, ナイト, スパージョン, ティリアード, ハーベッジ, グランヴィル゠バーカー, ノースロップ・フライなどの批評家について述べている. イーストマンは, 彼らの業績を分析する際に, 彼らの批評から豊富な引用をしている. イーストマンの選択に異論をさしはさむ者もあるだろう. ある批評家が重要であるともちあげられるかと思えば, 他方で無視される批評家もいるからである. だが, このようなことはこの種の評価にはいつもおこることなのである. とにかく彼が論じている者だけをみても, 実に多種多様な批評方法があることを明らかにしている.

Norman Rabkin, *Approaches to Shakespeare* (New York: McGraw-Hill, 1964) は, とりわけさまざまなタイプの批評につ

いての知識を提供しようとしている．すでに発表ずみの論文20編を集めたもので，本文校訂，舞台上演，自伝的イメージ，キリスト教的研究，といったシェイクスピアに対するさまざまな研究方法を示している．Patrick Murray, *The Shakespearian Scene: Some Twentieth-Century Perspectives*(London: Longmans, 1969) は，20世紀のシェイクスピアの批評研究のいくつかを分析している．マリーは性格論——その重要性，シェイクスピアの登場人物の本質，人物の心理描写——を論じているのである．さらに劇的心象にも焦点を当てている．この方法が主題や性格とどのように合致するかという問題である．マリーはまた宗教的な側面についても批評し，特に『リア王』，『ハムレット』，『以尺報尺』をその点から分析している．歴史的視野からマリーは，エリザベス朝時代や当時の劇的慣習に対する認識に言及している．全体を通じて常にマリーは，初期の批評家たちがこれら個々の批評方法をどのように，またどの個所で取り上げてきたか，また彼らがどのようにその方法を始めたのだろうかということを示している．本書はあるひとつのタイプの批評理論を取り上げては，その仮説，貢献，弱点，などをもっぱら論じている．それには理論の実践家たちによる確証ももちろん含まれている．

　批評家としてのコウルリッジの重要性についてはすでに強調されてきたのであるが，彼の批評の標準的な版本としては Thomas M. Raysor, ed., *Coleridge's Shakespearean Criticism*, 2 vols. (London: Constable, 1930)がある．レイザーは長大な序文を載せ，それから，講演，講演に関する記録，論文の一部，などからの批評のテクストがある．しかしこの版については最近疑義が出されている．少なくとも1811年-1812年の講演のテクストがそう

である．R. A. Foakes, *Coleridge on Shakespeare: The Text of the Lectures of 1811-12* (Charlottesville: Univ. Press of Virginia for the Folger Shakespeare Library, 1971) では J. P. コリアー J. P. Collier の日記が編集し直されているが，そこにコウルリッジの講演の原稿の写しが含まれている．従来の一般に受け入れられてきたレイザー版とは違った点があって，われわれがいま手にしているコウルリッジのテクストの信頼性と正確さとに新しい問題を提起することになったのである．コウルリッジ著作選集で手頃なものとしては，Terence Hawkes, ed., *Coleridge's Writings on Shakespeare* (New York: Capricorn, 1959) がよいだろう．

シェイクスピアの世評に関して魅力的に語っている書としては，Louis Marder, *His Exits and His Entrances: The Story of Shakespeare's Reputation* (Philadelphia and New York: Lippincott, 1963) がある．本書は広範囲の知識を与えてくれる．そこにはシェイクスピア崇拝，伝記的事実のごまかしや捏造[68]，ストラットフォードの町やそこで行なわれる祝祭，学校教育における学科目としてのシェイクスピア，アメリカの劇場におけるシェイクスピアの人気，などについての論議，世界各国，すなわちドイツ，スカンジナヴィア諸国，ロシア，東洋におけるシェイクスピアの評価についての瞥見，などが含まれている．シェイクスピアの世評に関する有益な資料集としては，C. M. In-

---

68) 18世紀半ば頃からギャリックなどによってシェイクスピアに対する関心が高まり，約100年間ほどの間に，さまざまな人たちが伝記的事実を探し求めた．そのなかにはただ好奇心を満足させるためだけのでっちあげも多かった．ここではそのことを指す．ウィリアム・ヘンリー・アイアランド William Henry Ireland (1777—1835) などはその点でもっとも悪名高い者の1人である．

gleby, L. Toulmin Smith, and F. J. Furnivall, comp., rev. John Munro (1909), *The Shakspere Allusion Book: A Collection of Allusions to Shakspere from 1951 to 1700* (London: Oxford Univ. Press, 1932) がある．本書は19世紀のシェイクスピア協会の活動の1つから出たものである．第1巻には長い序文と，1591年から1649年までの，シェイクスピアに関して言及しているものの年代順のリストが載っている．第2巻は1650年から1700年までのものが載っている．

シェイクスピアの言語

シェイクスピアの言語の問題は，特に現代批評においては多大な注目を集めてきた．言語研究のひとつの領域として劇的イメージ[69]が強調されてきた．その方面でもっとも影響力を示したのが Caroline Spurgeon, *Shakespeare's Imagery and What It Tells Us* (Cambridge: Cambridge Univ. Press, 1935) である．この先駆的研究は図表やグラフまでそろえた統計的，計量的なものである．残念なことに本書の大部分は人間シェイクスピアを描くための情報をまとめることに向けられていて，芸術家としてのシェイクスピアを目的としていない．スパージョンは，シェイクスピアの好き嫌いの統計をとって，彼を基本的には「キリストのような人物」とみなしている．彼女はしかし，劇作品を知覚するためのイメージの重要性を理解した．しかし彼女はイメージをどう扱

---

69) 正しくはイメジャリー imagery であるが，日本語としてはイメージという語が一般的なので，本書においてはすべてイメージとしておいた．imagery は image の集合名詞であり，もっとも広い意味での比喩的表現の総称が imagery である．

ってよいのかあまり知らなかったらしい．彼女は反復的なイメージのもつさまざまな主題を知覚し，それらを分類した．彼女の主な貢献は明らかにシェイクスピア批評の新しい方向づけを行なったことにあり，多くの研究者たちは，彼女の研究をもとに彼らの研究をつくりあげてきたのである．

スパージョンとほぼ同時期に独自な研究を行ない，まず1936年にドイツ語で出版され，後に改訂，翻訳されたのが，Wolfgang Clemen, *The Development of Shakespeare's Imagery* (London: Methuen, 1951) である．クレメンはイメージとして用いられている言語とその機能の発展について述べている．彼は，シェイクスピアが少しずつイメージの与えてくれる可能性を発見するにつれて，イメージの用法が発展し，成長してゆくというひとつの型を見出した．全体的な劇的状況の中でのイメージに焦点が当てられている．クレメンは，初期，中期の作品や，偉大な悲劇，ロマンス劇のイメージを論じている．シェイクスピアは，悲劇作品にみられるように，技法面である水準に達すると，次にはその発展というよりはむしろさまざまな文体上の変化が現われる．クレメンによれば，イメージの使用においての成長が劇的技法の高まりと呼応しているという．初期のイメージは多少めだちすぎであるが，後期になるとより統一のとれたものになる．

シェイクスピアの修辞学の使用についての研究としては，Sister Miriam Joseph, *Shakespeare's Use of the Arts of Language* (New York: Columbia Univ. Press, 1947) がある．本書はルネッサンス時代の修辞学の形式的技巧，さらにシェイクスピアのさまざまな創作上の技巧の知識と使用について彼の劇作品や詩作品に見出される証拠を入念に，学術的に研究したものである．ま

ずシェイクスピア時代のイングランドにおいての創作論や読書論を概観し,次にシェイクスピアがそうした理論——文法,修辞学,論理学——をどのように利用したかを研究する.シェイクスピアの形式的技巧は彼の言語のもつ迫力や豊かさに貢献しているが,それらはまた彼の言語の特質についても説明してくれるのである.

また別の言語的研究法としては,Hilda M. Hulme, *Explorations in Shakespeare's Language* (London: Longmans, 1962) がある.この言語的研究にはシェイクスピアの言語に貢献した伝統——ことわざ,ラテン語,猥褻語を検討している個所がある.著者はまた,シェイクスピアの綴り字の癖とか,発音の異形とかを,当時のストラットフォードの証拠資料を検討しながら論じている.劇作品における単語と句のいくつかの意味が探究されているし,さまざまな劇作品の参照ページを示した索引があって便利である.

言語的研究の実際的応用を行なっている研究書が少なくとも3つある.Ifor Evans, *The Language of Shakespeare's Plays* (London: Methusen, 1959; originally, 1952) は,すべてを包含するような主題を提供するのではなく,むしろ『恋の骨折損』の言語分析から始まって,ほとんどシェイクスピアの全作品に及ぶ個々の論文からなっているものである.一般に初期の喜劇において,シェイクスピアはウイットや独創的な発想にとりつかれると,筋からまったく逸脱しないとはいえなくなるのである.しかし歴史劇を書くためには新しい種類の訓練が必要となる.エヴァンズによれば,『リア王』においてほどシェイクスピアの言語の目的が複雑で,しかも完璧な成功をおさめたものもないのである.

言語的研究の充実した著作が M. M. Mahood, *Shakespeare's Wordplay* (London: Methuen, 1957) である. マフードは, シェイクスピアの言語を地口の技巧によって研究しているが[70], 本書はそれだけのものではなく, シェイクスピアの言葉の使用の際の数々の精妙さを吟味するのである. 深く堀りさげて検討されているのが,『ロミオとジュリエット』,『リチャード2世』,『ハムレット』,『マクベス』,『冬の夜話』,『ソネット詩集』である. マフードによれば, 地口は劇作品の本質である登場人物と創作家とのアイロニックな相互作用をもたらすもっとも有効な手段である. マフードは『リチャード2世』を王の言葉のもつ効力に関する劇であるとみなしている. ソネット詩集は, 意識的な, しかも非常に凝った修辞的技巧を用いた地口の例であり, またそれを自然に, 無意識に用いた例でもある. 最後の章で著者はシェイクスピアの言語に対する態度, 彼の言葉の世界を考察している. 比較的簡潔な研究書としては, Paul A. Jorgensen, *Redeeming Shakespeare's Words* (Berkeley and Los Angeles: Univ. of California Press, 1962) がある. ここでジョーゲンセンは, いくつかの劇作品においてそれが主題的なものか, あるいは重要と思われる語について, 考えられる限りの完全な説明を与えようとしている. たとえば,『オセロウ』の「誠実」honesty や,『コリオレーナス』の「高貴」noble,『ヘンリー4世』の「時間を償う」redeeming time[71] などである. ジョーゲンセンはまた『むだ騒

---

70) "Wordplay" を地口 pun と訳しておくが, 同一語を異なった意味に用いたり, 2語以上の同音異義の言葉を使って言葉遊びすることをいっている.

71)『ヘンリー4世』第1部, 第1幕2場の最後で, 皇太子のヘンリーが言ったせりふ. 世の人々のひんしゅくを買っているいまの乱行は一種の方便で, いざとなったら一変して無駄に過した時間の償いをする, という意味である.

ぎ』と『ハムレット』についても論じている．

本文批評

　本文研究のやや複雑な領域を調べたいときに非常に有益な研究書を数冊挙げておく．Philip Gaskell, *A New Introduction to Bibliography* (Oxford: Clarendon, 1972) は，かなり以前に出版された R. B. McKerrow, *An Introduction to Bibliography* (1928) の全面的改訂新版である．これはシェイクスピア時代の造本の全過程に関する多くの知識を与えてくれる．ギャスケルの扱う領域は，1800年までの，造本，活字，植字，用紙，版組み，印刷，製本，いろいろな造本形態，1800年までの英国の書籍業などに及んでいる．（さらにギャスケルは機械印刷時代，すなわち1800-1950年についても扱っている．）彼はまた本文書誌学[72]についても論じていて，広範な参考文献を載せている．

　現在，増えつつある本文研究の有益な案内書としては，T. H. Howard-Hill, *Shakespearian Bibliography and Textual Criticism: A Bibliography* (Oxford: Clarendon, 1971) がある．この180ページほどの書誌において，ハワード゠ヒルはまずこの本の範囲を明らかにし，参考文献の配列の方法について説明している．文献はまず3つに大きく分類されている．シェイクスピア文学の一般的な書誌と案内，作品(全集，コレクションと蔵書，4つ折本，2つ折本)，本文研究（筆写本，アルファベット順に並べられた

---

72) Textual Bibliography のことで，ページにテクストが印刷されてゆく過程を説明しようとする学問．

個々の校訂本）の3つである．記載事項は初期のものから最近のものへと年代順に並べられている．

本文批評の領域の要点をまとめた価値の高い書物が，F. P. Wilson, *Shakespeare and the New Bibliography* (Oxford: Clarendon, 1970)で，これはヘレン・ガードナー Helen Gardner によって改編されたものである．本書はもともと1940年代に書かれたもので，その時点までの本文批評の現状の優れた分析であるが，ガードナーによって改訂された．印刷されたテクストを扱うときにかかわってくる顕著な問題点が初めて明瞭に規定され，研究された時期を記述した一種の歴史書である．この研究書はまた，シェイクスピアのテクストを確立する問題の研究に乗り出そうとする者にとって役に立つ入門書でもある．本書の扱う内容は，初期から1909年まで，劇作品の出版，その印刷，戯曲原稿，4つ折本と2つ折本の底本，本文批評の原理などに及んでいる．

Fredson Bowers, *On Editing Shakespeare* (Charlottesville: Univ. Press of Virginia, 1966) という論文集では，次のような主題が検討されている．テクストとその原稿，本文批評および書誌学の機能，原典批評研究本[73]を作る方法，シェイクスピアの書いたもの，今日におけるシェイクスピアのテクスト，未来のシェイクスピアのテクストなどである．本書の前半では，3つの基本的問題を取扱っている，(1) 印刷所原本として用いられたが紛失

---

73) 原典批評研究本 (critical edition) とは，複写本 facsimile edition や原典転写本 diplomatic edition が特定の古版本のある特定の1冊のみの状態を忠実に再現しているのに対して，古版本あるいはその裏にひそんだ作者原稿の一般状態から特殊状態に至るまでの諸々の様相を綜合的に再現する．（山田昭広著『シェイクスピア時代の戯曲と書誌学的研究——序説』, p. 147 参照．山田博士の著作は最近の書誌学研究について興味深い知識を与えてくれる．）

してしまった原稿の性質 (2) 印刷過程そのものの性質とそれがテクストに及ぼす響影 (3) 現存するすべてのテクストの相互関係とそれらの相対的な権威の程度．最後の章では，1964年のグローブ版にまで遡って過去の校訂本を論じ，今後どのような版本をつくらねばならないかについて解説している．バワーズは，古綴り字によるシェイクスピアの全集版を出す必要性を重視している．

この方面の標準的研究書になっているのが，W. W. Greg, *The Shakespeare First Folio: Its Bibliographical and Textual History* (Oxford: Clarendon, 1955) である．これは2つ折本のテクストの問題について1950年代半ば頃までに明らかになった事実をまとめた権威ある著作である．グレッグは，シェイクスピア劇作集としての2つ折本がどのようにしてできたかをまずはじめに論じている．彼はまた版権の問題も扱っている．この研究書の大半は2つ折本にみられる実にさまざまな編集上の諸問題について考察している．そのためにグレッグは，全劇作品について作品ごとに体系的に検討を加え，テクストの特質に関する学問的な見解を吟味しているのである．グレッグはまた，初期の4つ折本が存在する劇作品とそれらの2つ折本との関係についても考察している．最後の章は2つ折本の印刷の問題を扱っているが，これは現在ヒンマン Hinman の研究にその地位をとってかわられている．しかし本書は，本文批評の領域で主導的権威をもつ学者によって書かれたもので，さまざまなテクストの本質を検討するための手頃で，なくてはならない参考書となっているのである．

これと同じいくつかの問題を扱っているのが，Alice Walker, *Textual Problems of the First Folio* (Cambridge: Cambridge

Univ. Press, 1953) である．ウォーカーは，『リチャード3世』，『リア王』，『トロイラスとクレシダ』，『ヘンリー4世』第2部，『ハムレット』，『オセロウ』の2つ折本テクストの背後に存在するものに焦点を当てている．彼女によれば，これらの2つ折本テクストに合成[74]や混合[75]のあることが認識されさえすれば，それらのテクストの背後にひそむ稿本の性格を決定することがずっと容易になるであろうという．本書の基本目的は，シェイクスピアの原稿と上記の6つの劇の2つ折本テクストとの間に介在しているものは何か，また4つ折本に筆を入れ，それを2つ折本の原本として用いたことから生じる編集上の問題が何であるかをはっきりさせることである．

大学生などにとっては非常に難解なものと思われるが，それにもかかわらずもっとも重要な著作が，Charlton Hinman, *The Printing and Proof-reading of the First Folio of Shakespeare*, 2 vols. (Oxford: Clarendon, 1963) である．本書は2つ折本の印刷過程について高度に専門的な検討を加えている．すなわち，ジャガード印刷所の性質[76]，印刷部数や印刷の速度，標準的な印

---

74) 合成 conflation とは，2種類か，場合によってはそれ以上のテクストが混りあっていること．たとえば4つ折本をもとにして，2つ折本ができているとき，その両者の混合した状態を指すときに用いる語．

75) 混合 contamination は，基本的には conflation と同じ意味であるが，混合によってできたテクストに対して何らかの価値判断，つまりそれが良いテクストか悪いテクストかの判断を含んでいる．ウォーカーは，『リチャード3世』，『リア王』，『オセロウ』などは2つ折本が権威あるテクストといわれているが，4つ折本を踏まえてできたものであるから，4つ折本からきた多くの，原型を損じた読みが入り込んでいる，という．彼女はテクストの不純化を明らかにし，いっそう信頼度の高いテクストを作ろうとしている．

76) ジャガード William Jaggard は印刷屋で，バービカンに鷲と鍵の看板を出

刷所の諸工程などである．ヒンマンは，2つ折本に使用された「活字」とその活字から解明される諸問題を徹底的に研究している[77]．植字した職人を分析して，ヒンマンはそれぞれの特徴的な癖から5人の異なった植字職人の存在を明らかにし，そのうちの誰がテクストのどの部分を担当したかを示している．もちろん校正の過程についても論じている．第2巻では，2つ折本の歴史劇，悲劇，喜劇の印刷について詳細な分析を行ない，総評を試みてもいる．本書にとって代わるような研究が現われるとは想像できないが，主張の一部，特に植字職人の同定の部分については反対や修正がなされている．かといって今後，ヒンマンが示したほどの学究的な，強靱な精神力とねばり強さに匹敵するような研究者が現われるとは思えないのである．

E. A. J. Honigmann, *The Stability of Shakespeare's Text* (London: Edward Arnold, 1965) は，本文批評家の一般的傾向に対していくぶん反対の行き方を取っている．本書の本当の主題はシェイクスピアのテクストの「不安定さ」である．ホニッグマンは同一のテクストの異同は，印刷の誤りではなく，シェイクスピアが書いた2種別々の読みかも知れないというやっかいな見通しを提起する．この説はどちらかといえば，「新書誌学」派[78]

していた．彼はシェイクスピアの4つ折本などの出版を手がけた後，1623年の第1・2つ折本全集の出版を前に死亡した．息子のアイザック Isaac がそれを引き継いで完成した．アイザックは1627年に死亡している．

77) ヒンマンは，植字から印刷へ，さらに解版（1度使用した活字を1つずつもとのケースにもどして次の使用に備える）へという過程で，使用された活字が何回も再使用されていることに注目して，それを詳細に観察した．

78) ポラードやマッケロウ，グレッグなどの研究を引き継いで，押し進めた人たちを指すが，ヒンマンなどの分析的書誌学の出現によって，そのような呼び名は消滅した．pp. 27-28参照．

の反対をゆくものであり,彼らに対してホニッグマンはところどころで小気味よい一撃を加えているのである.彼はシェイクスピアのテクストの性質とか状態については懐疑的であるほうが新書誌学派の一般的楽観主義よりはむしろ筋が通っていると考える.ホニッグマンは彼らのいわゆる「事実」に対して強い不信感を抱いているし,最後の章では彼の論旨にそった編集方針を論じている.本文批評の圧倒的な風潮にさからっているのは彼だけではないが,彼の態度は,この種の批評の活力を示しているのである.

劇場の批評

「劇場」のという言葉には広い範囲の研究が含まれる.エリザベス朝の劇場,その上演劇団,特定の役者,そのレパートリー,建造物とその物理的特質,エリザベス朝の演技の性質,また演劇の発展,つまり舞台上においての,また劇作品そのものの構造においての発展,ごく初期から最近にいたるまでの上演史,さらに最近では,映画のシェイクスピアの細目が含まれる.この領域を研究しようとする者は,このような多くの主題から選べばよい.これから述べるものは,それらについてのいくつかの基本的な参考書に注意を喚起しようとするものである.

便利で役に立つ書誌としては,Philip C. Kolin and R. O. Wyatt, "A Bibliography of Scholarship on the Elizabethan Stage Since Chambers," *Research Opportunities in Renaissance Drama*, 15-16 (1972-1973), 33-59. がある.本書にある 360 項目にわたるリストは,エリザベス朝の舞台のもつ物理的な特徴について,1923年以来の学問業績をもっぱら扱っている.雑誌掲載

の論文としては Allardyce Nicoll, "Studies in the Elizabethan Stage since 1900," *Shakespeare Survey*, 1 (1948), 1-16. がある. M. St. Clare Byrne, "Fifty Years of Shakespearian Production: 1898-1948," *Shakespeare Survey*, 2 (1949), 1-20. は，上演について論評している．劇場に関する価値の高い論文集としては，G. E. Bentley, *The Seventeenth-Century Stage: A Collection of Critical Essays* (Chicago and London: Univ. of Chicago Press, 1968) がある．本書は，主にジェイムズ1世とチャールズ1世の治下における劇場と上演について，17世紀初期の文献と現代の論考が載っている．その他の論文は当時の役者と演技を扱っている．

非常に多くの資料を含んだ，権威のある研究書が，E. K. Chambers, *The Elizabethan Stage*, 4 vols. (Oxford: Clarendon, 1923) である．これは最初から最後まで順に読んでゆく叙述的な著作ではなく，以下のように分類された厖大な量の資料を概説したものである．第1巻は，宮廷，演劇に対する規制．第2巻は，劇団――少年劇団，大人の劇団[79]，国際的な劇団[80]，役者，劇場――大衆劇場と私設劇場[81]．第3巻は，宮廷における上演と劇場における上演，劇作品と劇作家．第4巻は，作者不明の作品――劇，仮面劇，催し物．さらに付録と索引．読者は本書によって，たとえば特定の役者についてとか，特定の劇についてあ

---

79) 少年劇団，大人の劇団に関しては，p. 34 の注20), p. 35の注21)参照．
80) チェインバーズによれば，エリザベス朝とジェイムズ1世朝において，英国は外国から役者たちを呼ぶよりは，送り出す方であった．しかしイタリア人の役者たちが英国で上演したこともあったらしく，またイングランド人の役者がスコットランドで劇を上演したり，またヨーロッパ各地でも上演したという．
81) p. 34 参照．

らゆる知識を得ることができる．チェインバーズは1616年までを扱っている．

同じように印象的で，また綿密な研究書であってチェインバーズの続編ともいえるものが，G. E. Bentley, *The Jacobean and Caroline Stage*, 7 vols. (Oxford: Clarendon, 1941-1968) である．この著作もまた，1916-1642 年の演劇に関する直接の記録や他の資料を集録してある．題目は次のように分類されている．第1巻，上演劇団．第2巻，役者．第3-5巻，劇作品と劇作家．第6巻，私設劇場，大衆劇場，宮廷劇場．第7巻，第6巻の付録，および第1-7巻までの総合索引．

まだ刊行継続中のもので劇場での上演やそれに関連した問題の発展に関する最近の重要な研究が，Glynne Wickham, *Early English Stages 1300 to 1660*, 3 vols. (London: Routledge & Kegan Paul; New York: Columbia Univ. Press, 1959-1972) である．主として演劇史と上演の問題に関心をはらいながら，ウィッカムは第1巻では，重点的に中世の演出法——露天での催し物[82]（奇蹟劇，劇，街のページェント舞台[83]），室内の催し物（道徳劇，幕間狂言(インタールード)），中世の演劇論とその実践を扱っている．第2巻，1部では，ウィッカムは中世劇の伝統がどのように

---

82) ウィッカムは，馬上の槍試合，市民の歓迎行事（行列，行進など），夜間に室内で行なわれる仮装による宴会，柵を設けて左右に分かれて行なう試合，民衆の劇，踊り，祭日の気晴らしなどを催し物といっている．

83) 中世では山車の回り舞台で奇蹟劇を上演していたが，チューダー朝になると，いろいろ手の込んだ内容をもつ出し物などのことをいうようになった．さまざまな趣向や物語に基づいた出し物が街路をねり歩いた．イングランド王のロンドン市訪問や，地方巡行などのときに行なわれたが，エリザベス女王の時に最盛期を迎え，夏至の頃，エリザベス女王が貴族の館を訪問するときなど盛大に行なわれた．

ルネッサンス劇へと伝承されていったかを記している．また彼は演劇の国家統制についても論じている．彼はルネッサンス時代の劇場が象徴的伝統（リアリスティックでないという意味）をもっていることを強調する．その後の第2巻，2部では，ウィッカムは枢密院が1597年にロンドンの劇場の取り壊しを命じたこと，またそれがどうやって回避されたかを論じている．主に彼は芝居小屋，公認された劇場，劇場としての伝統をもつ宿屋，それに舞台のコンヴェンションなどを扱っている．たいていの演劇史家以上にウィッカムは，劇的伝統の発展における祭り，ページェント，催し物などを強調している．第2巻，2部（原書 pp. 3-8）は，ウィッカムの理論的立場をよく要約している．

M. C. Bradbrook, *The Rise of the Common Player: A Study of Actor and Society in Shakespeare's England* (London: Chatto & Windus, 1962) は，演劇史の特殊な面を扱った本である．本書は社会史であると同時に演劇史でもある．第1部は大衆劇場とそこで演技する劇団員の社会史である．第2部はタールトン Tarlton のような英国劇壇の最初の大スターや彼と同時代の偉大な悲劇役者アリン Alleyn のような典型的な人物に焦点を当てている．さらに第3部でブラッドブルック女史は，1574年から1606年までの，王室付の役者や，ロンドンの少年聖歌隊[84]の劇団

---

84) 王宮付属会堂 Chapel Royal やセント・ポール寺院の少年聖歌隊がもっとも有名である．後者の場合，寺院南西のセント・グレゴリー教会や宮廷で劇を上演し，1583-4年にはブラックフライアーズ座（ここがもと黒衣をまとうドミニコ派の修道士の僧院であったところからこの名がある）で活躍した．1587-90年には9回も宮廷でリリー Lyly の劇を上演している．このめざましい活躍によって，従来の王室付の小劇団は消滅する．しかし少年劇団もその後禁止されたり，教会や王室の基盤を失って衰退し，その頃には国王一座 King's

の盛衰を論じている．最後の第4部で，著者は当時の一般的な芝居という娯楽や，劇を楽しむ多くの機会を与えた一般的生活を描いている．また大学における上演についての考察もある．本書は役者が社会的に不安定な地位や社会的に認められない身分からかなり高い地位に昇ってゆくさまをたどっている．

次にあげる種類の研究書は，特にシェイクスピア時代の劇場についての一般的知識を要約してくれる便利なものである．A. M. Nagler, *Shakespeare's Stage* (New Haven: Yale Univ. Press, 1958) は，シェイクスピアの劇場に関連する一般的な主題を概観したものである．つまりロンドンの劇場，舞台の特色，『ロミオとジュリエット』の上演，役者とその演技の特色，ブラックフライアーズ座や観客などである．本書は演劇史家による便利な概説書である．

G. E. Bentley, *Shakespeare and His Theatre* (Lincoln: Univ. of Nebraska Press, 1964) も同じような機能をもった本である．この簡潔で，読みやすい研究書は，劇場についてのいくつかの主眼点を扱っている．すなわち，シェイクスピアとその一座，グローブ座，ブラックフライアーズ座，シェイクスピア以後の劇場の状況などであるが，特に観客を扱っている．

上記のものよりも広範な内容を扱っている書が，Andrew Gurr, *The Shakespearean Stage 1574-1642* (Cambridge: Cambridge. Univ. Press, 1970) である．グアは5つの題目を扱っている．劇団，役者，劇場，舞台上演，観客である．彼の研究はチェインバーズやベントリーの編纂した資料に基づいているが，本書は彼ら

Men と海軍大臣一座 Admiral's Men の2大職業劇団が隆盛になっていた．また本書 p. 35の注21)参照．

の研究の単なる改訂版ではない．グアは，こうした背景を示すことによって，1574-1642年までの期間——すなわち，役者たちのグループに初めて王室の特許状が与えられたときから，1642年に議会によって劇場が閉鎖されるまで——の劇場とそれに関連したことがらについて，われわれの誤解を最少限にとどめようとする．こうした資料は，この時代の劇に対する理解の幅をも広げてくれる．たとえば，劇団の構成とか，何人ぐらい役者がいたのかとか，そのレパートリーの特徴とか，彼らが上演した建物の種類とか，劇場の経営，舞台上演の技法などがわかる．本書は当時の証拠になる文献と最近の研究成果を踏まえて書かれている．その独特な方法によってもまた，本書は学問に貢献しているし，研究者にとって特に役に立つものである．

　劇場それ自体の特質について多くの研究がなされてきたことは理解できるであろう．ここで忘れてはならないことは，これらの理論のすべてがほとんど推測に基づいて述べられていることで，厳密な意味での証拠というようなものはほとんどない．広く認められるようになった最初の研究が，John Cranford Adams, *The Globe Playhouse: Its Design and Equipment*, 2nd ed. (New York: Barnes & Noble, 1961; originally, 1942)である．本書の目的は，グローブ座の設計と舞台装置をできるかぎり完全に再現することである．こうした研究の主目的は，シェイクスピアの劇をいっそう完全に理解するための道を作ることである．アダムズの研究は2つの仮説に基づいている．ひとつはエリザベス朝の劇作品の上演の諸条件は，既存の劇場の設計や装置によってわかることであり，もうひとつはあらゆる証拠——さし絵，ト書など——を考慮すべきであるということである．アダムズは，グローブ座

の所在地,芝居小屋の構造,観客席,はりだし舞台,楽屋棟,上層構造などを広範に論じている[85]. 彼の伝統的な研究法は現在では疑問の余地がある. 特に内舞台や3番目の上舞台についての考え方は疑問視されている. しかしグローブ座の「模型」のほとんどはアダムズ説に基づいている.

Irwin Smith, *Shakespeare's Globe Playhouse* (New York: Scribner's, 1956) は,基本的にはアダムズの考えを継承している. 彼はアダムズと同じ主題を論じているが,グローブ座を再現した15の縮尺図を載せている (その模型は現在フォルジャー・ライブラリーにある).

C. Walter Hodges, *The Globe Restored: A Study of the Elizabethan Theatre*, 2nd ed. (London: Oxford Univ. Press, 1968; originally, 1953) は,劇場についての初期の見解について反論を加えている. ホッジズは,グローブ座の再構築を試みるときに生じる不確定部分を認識しなければならないと論じている. 彼はそこで野外舞台(はりだし舞台)とか,楽屋棟の性質などの諸問題を論じている. グローブ座については,額縁舞台ではできない,役者と観客との親密な活力あふれた関係を再び確立するためにのみ再現されるべきである. 本書には多くの図解が付されている.

---

85) アダムズの「模型」によると,グローブ座は全体が円形あるいは八角形で,中庭は露天(屋根なし)で,それを囲む3階建てのギャラリー(観客席用の劇場の廻廊のこと)がある. 中庭に突き出た「本舞台」があって,その奥にはカーテンで仕切られた「内舞台」があり,さらにその上に「上舞台」がある. 主な演技はもちろん本舞台で行われるが,特殊な場面(たとえば墓場など)のときは内舞台,高い所の場面(バルコニーの場面など)は上舞台というように使いわけられている. しかしこの内舞台や上舞台の考えは,他の資料(たとえばデ・ウイット De Witt の白鳥座の有名なスケッチ)などと矛盾することが指摘されている.

その他，舞台とエリザベス朝の実演との関係を特に吟味した研究がある．有益なものとしては，Bernard Beckerman, *Shakespeare at the Globe 1599–1609* (New York: Macmillan, 1962) がある．本書はグローブ座の上演上必要な諸問題に焦点をあてている．扱われている項目は，レパートリー，作劇法（クライマックス，フィナーレ，場面構成，劇的統一），舞台（道具，設計），演技（演技様式に与えた影響），上演（舞台幻想）[86] などがある．本書はグローブ座で 1599–1609 年の間，つまりこの劇場の最初の10年間に上演された劇作品のみを扱っている．ベッカーマンは，伝統的な「内舞台」という考えに反論する．内舞台が楽屋棟正面入口の普遍的特徴であるという考え方を支持できる証拠はほとんどないというのである．彼は劇場幻想の重要性を強調するのである．そして彼によれば，劇作品の実際の上演はわれわれの考えている以上に，この舞台の特殊な部分というものには依存していなかったのである．それどころか，上演の様式は劇形式に内在していたのであって，舞台構造にはよらなかったのである．

J. L. Styan, *Shakespeare's Stagecraft* (Cambridge: Cambridge Univ. Press, 1967) は，演出法を研究する者のための案内書である．スタイアンは，劇場の技術（舞台，上演，演技的コンヴェンション），シェイクスピアの視覚的技法（役者，屋根なし舞台での役者の動作や配置，舞台全体），シェイクスピアの聴覚的技法（せりふ回し，せりふの管弦楽的話法）などを探究するのである．

---

86) 宮廷劇などでは背景を描くことによって現実的な印象をもたせるような雰囲気を出したが，大衆劇場においてはふつうそのようなものはなく，プラカードのようなもので場を示したり，せりふで背景描写を行なったりして，場所や時間の矛盾を解決している．

シェイクスピアのテクストには，役者に対してある個所をどのように演じればよいかという正確な指示が与えられているが，また柔軟性と，ある程度の即興性も許容されているのである．全体的に本書は舞台上演のかなり実用的な研究である．

それよりも歴史的指向をもつ研究が T. J. King, *Shakespearean Staging, 1599-1642* (Cambridge: Harvard Univ. Press, 1971)である．本書は，1599-1642年の間にプロの役者によって初めて上演された276作品をとりあげ，その劇場における必要な諸条件を考察したものである．また本書の目的は，シェイクスピアの劇作品が当時の人たちによってどのように演じられたかを明瞭に描きだすことである．キングは，外的証拠，つまり初期の英国の舞台の建造物や絵画と，内的な証拠，つまりテクストから与えられるものとの間に強い相関関係を探ろうとする．特に彼は上演に必要な条件を評定する．舞台の上層の出入口や大道具類，舞台下部の出入口や幕の類などである．本書はまたミドル・テンプルでの『十二夜』の上演を広範に研究している．付録Aでは，1940年以降の主な研究が検討されていて有益である．

歴史的というよりは実際的な研究書に，Harley Granville-Barker, *Prefaces to Shakespeare*, 2 vols. (Princeton: Princeton Univ. Press, 1947) という影響力のある書がある．これは10の劇作品——3つの喜劇，7つの悲劇の上演の問題と技法を検討している．第1巻の序説で，著者はシェイクスピアの演出法や，場所に関するコンヴェンション，詩の話法，少年俳優による女形(おやま)，独白，衣装などの問題を扱っている．全体を通して，現代の演出家とか監督がテクストに内在する上演の諸問題をどのように解決しなければならないかという点に焦点をあてている．

B. L. Joseph, *Elizabethan Acting*, 2nd ed. (London: Oxford Univ. Press, 1964; originally, 1951) は，演技の技法を扱っている．本書は，シェイクスピア時代の演技についてわかっていること，また入手できる資料からジョゼフ自身が行なった推論を簡潔に述べたものである．彼は，外的な行動，せりふまわし，身振り，性格の発展を論じている．ジョゼフは，役者が観客に対していま演技してみせている劇中人物そのもののようにみせることが可能であったと主張する．そのときのせりふまわしは性格やスタイルとぴったりしたものであった．外見と動作とは共に同じ2つの目的を同時にはたしたのである．つまり想像上の人物の内部にあるものをごく自然に伝えることと，エリザベス朝の劇や観客の要求に理想的に答える創造的な媒介者となることであった．

Alfred Harbage, *Shakespeare's Audience* (New York: Columbia Univ. Press, 1941) は，劇場体験のもつまたもうひとつの面に答えている．ハーベッジは，観客についての知識を正確に反映しているような証拠を検討している．彼は劇場における観客数はほぼどのくらいであり，どのような人たちであったか，彼らの態度はどうだったかなどを論じている．彼はまたこの主題についての研究に評価をくだしている．彼の考えによると，観客は当時のロンドン市の人口の断面図どおりで，労働者階級の観客が圧倒的に多かった．種々の点でハーベッジは，観客をややロマンチックに描いてしまっているが，しかし本書は経済や社会について集められた知識を得るには貴重なものである．

他に最近にいたるまでの舞台上演の歴史に関する問題を扱ったものがある．その方面の標準となる研究としては，George C. D. Odell, *Shakespeare—From Betterton to Irving*, 2 vols. (1920;

reprint New York: Benjamin Blom, 1963) がある．これは1660年から20世紀の初頭までの250年にわたる上演を扱っている．第1巻はギャリック Garrick 時代 (1742-1776年) までが含まれている．この研究には劇場の歴史も扱われているが，主眼点は舞台上演にある．

Arthur Colby Sprague, *Shakespeare and the Actors: The Stage Business in His Plays (1660-1905)* (Cambridge: Harvard Univ. Press, 1945) は舞台上演史を扱っているが，その区分けは喜劇，歴史劇，『ハムレット』，『オセロウ』，『マクベス』，その他の悲劇となっている．

J. C. Trewin, *Shakespeare on the English Stage 1900-1964* (London: Barrie & Rockliff, 1964) は，1900年以後の英国の劇場におけるシェイクスピア上演を重点的に概観したものである．トレウィンは，理論と実験，変遷と可能性を見渡している．付録のリストには，ロンドン市のウェスト・エンド[87]における1900年から1964年までの上演，オールド・ヴィック座の1914年から1964年までの上演，ストラットフォードのシェイクスピア記念劇場での1879年から1964年までの上演などすべてのシェイクスピア劇の上演が挙げられている．また本書には上演の様子や役者の写真が豊富に載っている．

Roger Manvell, *Shakespeare and the Film* (London: J. M. Dent, 1971) は，シェイクスピアの劇から翻案した無声映画以外の主要な映画を記述し，論じている．そしてまたそれらを効果的

---

87) ロンドン大火 (1666年) 以後に発達したロンドンのシティ (City) の西側の一帯をいい，ほぼハイド・パーク (Hyde Park) までの商業地区をさす．現在でも劇場が多く，シェイクスピアの劇もしばしば上演されている．

な作品にするためにはシェイクスピア劇にどのような改変を行えばよいかを論じている. ローレンス・オリヴィエ Laurence Olivier, オーソン・ウェルズ Orson Welles, ロシアにおける映画, 『ジュリアス・シーザー』の映画, イタリア人とシェイクスピア, 劇場の上演作品の映画化, などがそれぞれの章で述べられている. 本書には多くのさし絵が載っている.

学際的研究

音楽

ここ20年間ほどのうちに, 学者たちは音楽とシェイクスピア劇との関係に次第に注意をはらうようになった. 劇中の歌の独特な用い方を扱っている研究もあれば, 他方では本歌探しをしたり, あるいは歌われた最初の場面を発見しようとした研究もある. そうした結果として, シェイクスピア劇における音楽の知識が増大した. F. W. Sternfeld, " Twentieth-century Studies in Shakespeare's Songs, Sonnets, and Poems," *Shakespeare Survey*, 15 (1962), 1-10. は, スターンフェルドのより広範な研究の一部であるが, この中で彼は音楽に関する20世紀の研究を概観している[88]. もうひとつ興味深い論文が, D. S. Hoffman, " Some Shakespearian Music, 1660-1900," *Shakespeare Survey*, 18 (1965), 94-101. である.

---

88) p. 181 参照.

初期の音楽研究は，たまたま音楽に関してわかった事実について軽くふれているだけである．Edward W. Naylor, *Shakespeare and Music*, rev. ed. (1931; reprint New York: DaCapo & Blum, 1965; originally, 1896) は，当時の音楽の専門用語や楽器，音楽教育，歌曲と歌唱，ダンス，天球の音楽[89]，音楽に関するト書の利用を論じている．この入門書は，劇中の音楽の機能について分析的なというよりは記述的な方法をとっている．これとは別の部類に属するものが，Richmond Noble, *Shakespeare's Use of Song with the Text of the Principal Songs* (London: Oxford Univ. Press, 1923) である．ノーブルは，劇作品の歌詞と各歌曲についての幅広い知識を与えてくれるが，しかし楽譜は載っていない．彼はほとんどの歌がシェイクスピアの作であると考えている．

ロングは音楽研究に貢献した第一人者で，彼の3冊の書物は劇中の音楽についてのわれわれの知識を豊富にしてくれる．彼の最初の書が John H. Long, *Shakespeare's Use of Music: A Study of the Music and its Performance in the Original Production of Seven Comedies* (Gainesville: Univ. of Florida Press, 1955) である．ロングは，エリザベス朝演劇の歌と器楽曲について簡単

---

89) プトレマイオスの描いた宇宙像によれば，地球が中心となって月から始まる7つの惑星があり，その中央に（4つ目）に太陽がある．7つ目（地球を含めれば8つ目）の土星の上に恒星があり，最外周には第10天（第9天ともいう）がある．これは全天界運行の原動力とみなされている．すべての惑星はそれぞれの天球に属していて，この天球は同一の中心をもっていて，地球の周囲を24時間で1周するが，地球から遠のくほど回転の速度は速くなる．この運動の際に天球同士が摩擦を起こしてハーモニーをつくり，それが天球の音楽になる．時代的に新しくなるが，John Dryden の *A Song for St. Cecilia's Day* (1687年作) はこの天球の音楽を歌った有名な詩である．

に概説し,『ヴェローナの二紳士』,『恋の骨折損』,『夏の夜の夢』,『むだ騒ぎ』,『お気に召すまま』,『ヴェニスの商人』,『十二夜』を論じている. 劇の技法としての音楽は,言語のもつ効果を強めてくれるだけでなく,行動,性格描写,背景描写,雰囲気づくりを推進してくれる. ロングは上記の喜劇作品について3つの側面をみている. (1) 音楽は重大な,あるいは最高潮の情況の訪れを知らせてくれる. (2) 音楽は緊迫した(悲劇的な)瞬間に逆らって,やわらげてくれる働きをする。(『ヴェニスの商人』,『むだ騒ぎ』). (3) 音楽をひとつの様式として用いることと,それを写実的に用いることの両者の利点を吟味しながら実験を行なう. 本書と他の2つの著作でロングは参考文献を挙げている.

ロングの, *Shakespeare's Use of Music: The Final Comedies* (Gainesville : Univ. of Florida, 1961) は,『じゃじゃ馬ならし』,『ウィンザーの陽気な女房たち』,『終りよければすべてよし』,『以尺報尺』,『ペリクリーズ』,『シンベリン』,『冬の夜話』,『あらし』を扱っている. ここでもまたロングは, 音楽演奏の果たす機能, 演奏方法, 最初に用いた総譜(可能なかぎりの),重要性について結論を下そうとしている. これらの劇における音楽は, 決定的な場面を強め, 超自然的な場面を感じとれるようにし, 抽象的な, または心理的な観念を統合する.

ロングの3冊目の著作, *Shakespeare's Use of Music: The Histories and Tragedies* (Gainesville: Univ. of Florida, 1971) は,『ジョン王』をのぞくすべての歴史劇, 悲劇, それに『トロイラスとクレシダ』を検討している. 歴史劇は主として公的な,社会的な, 式典的な雰囲気のときに音楽を用いる. したがって大部分は器楽曲である. 悲劇における歌曲は, ほとんどが民謡(バラッド)の部

分とか,古いはやり歌の一部から成り立っている.それに反して喜劇の音楽は普通芸術歌曲[90]とか,完全なリュート[91]の歌である.ロングによれば,悲劇で音楽を用いているということはシェイクスピアが悲劇を内的な葛藤と,精神的,肉体的破滅という激しいヴィジョンとしてみていたことを示すことになるのである.

F. W. Sternfeld, *Music in Shakespearean Tragedy* (London: Routledge & Kegan Paul, 1963) は,悲劇作品に焦点を当てた重要な研究である.現存の歌やそれに類する歌(最初の歌の総譜(スコア))をファクシミリ版で再現し,批判的に検討している.スターンフェルドはシェイクスピア以外の劇を中心として,悲劇における声楽,器楽曲の伝統を論じている.また2つの章ではデズデモーナの「柳の歌」の複雑な要素と,オフィーリアの歌を特に扱っている.スターンフェルドは,ロバート・アーミン Robert Armin こそ劇団のなかで筆頭の歌うたい兼役者であったと考えている.また2つの章で広く器楽曲について扱っている.第10章は,「シェイクスピアと音楽についての研究の回顧」(約1960年まで)を行なっていて,非常に有益である.また広い範囲の文献目録と役に立つ索引がある.たとえば,歌詞の索引や,全シェイクスピア作品の歌のアルファベット順のカタログなどがついている.

Peter Seng, *The Vocal Songs in the Plays of Shakespeare* (Cambridge: Harvard Univ. Press, 1967) は,劇中の声楽曲

---

90) 芸術的に高度な表現を目的に作られた歌曲.詩に作曲されるのが普通で,楽器とも有機的一体をなしている.リート lied が叙情的な物語り風の歌であるのと対照的.
91) 洋ナシの形をした胴と,長いフレットのついた指板をもつ撥弦楽器(はつげん)で,シェイクスピアの時代に流行した.現代でもしきりにリュートの音楽が演奏されるようになり,レコードに収められている.

に関連したあらゆる資料を収集しようとした,基本的には参考図書である.資料は次のような配列になっている.(1) 頭注で原典(2つ折本か4つ折本)かを示して,そのテクスト中歌がどの部分におかれているか,またそれの現状版における幕,場,行が載っている.(2) 最初の権威ある版本から正確複写した歌のテクスト.(3) 年代順に配列された一般的な批評的注解(批評家がその歌についてどう批評してきたか).(4) テクストの注釈(意味に関してさまざまな学者の意見を含んだ注釈).(5) 歌のふしに関する知識(もしあるとすれば最初の原典).(6) 歌,あるいは特定の歌(メロディーではなく歌詞)の類似作の材源についての知識.(7) 劇中におかれたときの劇的機能についての観察.1次資料と2次資料とにわたった文献目録が巻末に載っている.

ルネッサンス時代の音楽をより一般的に扱っていて,研究者の興味をひくと思われる本がいくつかある.Bruce Pattison, *Music and Poetry of the English Renaissance* (London: Methuen, 1948) は,歌と詩の関係を示している.パティスンはさまざまな音楽形式——マドリガル,アリア,バラッド,その他——を定義している.John Stevens, *Music and Poetry in the Early Tudor Court* (London: Methuen, 1961) には,良質の背景資料が載っている.本書は,主として16世紀初期に関心を向けている.ある1章では祝典,催し物,劇などにおける音楽を扱っている.Gretchen L. Finney, *Musical Backgrounds for English Literature: 1580-1650* (New Brunswick, N. J.: Rutgers Univ. Press, 1962) は,哲学的概念としての音楽(瞑想的音楽)を研究している.Wilfrid Mellers, *Harmonious Meeting: A Study of the Relationship between English Music, Poetry and Theatre, c. 1600-1900* (London: Dobson, 1965) には，特にシェイクスピアに関する2章，「シェイクスピア劇における音楽」と「仮面劇から詩劇へ」が含まれているが，これは『あらし』を扱っている．

文化

いくつかのタイプの学際的研究を「文化」という見出しでまとめることができる．ここには当時の哲学や，文化史，政治史の研究も含まれる． E. M. W. Tillyard, *The Elizabethan World Picture* (London: Chatto & Windus, 1943) は，当時の知的背景について要約した古典的労作になっている．この簡潔にまとめられた書において，ティリアードはエリザベス朝時代の共通の信念を略述し，英国ルネッサンスは中世の思想に対する反動ではなく，むしろそれらを包含し，自らのものとしてとり込んだものであることを明らかにする．ティリアードの強調する基本的視点はヒエラルキー的な，秩序のある宇宙ということで，それは多くのさまざまな種類の作家たちや思想家たちの作品から例証されている．ティリアードによれば，エリザベス朝の人たちは宇宙的秩序を3つの形式として認識していた．存在の鎖（神から無生物までに至る秩序の構図）[92]，一連の相応する平面（大宇宙—小宇宙，

---

[92] 垂直的な宇宙像で，被造物のうちの最も卑しい存在物から「あらゆる段階」を通って最も完全なもの，高貴なものにまでいたるが，その環の各々はすぐ上のものとすぐ下のものとができる限りの小さな程度の相違によってへだてられ，しかし切れることなく連続的に結合されている．これについては, Arthur O. Lovejoy, *The Great Chain of Being: A Study of the History of an Idea* (Cambridge, Mass.: Harvard Univ. Press, 1936)〔邦訳『存在の大いなる連鎖』内藤健二訳，晶文社〕参照．

国家―大宇宙, などの相応)[93], 大宇宙のダンス[94]である. ティリアードの下した評価につきまとう問題点のひとつは, 新しく正反対の声が16世紀の終わり頃に優勢になってきたことを除外して, こうした楽観主義的な秩序の世界を強調していることである.

同じように Hardin Craig, *The Enchanted Glass: The Elizabethan Mind in Literature* (New York: Oxford Univ. Press, 1936) も, エリザベス朝の哲学的背景を扱っている. クレイグは宇宙論を確立して, そこにおける人間の地位を明らかにする. 理性の重要性が強調されている. クレイグは, エリザベス朝の精神の特徴的な反応を定義しようとしているが, それについての議論はエリザベス朝の文学の解釈の問題に向けられている.

Theodore Spencer, *Shakespeare and the Nature of Man*, 2nd ed. (New York: Macmillan, 1961; originally, 1942) は, 前述の研究とは硬貨の裏と表のようなものである. 最初の2章は特に知的な背景に関連したことを述べている. スペンサーは, 人間の理想像や, 宇宙的秩序と法の観念に基づいた楽観主義的な秩序観とヒエラルキー観を述べている. そのような世界においては人間がその中心であった. しかしまた反対の声もあったとして, スペンサーはそれらを3つの一般的領域に分けて論じている. 第

---

93) 存在の鎖の垂直性に対して, 同じ宇宙を平面的に捉える考え方. 多くの平面がその位階の程度によって, 相互に密接に相応しながら重なっているという考えで, たとえば天の支配者は太陽であるが, それは国家の支配者である国王と相応する.

94) 初期のギリシア哲学以後, 天地創造は音楽的行為として描かれてきた. これは詩的, 神秘的精神の共感を呼びさました. 宇宙が音楽的な状態に置かれていて, 同時にそれは永遠のダンスでもあるという考え方は, 中世では一般的観念となった. p.179 の注89)を参照.

1は，コペルニクスその他による新しい科学，第2に，マキァベリに典型的に示される新しい政治思想，第3にはモンテーニュの著作に明らかな新しい倫理である．こうした諸勢力が宇宙的秩序という前提に疑問をなげかける．本書の残りの部分は，さまざまな劇の解釈にあてられて，上記の諸力が人間の本性と妥協するようになるさまをルネッサンスの知的葛藤という観点から部分的に考察しているのである．

Hiram Haydn, *The Counter-Renaissance* (New York: Scribner's, 1950) は，こうした新たにおきてきた葛藤の問題をより広範に扱っている．本書は秩序をもったヒエラルキー的世界の，一般に受け入れられている中世的世界観に反対の運動を描いた厖大な知的歴史である．反ルネッサンス主義は，古典的ルネッサンスの基本原理に対する抗議から発すると同時に，中世スコラ哲学の原理に対する抗議からも始まったのである．そのあらゆる構成要素は，科学であろうと，倫理あるいは政治であろうと，普遍的な法の除去に賛意を表わした．それは相対主義的であり，実利主義的であった．ハイドンはこの運動全体のさまざまな現われ方を論じ，それに対するエリザベス朝の人々の反応を詳細に検討している．そして，それらの運動をティリアードが論じたよりもずっと共鳴しやすく，調和したものにしているのである．最後の章で，ハイドンは特にシェイクスピアを扱い，『ハムレット』と『リア王』に焦点をあてている．彼によれば，シェイクスピアはこの反対運動を非常によく自覚していた．なぜなら，それらの多くの観念を劇のために用いたからである．しかしもちろん，だからといってシェイクスピア自身の個人的信念をそこから断定することは不可能である．

C. S. Lewis, *The Discarded Image: An Introduction to Medieval and Renaissance Literature* (Cambridge: Cambridge Univ. Press, 1964) は，中世の一般的な哲学的信念，それらの起源，それらのルネッサンス時代への持続的継承を明らかにしている．最後の章でルイスは，こうした典型的な理想世界の影響について詳細に検討しているのである．

ルネッサンス時代の哲学研究への2大アプローチはスコラ哲学と新プラトン主義であると信じて，この両者を論じているのが，Walter Clyde Curry, *Shakespeare's Philosophical Patterns* (Baton Rouge: Louisiana State Univ. Press, 1937) である．カリーは『マクベス』をスコラ哲学，『あらし』を新プラトン主義の観点から解釈している．シェイクスピアは体系的哲学者ではなかったが，ここで扱われている2つの哲学体系の基本的原理について，充分で，正確な知識をもっていたようである．本書は，哲学的伝統を再構成することと，シェイクスピアがそれらをどう利用しているかという点に関心をはらっている．Roland M. Frye, *Shakespeare and Christian Doctrine* (Princeton: Princeton Univ. Press, 1963) は，さらにはっきりとした宗教哲学について論じている．フライはまず対照的な2つのシェイクスピア研究法を論じている．神学的分析（G. ウィルスン・ナイトに代表される方法）と世俗的分析（A. C. ブラッドリー）である．（フライがナイトに焦点をあてたことは当然批判されてきた．）[95] 本書の第2部

---

[95] フライは，神学的分析の一派をナイト・スクールと呼び，あたかもナイトを神学的研究の代表のようにみなした．ナイトはキリスト教，特にカトリック教に深い関心を抱いていたし，彼の方法には「宗教的」な（本書 pp. 33-34; p. 137 参照）雰囲気があるが，ナイトの方法はあくまで審美的な立場にたっている．象徴を重視する I. リブナー I. Ribner などもフライに反論を加えている．さらにナイトについては pp. 93-94参照．

においては，シェイクスピアの神学的な継承についていっそう厳密な検討を加えようとして16世紀神学の歴史的背景に注目する．最後の第3部では，シェイクスピアの神学的言及を項目ごとに配列して扱っている．フライは，この両極端に進まないように中間の道をとろうとしていて，これらの研究の2つとも歴史的神学についての基本的な知識をもっていないという．彼は「キリスト教的」研究の行きすぎとして J. A. Bryant, Jr., *Hippolyta's View: Some Christian Aspects of Shakespeare's Plays* (Lexington: Univ. of Kentucky Press, 1961) を特に批判している．フライの書は，概して良識をもって行き過ぎを正している著作である．

シェイクスピア時代の政治・文化史への妥当な入門書となるものがいくつかある．まずオックスフォードからでたイングランド史のうちの2巻はそれにふさわしいものである．J. B. Black, *The Reign of Elizabeth 1558-1603*, rev. ed. (Oxford: Clarendon Press, 1959; originally, 1936) は，基本的には，エリザベス朝の政治・社会史を扱い，「文学，芸術，思想」という題の章がある．本書には広範な参考文献が載っている．同じシリーズの，Godfrey Davies, *The Early Stuarts 1603-1660*, 2nd. ed. (Oxford: Clarendon, 1959; originally, 1937) は，政治・憲法史，それからまた社会・経済史などを論じている．デイヴィスはまた，芸術と文学について別々の章をもうけ，参考文献も付している．

いっそう専門的に文化史を扱っているのがラウスによる2著書である．A. L. Rowse, *The Elizabethan Renaissance: The Life of the Society* (London: Macmillan; 1971) でラウスは宮廷，

ジェントリー階級の役割,階級と社会生活,食物と衛生,性,習慣,魔術と占星術に関する章をもうけている.また A. L. Rowse, *The Elizabethan Renaissance: The Cultural Achievement* (London: Macmillan, 1972) でラウスは当時の文化的生活を描いている.演劇,言語,文学,社会,歌詞と音楽,建築と彫刻,絵画,料理や裁縫などの家庭技能,科学と社会,自然と医学,理知的精神(マインド)と霊的精神(スピリット)(哲学的な)に関する章がある.

材源

学際的研究,あるいは文化相互の研究の分野へと導くもうひとつの領域は,シェイクスピアの材源と信じられるものや,さまざまな文学,文化からの主な影響についての研究である.こうした研究は材源探しのみでなく,材源であると信じられるものをシェイクスピアがどのように劇の創作のために用いたかについての考察を含むのである.たしかにシェイクスピアの芸術的完成度をはかる尺度は,材源を劇作品と並置して,どのような相違があるかをみることである.

シェイクスピアの材源研究をしたいと思う者にとって,ぜひ参照しなければならない第1の研究書は,8巻からなる,Geoffrey Bullough, comp., *Narrative and Dramatic Sources of Shakespeare* (London: Routledge & Kegan Paul; New York: Columbia Univ. Press, 1957–1974) である.この記念碑的労作には,各劇作品と詩作品の材源に関する広範な序論があり,また可能性のある,当然それであろうという材源のテクストと,適当と思われる所には材源に相当するものが載っている.各巻の構成は次のよう

になっている．第1巻，初期喜劇，詩，『ロミオとジュリエット』．第2巻，喜劇(1597-1603年，『以尺報尺』まで)．第3巻，初期の英国歴史劇（『ヘンリー6世』,『リチャード3世』,『リチャード2世』)．第4巻，後期英国歴史劇（『ジョン王』,『ヘンリー4世』,『ヘンリー5世』,『ヘンリー8世』)．第5巻，ローマ史劇．第6巻，他の「古典」劇（『タイタス・アンドロニカス』,『トロイラスとクレシダ』,『アテネのタイモン』,『ペリクリーズ』)．第7巻，4大悲劇(『ハムレット』,『オセロウ』,『リア王』,『マクベス』)．第8巻，ロマンス劇（『シンベリン』,『冬の夜話』,『あらし』)．各巻にブラウは有益な参考文献を載せている．

劇作品をいくつか選び，その材源に関する資料を提供し，主として初学者向きのものとして書かれた著作がある．たとえば Alice Griffin, ed., *The Sources of Ten Shakespearean Plays* (New York: Crowell, 1966) には，『ロミオとジュリエット』,『じゃじゃ馬ならし』,『ヘンリー4世』,『ヘンリー5世』,『ジュリアス・シーザー』,『十二夜』,『オセロウ』,『マクベス』,『アントニーとクレオパトラ』の材源のテクストが収録されている．そのテクストは現代つづりと句読法によっている．

Joseph Satin, ed., *Shakespeare and His Sources* (Boston: Houghton Mifflin, 1966) には，『リチャード3世』,『リチャード2世』,『ヴェニスの商人』,『ヘンリー4世』,『ヘンリー5世』,『ジュリアス・シーザー』,『十二夜』,『ハムレット』,『オセロウ』,『リア王』,『マクベス』,『アントニーとクレオパトラ』の材源の現代文のテクストが載っている．

Richard Hosley, ed., *Shakespeare's Holinshed* (New York: Putnam's 1968) は，ひとつの特定の材源——『ホリンシェッド

年代記』 *Holinshed's Chronicles* (1587年版)——をすべての歴史劇に加えて『リア王』,『シンベリン』,『マクベス』の材源として扱うのである．ホスリーは，ホリンシェッドからのページ番号のみでなく，材源に相応する劇作品の部分を幕，場，行をつけて引用している．

Kenneth Muir, *Shakespeare's Sources: Comedies and Tragedies* (London: Methuen, 1957) は，シェイクスピアの材源の利用法の解釈に関心をはらっている．ミュアによれば，喜劇や悲劇を通じて，シェイクスピアが材源をどのように作品化し，利用したかについては明瞭なパターンが認められない．シェイクスピアはパターンをもたせる書き方をしないで，個々の作品をそれぞれ個別に創作してきたのである．ミュアは全体で20の劇作品を考察し，その材源と信じられるもの，またシェイクスピアのそれらの利用の仕方，類似点，対比点などを論じている．

材源利用についての研究がシェイクスピアの芸術や思想へのはかり知れない貴重な手がかりを与えてくれという確信に基づいて全作品にわたって議論を進めているのが，Virgil Whitaker, *Shakespeare's Use of Learning: An Inquiry into the Growth of His Mind and Art* (San Marino: Huntington Library, 1953) である．ウィティカーによれば，シェイクスピアは，劇作家として成長してゆくにつれて学問的知識も増していった．また劇作家としての進歩はその知識の増大にかなりな程度まで負っているのである．劇作家としての彼の精神の成長を理解しようとすれば，彼が材源をどのように用いたかという問題へと向かう．その方法論としては，まず，明白に材源であるとわかっているものによって劇を吟味することであり，第2にシェイクスピア時代の学問へ

の言及がどれくらいあるか,それらが劇に対してもつ重要性などを探求することである.シェイクスピアの知的発展は明らかに彼が劇作品を材源から構築してゆく方法に根本的変化をもたらした.まず彼は材源に忠実に従った.次には,哲学的観念を示すか,それに合致する登場人物を行動によって明らかにしようとして,徹底的に改作したのである(たとえば『マクベス』とか,『リア王』がそうである).ウィティカーの主張は行き過ぎで望ましくないと思う者もいるであろうが,彼の研究は立派なもので,シェイクスピアが明らかに博学な人であったことを思い起こさせてくれるのである.

シェイクスピアが古典の文学や説話に基づいたり,それらの知識をもっている点に特別関心をはらってきた学者も多い.材源の版本のひとつとして,T. J. B. Spencer, *Shakespeare's Plutarch* (Harmondsworth, Middlesex: Penguin, 1964) がある.このテクストは,ノース North 訳によるプルターク『英雄伝』の1595年版の2つ折本に従っている.スペンサーがここで収録しているのは,ジュリアス・シーザー Julius Caesar, マーカス・ブルータス Marcus Brutus, マーカス・アントニウス Marcus Antonius, マーシャス・コリオレーナス Martius Coriolanus の伝記である.各ページの脚注によって劇作品との関連が示されている.

J. A. K. Thomson, *Shakespeare and the Classics* (London: Allen & Unwin, 1952) は,古典の2大材源として,プルタークの『英雄伝』と,オヴィディウスの『変身物語』*Metamorphoses* を挙げ,エリザベス朝時代の翻訳によってシェイクスピアがこれらに親しんでいたことを論じている.実際,トムスンはプルタークのなかにシェイクスピアの悲劇形式の原型をみているのであ

る．彼は詩作品や劇作品を個々に論じ，それらが古典文学の物語によったり，それを扱ったものであることを述べている．やや使いづらいのは索引がないためであるが，目次の項目が比較的詳細に載せてある．

最近の研究としては，Carol Gesner, *Shakespeare and the Greek Romance: A Study of Origins* (Lexington: Univ. Press of Kentucky, 1970) がある．これはギリシア・ロマンスとその伝統，しかもシェイクスピアがそれらを利用したこと，それは晩年のロマンス劇でヘリオドロス Heliodorus[96] や，『タイアの領主アポロニウス』*Apollonius of Tyre*[97] を円熟した技法で用いたとき最高潮に達したことを論じている．『ペリクリーズ』，『シンベリン』，『冬の夜話』，『あらし』においては古典の様式が慎重に利用され，新しい次元にまで高められ，現実の新しいヴィジョンへと転化されている．ゲスナーによれば，ギリシア・ロマンスはルネッサンス時代の物語や劇の主要構成要素であり，シェイクスピアの材源として，また影響を与えたものとしての機能を果たしたのである．

やや古く，おそらく改訂が必要なのが Robert K. Root, *Classical Mythology in Shakespeare* (New York: Holt, 1903) で

---

96) 3世紀のギリシアの物語(ロマンス)作家．恋しあった者が多くの苦難をのりこえて幸福にいたるというギリシアの恋愛物語の典型的筋は彼によって始まったといわれる．現存の作品は『エチオピア物語』*Aethiopica*.

97) 中世の詩人ジョン・ガウアー John Gower の『恋人の告白』*Confessio Amantis* (1385—93年) に収められている古い物語で，中世のロマンスのなかで人気が高かった．シェイクスピアの『ペリクリーズ』はこの『タイアの領主アポロニウス』にもとづいて書いたといわれ，口上役としてガウアーも登場する．

ある．ルートは序論でシェイクスピアの神話，主としてオヴィディウスからえた神話の利用について詳細に論じるが，その後の本書の大部分でシェイクスピアの作品の神話的人物をアルファベット順にリスト・アップする．そこではこれらの神話的人物，彼らについての言及，劇か詩のなかで言及されている物語か特質の確実と思われる材源などが論じられている．ルートはまた，シェイクスピアの作品を個々に並べて，それぞれに含まれる神話を簡単に要約している．

シェイクスピアが聖書によっている部分をかなり詳細に探究した研究書が2つある．まず，Richmond Noble, *Shakespeare's Biblical Knowledge* (London: Society for Christian Knowledge, 1935; New York: Macmillan) は，シェイクスピアの一般的な，また特殊な聖書に関する知識を考察している．ノーブルは，シェイクスピアが利用できたであろう聖書の版，また同様に祈禱書 the Book of Common Prayer の版についても論じている．主として本書は各劇作品（『ペリクリーズ』を除く）ごとに聖書への言及や聖書との対比をリストに載せている．さらにまた聖書に出てくる固有名詞のリストは便利なもので，それらが劇中のどこで言及されているかを示し，また相互参照できるようにされている．聖書のそれぞれの書の索引には，そのうちの特定の書を引用したり，言い換えたりした全劇作品が幕と場によって示されていて非常に役に立つ．

上記とはまた異なった種類のものが James H. Sims, *Dramatic Uses of Biblical Allusions in Marlowe and Shakespeare*, Univ. of Florida Monographs, Humanities no. 24 (Gainesville: Univ. of Florida Press, 1966) である．この簡潔な書でシムズ

は，シェイクスピアが劇の中で聖書を用いている点を論じている．喜劇では，聖書の誤用や誤解が，滑稽な要素を増し，時としては特定の人物に対する洞察力を与えてくれる．聖書的反響は観客に世界の倫理的，精神的秩序を意識させる．歴史劇と悲劇においては，シェイクスピアは聖書的な言及(アリュージョン)[98]によって主題を強調し，行動を予示するのである．本書にはまた有益な参考文献目録がつけられている．

学術雑誌

特にシェイクスピア研究に関係したいくつかの学術雑誌は，「書誌と参考文献のガイド」（p. 43 以下）の項目で触れておいたが，ここでまたその他の定期刊行物と共に扱うことにする．ここに挙げられた学術雑誌のなかには，シェイクスピア研究の特定の主題に関する多くの論文だけでなく，その他役に立つ材料が見出されるであろう．1948年以来，ケンブリッジ大学出版局では，*Shakespeare Survey* を発行してきた．これはケネス・ミュアによって編集されている年刊雑誌である[99]．第11巻には第1-10巻の役に立つ索引が載っている．同様に第21巻には第11-20巻の索引がある．特定の劇や詩についての論文の他に，各号にはその1年間のシェイクスピア研究に関する業績の年間展望があり，批評研究：評伝，時代，舞台：本文研究，という3つの主題別に編集され

---

98) 修辞学で，あることを印象的に表現するために，読者のよく知っている事物や故事に言及することをいうが，多くの場合それは文面には現れないで，ほのめかされる．

99) 1981年からは Stanley Wells が編集主幹になっている．

ている．これらは最近の研究に関する非常に価値の高い論評である．アメリカ同衆国シェイクスピア協会によって1950年に発刊された *Shakespeare Quarterly* は，1972年以来フォルジャー・シェイクスピア・ライブラリーによって刊行されている．その年間書誌についてはすでに触れた．この雑誌の前身は *The Shakespeare Association Bulletin* で，1924年から1949年まで，つまり第1-24巻まで刊行された．さらに最近の年間誌としては *Shakespeare Studies* があり，これは1965年に創刊され，現在はサウス・カロライナ大学出版局から刊行され，J. リーズ・バロル J. Leeds Barroll によって編集されている．これには研究報告，批評論文，書評が載っている．1969年以後この雑誌はまた，別個に特定の問題に関する広範な研究をモノグラフ・シリーズとして刊行している．ルイス・マーダー Louis Marder, が1951年以来編集・発行してきた *The Shakespeare Newsletter* は，ニューズ記事，雑誌論文や批評の摘要，学位論文の要旨，また，その他の特集記事を載せている．1965年に創刊された W. R. エルトン W. R. Elton 編集の *Shakespearean Research and Opportunities* は，現在進行中の研究に歩調を合せようとするとともに，MLA シェイクスピア会議についての報告を載せている．最近の号は，特定の主題についての注釈付き参考文献目録を載せている．

　特にシェイクスピア関係というわけではない学術雑誌からもまた貴重な知識が得られる．*Studies in Philology* にはつねにシェイクスピアに関する論文が載っている．第19巻（1922年）から第66巻（1969年）までについていえば，ルネッサンス時代に関する参考文献目録があり，そこにシェイクスピアの部門がある．ライス大学で1961年に創刊された *Studies in English Literature* は，

その季刊4冊のうちのひとつ，たいてい春季号をエリザベス朝およびジェイムズ1世朝の劇に当てているが，そのなかにはシェイクスピア関係の論文がしばしば載っている．通例はシェイクスピア関係の題目を含む評論がひとつ載っている．*Research Opportunities in Renaissance Drama* は1956年に始まり，目下デイヴィッド M. バージェロン David M. Bergeron によって編集されている．この雑誌はときにシェイクスピア関係の論文,目 録(チェックリスト),その他シェイクスピア関係の資料を載せているが，主にシェイクスピアと同時代の劇作家に関心を寄せている．また，The National Council of Teachers of English の会誌である *Abstracts of English Studies* も有益であろう．この出版物は，年10回発行され，定期刊行物の記事の摘要を載せている．主題と作家別に配列された索引を調べれば，シェイクスピアに関する資料を捜し出すことができる．以下に挙げるものは，シェイクスピアに関する批評論文を捜す際にぜひ参照してほしい学術雑誌である．しかし，最大漏らさず挙げてあるというわけではない．

English Language Notes (ELN)
A Journal of English Literary History (ELH)
English Literary Renaissance (ELR)
English Studies
Essays in Criticism
Journal of English and Germanic Philology (JEGP)
Modern Language Quarterly (MLQ)
Modern Language Review (MLR)
Modern Philology (MP)

Publications of the Modern Language Association (*PMLA*)
Philological Quarterly (*PQ*)
Review of English Studies (*RES*)

これらの学術雑誌のすべてを研究した後に，やっと研究者は自己の主題を完全に研究しつくしたという気持になりだすであろう．

評伝研究

シェイクスピアの生涯について研究しようとする者は，手持ちの事実はごくわずかで，学説ばかりが実に豊富なことに気づくであろう．彼の生涯についての事実は比較的少ないにもかかわらず，実際には彼と同時代の大部分の作家よりもわれわれはシェイクスピアについてよく知っているのである．400年たった今となっても，彼の生涯の細部についてはじれったいほど曖昧なままである．Charles Sisson, " Studies in the Life and Environment of Shakespeare since 1900," *Shakespeare Survey*, 3 (1950), 1 -12. には，いくつかの伝記研究の要約が載っている．G. E. Bentley, *Shakespeare: A Biographical Handbook* (New Haven: Yale Univ. Press, 1961) は実に役に立つ書で，シェイクスピアの生涯についての筋の通った，とても読みやすい基本的な概要が載っている．ベントリーが論じている項目は，17世紀および20世紀のシェイクスピアの伝記の特質，伝説，反ストラットフォード派，ストラットフォードとロンドンにおけるシェイクスピア，役者，劇作家，詩人[100]としてのシェイクスピア，印刷者，シェイク

---
100) シェイクスピア時代においては，劇作家も詩人であるが，ここは詩作品を書く作家としての詩人の意味である．

スピアの世評などである．ベントリーは参考文献目録を載せ，また，彼が引用した書物や文書のリストも載せている．

いっそう広範な研究をするには，大作である E. K. Chambers, *William Shakespeare: A Study of Facts and Problems*, 2 vols. (Oxford: Clarendon, 1930) がある．第1巻にはシェイクスピアの生い立ち，1592年の舞台，シェイクスピアと彼の劇団の章がある．第2巻は，シェイクスピアの生涯に関したものとチェインバーズが認定しえたあらゆる記録の200ページにもわたる再録が主となっている．記録は再録されて注釈が加えられている．そこで扱われている題目のなかには，紋章の下賜，洗礼，訴訟，結婚，碑文などがある．この2巻本の性質を表わすのに評伝（バイオグラフィー）という語はあまりにも狭義でありすぎる．これは筋の通った記述体の伝記というよりは，むしろ主に収集された資料のために価値の高いものである．E. K. Chambers, *Sources for a Biography of Shakespeare* (Oxford: Clarendon, 1946) というもっと簡潔な書で，チェインバーズはシェイクスピアの生涯を知る資料となる記録文書（宮廷，国民，法律，市政），言及（アリュージョン），伝承について論じている．

初期の基本的な伝記のひとつに，Joseph Quincy Adams, *A Life of William Shakespeare* (Boston: Houghton Mifflin, 1923) がある．これは事実上，アメリカ人による最初の本格的な伝記であり，アダムズはシェイクスピアの生涯において劇場のしめる地位を強調した．すなわち，彼を劇の世界という状況下に置いてみようとした最初の優れた伝記作者なのである．その結果，本書は多くの章を劇場に関する事柄にさいている．本書は何度も版を重ねてはいるが，より最近のものに照らして吟味される必要

がある．優れた，信頼できる伝記として挙げられるのが，F. E. Halliday, *The Life of Shakespeare* (London: Duckworth, 1961) である．ハリデイはシェイクスピアの生涯をいくつかの期間に分けている．さらに専門的な研究としては，Mark Eccles, *Shakespeare in Warwickshire* (Madison: Univ. of Wisconsin Press, 1961) がある．本書はシェイクスピアの故郷であるウォリックシャーでの生活を徹底的に研究したものである．エックレスは，シェイクスピア家とアーデン家の家族関係，ストラットフォードの隣人たち，ストラットフォードの学校，アン・ハサウェイ[101]，ストラットフォードの紳士たちや役者たち（劇の上演），ニュープレイス[102]でのシェイクスピア，シェイクスピアの友人などをたどっている．本書はこの時期のシェイクスピアの生活を学問的に，わかりやすく述べている．

もっとも論争を引き起こした伝記作家は，歴史家 A. L. ラウス A. L. Rowse であった．彼の最初の研究書は，A. L. Rowse, *William Shakespeare: A Biography* (London: Macmillan, 1963) であった．本書は著名な歴史家によって書かれた本格的な伝記であるが，しかしすでにわれわれがもっていたことに何の新しい知識も付け加えはしなかった．多くの文学者の心を遠ざけたのはラウスの語気と高慢な主張であった．彼は，自分のような歴史家のみがシェイクスピアの生涯の謎，特にソネットの問題を解くこと

---

101) シェイクスピアの妻アン・ハサウェイのこと．男性の系統は1746年に絶えてしまったが，ストラットフォード近くの Shottery にある実家は1838年まで続いた．

102) シェイクスピアが1610年頃引退して死亡するまで住んだ家のことで，当時ストラットフォードで2番目に大きな屋敷であった．現在は建物はなく庭園になっている．

ができるのだと信じている．彼はソネット詩集を 1592-1595 年の作とし，青年をサザンプトン伯爵，ライバルの詩人をマーロウとした．その時点で彼が解けなかった唯一の問題は黒い婦人(ダーク・レイディ)が誰かということであった．それが歴史的方法であろうとなかろうと，ラウスはソネット詩集の「謎」を解きはしなかった．太鼓や桶をいくら威勢よくたたいても，空ろな音がするだけだ．

1973年に，A. L. Rowse, *Shakespeare the Man* (London: Macmillan, 1973) でまたラウスはこの主題に帰った．本書は前著と著しい類似を示しており，たしかにいくつかの同じ領域が扱われている．本書の主な業績は，ラウスが黒い婦人とは誰かを「発見」したことである．これまではそれが誰であるかがはっきりしなかった問題であった．彼の主張によると，彼女はイミリア・ラニエ Emilia Lanier という婦人である．彼特有の傲慢さでラウスはいう，「初めてわれわれはウィリアム・シェイクスピアの立体的な伝記を書き記すことができる」．実に具合よくこの発見は彼の以前のあらゆる説を確証してくれるのである．ラウスによれば，この新しい著作は「従来のすべてのシェイクスピア伝を無意味にしてしまう」ものである．ラウスの本当におめでたい史実性は別として，彼はシェイクスピアの生涯を分析するときにはきわめてロマンチックになれる．たとえば，彼はプロスペローが舞台に別れを告げているシェイクスピアだとみなすのである．しかしその典型は本書の最終ページにやってくる．遠くで鳴る教会の鐘の音を聞きながら死の床に横たわっているときの，シェイクスピアの最後の追憶なるものが語られるのである．このときシェイクスピアはこの世の最後の夢のなかでイミリアのことを思い浮かべても驚くにはあたらない．しかしそのような分析を実証す

る歴史上の記録などは存在しないといっておいたほうが無難であろう．

シェイクスピアの伝記に関する厄介な問題のひとつが，しばしば「反ストラットフォード派」と呼ばれる，劇の原作者の疑問を提出している大胆な中傷家たちのグループである．おそらく一般の読者は，ウィリアム・シェイクスピアという人が普通，彼の作だとされている作品を書かなかったのではないかという可能性にいまだに悩まされていることであろう．そのような見方には何の証拠もないといっておけば充分であろう．しかしそういうひねくれた見方はいつも頭をもたげてくる．この問題を適切に扱った書が，H. N. Gibson, *The Shakespeare Claimants* (London: Methuen, 1962) である．本物の作者だという人物が大勢提案されたが，ギブスンはそのうち4人の主要人物に焦点を当てている．ベイコン，オックスフォード伯を中心とした一派，ダービー卿，マーロウである．ギブスンは，こうした立場に同調できるような説得力のある主張も，確実な証拠もみあたらないとする．本書の約半分は，こうした説の2つ以上に共通な「証拠」なるものを検討することに割かれている．本書にはまた簡潔な参考文献目録が付されている．

上述の問題やその他の多くの問題を扱っている書が，S. Schoenbaum, *Shakespeare's Lives* (Oxford: Clarendon, 1970) である．本書は多くのシェイクスピア伝を検討，分析したもので，そこには「逸脱」，すなわちベイコン支持者その他の項目を含んでいる．最初の70ページほどは，シェイクスピアの生涯に関する資料を扱っていて，われわれが現在有している証拠を検討している．残りの部分では，17世紀の評論から始まって1963年のラウスの伝記ま

での伝記研究の試みを評価し，記述している．本書はだいたい歴史的流れにそって分けられている．たとえば，ヴィクトリア朝の人々，20世紀等々である．本書は気迫と熱気を込めて書かれ，また同時に深い学識に裏打ちされている．本書は非常に興味深い書であると同時に，使いやすくもある．Schoenbaum, *William Shakespeare: A Documentary Life* (Oxford: Clarendon and Scolar Press, 1975) は新しく出た著作である．本書は事実関連に重きが置かれている．本書のまれにみる特徴は，シェイクスピアの記録，原稿，印刷物などが，ファクシミリで挿入され，それがテクストに結合されていることである．資料の中のあるものは厳密に伝記的とはいえないが，伝記作者にとっては興味のあるものである．ストラットフォードのホーリィ・トリニティー教会のスケッチ，ストラットフォードの景色，ロンドンのパノラマ風景，その他である．本書には全部で約220枚のファクシミリが載っている．本書は優れたこの道の大家によって作られたものであって，見ても読んでも楽しいものである．

付　録

1. 最近のシェイクスピア文献一覧

Adamson, J. *Othello as Tragedy: Some Problems of Judgement and Feeling.* Cambridge: Cambridge Univ. Press, 1980.

Alexander, Marguerite. *Shakespeare and His Contemporaries: A Reader's Guide.* London: Heinemann, 1979.

Allen, Michael J. B., and Kenneth Muir. *Shakespeare's Plays in Quarto: A Facsimile Edition of Copies Primarily from the Henry E. Huntington Library.* Berkeley: Univ. of California, 1981.

Allman, Eileen Jorge. *Player-king and Adversary: Two Faces of Play in Shakespeare.* Baton Rouge: Louisiana State Univ. Press, 1980.

Alvis, John, and Thomas G. West, eds. *Shakespeare as Political Thinker.* Durham, North Carolina: Carolina Academic Press, 1980.

Appel, Libby, and Michael Flachmann. *Shakespeare's Lovers: A Text for Performance and Analysis.* Carbondale, Ill.: Southern Illinois Univ. Press, 1982.

Armstrong, Edward A. *Shakespeare's Imagination: A Study of the Psychology of Association and Inspiration.* Lincoln: Univ. of Nebraska Press, 1979.

Arthos, John. *Shakespeare: the Early Writings.* London: Bowes & Bowes, 1972.

――――――. *Shakespeare's Use of Dream and Vision,* London: Bowes & Bowes, 1977.

Babula, William. *Shakespeare in Production, 1935–1978: A Catalogue.* New York: Garland, 1980.

Badawi, M. M. *Background to Shakespeare.* London: Macmillan, 1981.

Bamber, Linda. *Comic Women, Tragic Men: A Study of Gender and Genre in Shakespeare*. Stanford: Stanford Univ. Press, 1982.

Bartlett, John. *Complete Concordance or Verbal Index to Words, Phases and Passages in the Dramatic Works of Shakespeare*. London: Macmillan, 1979.

——————. *Complete Concordance to Shakespeare*. London: Macmillan, 1984.

Barroll, J. Leeds, ed. *Shakespeare Studies: An Annual Gathering of Research, Criticism and Reviews*, vol. x. New York: B. Franklin, 1978.

Baxter, John. *Shakespeare's Poetic Styles: Verse into Drama*. London: Routledge & Kegan Paul Ltd., 1980.

Bayley, John. *Shakespeare and Tragedy*. London: Routledge and Kegan Paul Ltd. 1981: London: Helney, 1980.

Beauman, Sally. *Royal Shakespeare Company: A History of Ten Decades*. Oxford: Oxford Univ. Press, 1982.

Becker, G. *Shakespeare's Histories* (World Dramatists Series). New York: Ungar, 1977.

Bergeron, David M. *English Civic Pageantry, 1558–1642*. Columbia: Univ. of South Carolina Press, 1971.

Berry, Edward I. *Patterns of Decay: Shakespeare's Early Histories*. Charlottesville: Univ. Press of Virginia, 1975.

Berry, Ralph. *On Directing Shakespeare: Interviews with Contemporary Directors*: Croom Helm, 1977.

——————. *The Shakespearean Metaphor: Studies in Language and Form*. London: Macmillan, 1977.

——————. *Changing Styles in Shakespeare*. London: George Allen & Urwin Ltd., 1981.

―――――. *Shakespearean Structures*. London: Macmillan, 1981.
Bertam, Paul. *White Space in Shakespeare*. Cleveland, Ohio: Bellflower Press, 1981.
Bevington, David. *Shakespeare*. Goldentree Bibliographies. Arlington Heights, Ill.: Harlan Davidson, 1978.
Birch, W. J. *An Inquiry into the Philosophy and Religion of Shakespeare*. New York: Haskell House, 1972.
Bloom, Allan, and Harry V. Jaffa. *Shakespeare's Politics*. Chicago: Univ. of Chicago Press, 1981.
Booth, Stephen. *Shakespeare's Sonnets*. Yale Univ. Press, 1980.
Bradbrook, Muriel C. *The Living Monument: Shakespeare and the Theatre of His Time*. Cambridge: Cambridge Univ. Press, 1976.
―――――. *Shakespeare: The Poet in His World*. London: Weidenfeld and Nicolson, 1978.
―――――. *Artist and Society in Shakespeare's England*. Brighton: Harvester, 1982.
Bradshaw, Graham. *Shakespeare's Scepticism: Nature and Value in Shakespeare's Plays*. Brighton: Harvester, 1984.
Braker, Ulrich. *Few Words about William Shakespeare's Plays* translated by Derek Browman. Berkeley: Univ. of California Press, 1979.
Brissenden, Alan. *Shakespeare and the Dance*. London: Macmillan, 1980.
Brown, John Russel. *Free Shakespeare*. London: Heinemann Educational Books, 1974.
―――――. *Discovering Shakespeare: A New Guide to the Plays*. London: Macmillan, 1981.
Bulloch, John. *Studies on the Text of Shakespeare; with Numer-*

ous Emendations and Appendices. New York: AMS Press, 1970.

Burgess, Anthony. *Shakespeare: Biography.* London: Cape, 1970.

Calderwood, James L. *Shakespearean Metadrama: The Argument of the Play in Titus Andronicus · Love's Labour's Lost · Romeo and Juliet · A Midsummer Night's Dream And Richard II.* Minneapolis; Univ. of Minnesota Press, 1971.

──────. *Metadrama in Shakespeare's Henriad: Richard II to Henry V.* Berkeley: Univ. of California Press, 1979.

Campbell, S. C. *Only Begotten Sonnets: A Reconstruction of the Text and Meaning of Shakespeare's Sonnets.* London: Bell & Hyman, 1978.

Cercignani, Fausto. *Shakespeare's Works and Elizabethan Pronunciation.* Oxford: Oxford Univ. Press, 1981.

Champion, Larry S. *Perspective in Shakespeare's English Histories.* Athens: Univ. of Georgia Press, 1980.

Clemen, Wolfgang. *Shakespeare's Dramatic Art: Collected Essays.* London: Methuen, 1980.

Coghill, Nevill. *Shakespeare's Professional Skills.* Cambridge: Cambridge Univ. Press, 1965.

Connell, Charles. *They Gave Us Shakespeare: John Heminge and Henry Condell.* Stocksfield: Oriel Press, 1982.

Cook, Ann Jennalie. *The Privileged Playgoers of Shakespeare's London, 1576–1642.* Princeton: Princeton Univ. Press, 1981.

Cook, Judith. *Women in Shakespeare.* London: George G. Harrap & Co. Ltd., 1980.

Cox, C. B., and D. J. Palmer, eds. *Shakespeare's Wide and Uni-*

versal Stage. Manchester: Manchester Univ. Press, 1984.
Dash, Irene G. *Wooing, Wedding, and Power: Women in Shakespeare's Plays.* New York: Columbia Univ. Press, 1981.
David, Richard. *Shakespeare in the Theatre.* Cambridge: Cambridge Univ. Press, 1978.
Dawson, Anthony B. *Indirections: Shakespeare and the Art of Illusion.* Toronto: Univ. of Toronto, 1978.
Dean, John. *Restless Wanderers: Shakespeare and the Pattern of Romance* Salzburg: Institute Für Anglistik und Amerikanistik Univ. Salzburg, 1979.
Delderfield, Eric R. devised and ed. *Kings and Queens of England and Great Britain.* Newton Abbot, Devon: David & Charles, 1970.
Dent, R. W. *Shakespeare's Proverbial Language: An Index.* Berkeley: Univ. of California Press, 1981.
Dillon, Janette. *Shakespeare and the Solitary Man.* London: Macmillan, 1980.
Dollimore, Jonathan. *Radical Tragedy: Religion, Ideology and Power in the Drama of Shakespeare and His Contemporaries.* Brighton: The Harvester Press, 1984.
Donawerth, Jane. *Shakespeare and the Sixteenth-Century Study of Language.* Urbana, Ill.: Univ. of Illinois Press, 1983.
Donker, Marjorie, and George M. Muldrow. *Dictionary of Literary-Rhetorical Conventions of the English Renaissance.* Westport, Connecticut: Greenwood Press, 1982.
Doran, Madelaine. *Shakespeare's Dramatic Language.* Madison: Univ. of Wisconsin Press, 1976.
Driscoll, James P. *Identity in Shakespearean Drama.* Lewisburg, Pa.: Bucknell Univ. Press, 1982.

Edwards, Philip, Inga-Stina Ewbank, and G. K. Hunter. *Shakespeare's Styles: Essays in Honour of Kenneth Muir.* Cambridge: Cambridge Univ. Press, 1980.

Egan, Robert. *Drama within Drama: Shakespeare's Sense of His Art in King Lear, The Winter's Tale, and The Tempest.* New York: Columbia Univ. Press, 1972.

Elam, Keir. *Shakespeare's Universe of Discourse: Language-Game in the Comedies.* Cambridge: Cambridge Univ. Press, 1984.

Elton, W. R. *Shakespeare's World: Renaissance Intellectual Contexts: A Selective, Annotated Guide, 1966–1971.* New York: Garland, 1978.

Evans, Bertrand. *Shakespeare's Tragic Practice.* Oxford: Oxford Univ. Press, 1978.

Evans, Lloyd G., and B. L. Evans. *Shakespeare Companion,* London: Dent, 1978.

Evans, Malcolm. *Signifying Nothing: Truth's True Contents in Shakespeare's Text.* Brighton: Harvester, 1983.

Farnham, Willard. *The Shakespearean Grotesque: Its Genesis and Transformations.* Oxford: Oxford Univ. Press, 1971.

Felperin, Howard. *Shakespearean Romance.* Princeton: Princeton Univ. Press, 1972.

—————. *Shakespearean Representation: Mimesis and Modernity in Elizabethan Tragedy.* Princeton: Princeton Univ. Press, 1977.

Foakes, R. A. *Shakespeare: The Dark Comedies to the Last Plays: From Satire to Celebration.* London: Routledge & Kegan Paul, 1971.

Foreman, Walter C., Jr. *Music of the Close: The Final Scenes of Shakespeare's Tragedies.* Lexington, Ky.: Univ. of Ken-

tucky Press, 1978.
French, Marilyn. *Shakespeare's Division of Experience.* London: Jonathan Cape, 1982.
Frye, Northrop. *Fools of Time: Studies in Shakespearean Tragedy.* Toronto: Univ. of Toronto Press, 1967; reprinted in paperback 1973.
―――――. *The Secular Scripture: A Study of the Structure of Romance.* Cambridge: Harvard Univ. Press, 1976.
―――――. *Myth of Deliverance: Reflections on Shakespeare's Problem Comedies.* Toronto: Univ. of Toronto Press, 1982.
Garber, Marjorie B. *Dream in Shakespeare.* New Haven: Yale Univ. Press, 1974.
―――――. *Coming of Age in Shakespeare.* London: Methuen, 1981.
Garvin, Harry R. ed. *Shakespeare: Contemporary Critical Approaches.* Lewisburg, Pa.: Bucknell Univ. Press, 1980.
Gibson, William. *Shakespeare's Game.* New York: Atheneum, 1978.
Gilbeert, Sandra M., and Susan Gubar, eds. *Shakespeare's Sisters; Feminist Essays on Women Poets.* Bloomington: Indiana Univ. Press, 1979.
Giroux, Robert. *The Book Known as Q: A Consideration of Shakespeare's Sonnets.* New York: Atheneum, 1982.
Goldberg, Jonathan. *James I and the Politics of Literature: Jonson, Shakespeare, Donne, and Their Contemporaries.* Baltimore: Johns Hopkins Univ. Press, 1983.
Goldman, Michael. *Shakespeare and the Energies of Drama.* Princeton: Princeton Univ. Press, 1972.
Greenblatt, Stephen. *Renaissance Self-Fashioning From More to Shakespeare.* Chicago: Univ. of Chicago Press, 1983.

Gregson, J. M. *Public and Private Man in Shakespeare*. London: Croom Helm, 1982.

Grene, Nicholas. *Shakespeare, Jonson, Moliere: The Comic Contract*. London: Macmillan, 1980.

Griffin, H. *Shakespearean Representation: Mimesis and Modernity in Elizabethan Tragedy*. Princeton: Princeton Univ. Press, 1976.

Grudin, Robert. *Mighty Opposites: Shakespeare and Renaissance Contrariety*. Berkeley: Univ. of California Press, 1979.

Harding, John. *John Florio: The Real Shakespeare*. London: Weidenfeld and Nicolson, 1982.

Hamilton, A. C. *The Early Shakespeare*. San Marino: Huntington Lib., 1967.

Hammond, Gerald. *Reader and Shakespeare's Young Man Sonnets*. London: Macmillan, 1980.

Hankins, J. E. *Backgrounds of Shakespeare's Thought*. Hamden, Ct.: Shoe String Press, Inc. 1978.

Harbage, Alfred. *Shakespeare Without Words and Other Essays*. Cambridge: Harvard Univ. Press, 1972.

Harris, Laurie Lanzen ed. *Shakespearean Criticism Vol. 1*. Detroit: Gale, 1983.

Hartwig, Joan. *Shakespeare's Analogical Scene: Parody as Structural Syntax*. Lincoln: Univ. of Nebraska, 1983.

Hassel, R. Chris, Jr. *Faith and Folly in Shakespeare's Romantic Comedies*. Athens: The Univ. of Georgia Press, 1980.

Highfill, Philip H. Jr., ed. *Shakespeare's Craft*. Carbondale Ill.: Southern Illinois Univ. Press, 1982.

Hirsh, James E. *The Structure of Shakespearean Scenes*. New Haven: Yale Univ. Press, 1981.

Homan, Sidney, ed. *Shakespeare's "More than Words Can Wit-*

ness": *Essays on Visual and Nonverbal Enactment in the Plays*. Lewisburg, Pa.: Bucknell Univ. Press, 1979.

Honigmann, E. A. J. *Shakespeare: Seven Tragedies, The Dramatist's Manipulation of Response*. London: Macmillan, 1976.

——— . *Shakespeare's Impact on His Contemporaries*. London: Macmillan Press, 1982.

Howard, Jean E. *Shakespeare's Art of Orchestration: Stage Technique and Audience Response*. Urbana, Ill.: Univ. of Illinois Press, 1984.

Hudson, H. N. *Shakespeare: His Life, Art, and Characters*, 2 vols. New York: Haskell House, 1970.

Hunter, G. K. *Dramatic Identities and Cultural Tradition: Studies in Shakespeare and His Contemporaries*. Liverpool: Liverpool Univ. Press, 1978.

Hunter, Robert G. *Shakespeare and the Mystery of God's Judgements*. Athens: The Univ. of Georgia Press, 1976.

Hussey, Stanley. *Literary Language of Shakespeare*. London: Longman, 1982.

Huston, J. Dennis. *Shakespeare's Comedies of Play*. New York: Columbia Univ. Press, 1981.

Irvine, T. U. *How to Pronounce the Names in Shakespeare*. Detroit: Gale, 1974.

Jones, Emrys. *Scenic Form in Shakespeare*. Oxford: Oxford Univ. Press, 1971.

——— . *The Origins of Shakespeare*. Oxford: Oxford Univ. Press, 1977.

Jorgens, J. J. *Shakespeare on Film*. Bloomington: Indiana Univ. Press, 1976.

Kastan, David Scott. *Shakespeare and the Shapes of Time*. London: Macmillan, 1982.

Kay, C. M., and H. E. Jacobs, eds. *Shakespeare's Romances Reconsidered*. Lincoln: Univ. of Nebraska, 1978.

Kernan, Alvin B. *Playwright as Magician: Shakespeare's Image of the Poet in the English Public Theater*. New Haven: Yale Univ. Press, 1979.

Kirsch, Arthur. *Shakespeare and the Experience of Love*. Cambridge: Cambridge Univ. Press, 1981.

Kirsch, James E. *The Structure of Shakespeare*. New Haven: Yale Univ. Press, 1981.

Knight, G. Wilson. *Shakespeare's Dramatic Challenge*. London: Croom Helm, 1977.

——————. *Mutual Flame: On Shakespeare's Sonnets and The Phoenix and the Turtle*. London: Methuen, 1978. Originally, 1955.

——————. *Shakespearian Dimensions*. Brighton: Harvester, 1984.

Knights, L. C. *Some Shakespearean Themes*. London: Chatto & Windus, 1959.

Kott, Jan. *Shakespeare Our Contemporary*. Translated by B. Taborski. London: Methuen, 1964.

Kriege, Elliot. *Marxist Study of Shakespeare's Comedies*. London: Macmillan, 1979.

Leech, Clifford. *Twelfth Night and Shakespearian Comedy*. Toronto: Univ. of Toronto Press, 1965.

Leggatt, Alexander. *Shakespeare's Comedy of Love*. London: Methuen, 1974.

Lenz, C. R. S. et al, eds. *Woman's Part: Feminists Criticism of Shakespeare*. Urbana, Ill.: Univ. of Illinois, 1984.

Levin, Harry. *Shakespeare and the Revolution of the Times: Perspectives and Commentaries*. New York: Oxford Univ.

Press, 1976.

Levith, Murray J. *What's in Shakespeare's Names*. London: George Allen & Unwin Ltd., 1978.

Le Winter, Oswald, ed. *Shakespeare in Europe*. Harmondsworth: Penguin Books Ltd., 1963.

Long, Michael. *The Unnatural Scene: A Study in Shakespearean Tragedy*. London: Methuen, 1976.

Manlove, C. N. *The Gap in Shakespeare: The Motif of Division from 'Richard II' to 'The Tempest'*. Totowa, N.J.: Bans & Noble Books Imports, 1981.

Marsh, Derick R. *Passion Lends Them Power: A Study of Shakespeare's Love Tragedies*. Manchester: Manchester Univ. Press, 1976.

Mazer, Cary M. *Shakespeare Refashioned: Elizabethan Plays on Edwardian Stages*. Ann Arbor: UMI Research Press, 1982.

McFarland, Thomas. *Shakespeare's Pastoral Comedy*. Chapel Hill: Univ. of North Carolina Press, 1972.

Milward, Peter. *Shakespeare's Religious Background*. Tokyo: The Hokuseido Press, 1973.

Miola, Robert. *Shakespeare's Rome*. Cambridge: Cambridge Univ. Press, 1983.

Mowat, Barbara A. *The Dramaturgy of Shakespeare's Romances*. Athens: Univ. of Georgia Press, 1976.

Muir, Kenneth. *Sources of Shakespeare's Plays*. London: Methuen, 1977.

――――――. *The Singularity of Shakespeare*. Liverpool: Liverpool Univ. Press, 1977.

――――――. *Shakespeare's Tragic Sequence*. Liverpool: Liverpool Univ. Press, 1978.

―――――. *Shakespeare's Comic Sequence*. Liverpool: Liverpool Univ. Press, 1979.

―――――. *Shakespeare's Sonnets*. London: George Allen & Unwin Ltd., 1979.

Muir, Kenneth, and Stanley Wells, eds. *Aspects of Shakespeare's "Problem Plays": All's Well That Ends Well, Measure for Measure, Troilus and Cressida*. Cambridge: Cambridge Univ. Press, 1981.

Mullin, Michael, comp. *Theatre at Stratford-upon-Avon: A Catalogue-Index to Productions of the Shakespeare Theatre, 1879–1978*, 2vols. Westport, Connecticut: Greenwood Press, 1980.

Nelson, Thomas Allen. *Shakespeare's Comic Theory: A Study of Art and Artifice in the Last Plays*. The Hague: Mouton, 1972.

Nevo, Ruth. *Comic Transformations in Shakespeare*. London: Methuen, 1980.

Niki, Hisae. *Shakespeare Translation in Japanese Culture*. Tokyo: Kenseisha Ltd., 1984.

Nuttall, A. O. *A New Mimesis: Shakespeare and the Representation of Reality*. London: Methuen, 1983.

Orrell, John. *Quest for Shakespeare's Globe*. Cambridge: Cambridge Univ. Press, 1983.

Oyama, Toshikazu. *Shakespearian Depersonalization of the Character*. Seijo English Monographs, No. 5 (1970). Tokyo: Seijo Univ. Press, 1982.

Oyama, Toshikazu, general editor. *Shakespeare Translation: Annual Publication on Shakespeare Translation*, Vols. 1–10. Tokyo: Yushodo Shoten Ltd., 1971–1984.

Oyama, Toshiko. *Shakespeare's World of Words*. Tokyo: Shinozaki-Shorin, 1975.

Padel, John. *New Poems by Shakespeare: Order and Meaning Restored to the Sonnets.* Atlantic Highlands, N.J.: Humanities Press, 1981.

Palmer, Alan, and V. Palmer. *Who's Who in Shakespeare's England.* Brighton: Harvester, 1981.

Paris, Jean. *Shakespeare.* Translated by R. Seaver. London: Evergreen Books, Ltd., 1960.

Piper, William Bowman. *Evaluating Shakespeare's Sonnets.* Houston, Tx.: Rice Univ. Studies, 1979.

Porter, J. A. *Drama of Speech Acts: Shakespeare's Lancastrian Tetralogy.* Berkeley: Univ. of California Press, 1979.

Powell, Raymond. *Shakespeare and the Critics, Debate: A Guide to Students.* London: Macmillan, 1980.

Prior, Moody E. *The Drama of Power: Studies in Shakespeare's History Plays.* Evanston: Northwestern Univ. Press, 1973.

Quinn, Edward, James Ruoff, and Joseph Grennen. *The Major Shakespearean Tragedies: A Critical Bibliography.* London: Collier-Macmillan Publishers, 1973.

Rabkin, Norman. *Shakespeare and the Problem of Meaning.* Chicago: The Univ. of Chicago Press, 1981.

――――. *Shakespeare and the Common Understanding.* Chicago: The Univ. of Chicago, 1984.

Ramsey, Paul. *The Fickle Glass: A Study of Shakespeare's Sonnets.* New York: AMS Press, 1979.

Rees, J. *Shakespeare and the Story: Aspects of the Creative Imagination.* London: Athlone Press, 1978.

Reese, M. M. *Shakespeare, His World and His Work.* Revised edition. New York: St. Martin's Press, 1980.

Riemer, A. P. *Antic Fables: Patterns of Evation in Shakespeare's*

Comedies. Manchester: Manchester Univ. Press, 1980.

Righter, Anne. *Shakespeare and the Idea of the Play.* London: Chatto & Windus, 1962.

Ross, Charles. *Age of Shakespeare's Kings.* London: Weidenfeld and Nicolson, 1982.

Rowse, A. L. *Shakespeare the Elizabethan.* London: Weidenfeld and Nicolson, 1977.

————. *Poems of Shakespeare's Dark Lady.* London: Jonathan Cape, 1978.

————. *Shakespeare's Globe: His Intellectual and Moral Outlook.* London: Weidenfeld and Nicolson, 1981.

————. *What Shakespeare Read and Thought.* New York: Coward, 1981.

Rubinstein, Frankie. *Dictionary of Shakespeare's Sexual Puns and Their Significance.* London: Macmillan, 1984.

Ruoff, James E. *Crowell's Handbook of Elizabethan and Stuart Literature.* New York: Thomas Y. Crowell Co., 1975.

Ryden, M. *Shakespearean Plant Names: Identifications and Interpretation* (Stockholm Studies in English 43). Stockholm: Almqvist, 1978.

Saccio, Peter. *Shakespeare's English Kings: History, Chronicle, and Drama.* Oxford: Oxford Univ. Press, 1977.

Sacks, Elizabeth. *Shakespeare's Images of Pregnancy.* London: Macmillan, 1980.

Salingar, Leo. *Shakespeare and the Traditions of Comedy.* Cambridge: Cambridge Univ. Press, 1974.

Sanders, W., and H. Jacobson. *Shakespeare's Magnimity: His Tragic Heroes, Their Friends and Families.* London: Chatto, 1978.

Schoenbaum, S. *William Shakespeare: A Compact Documentary*

Life. Oxford: Oxford Univ. Press, 1977.

─────── . *Shakespeare: The Globe and the World*. Oxford: Oxford Univ. Press, 1979.

─────── . *William Shakespeare: Records and Images*. Oxford: Oxford Univ. Press, 1981.

Schwartz, Elias. *Mortal Worm: Shakespeare's Master Theme*. New York: Kennikat, 1977.

Scofield, Martin. *The Ghosts of 'Hamlet': The Play and Modern Writers*. Cambridge: Cambridge Univ. Press, 1980.

Scoufos, Alice-Lyle. *Shakespeare's Typological Satire: A Study of the Falstaff-Oldcastle*. Athens, Ohio: Ohio Univ. Press, 1978.

Shirley, Frances A. *Swearing and Perjury in Shakespeare's Plays*. London: George Allen and Unwin Ltd., 1979.

Siemon, James R. *Shakespearean Iconoclasm*. Berkeley: Univ. of California, 1984.

Singh, Sarup. *Family Relationships in Shakespeare and the Restoration Comedy of Manners*. Oxford: Oxford Univ. Press, 1983.

Sisson, C. J. *The Boar's Head Theatre: An Inn-yard Theatre of the Elizabethan Age*. ed. by Stanley Wells. London: Routledge & Kegan Paul, 1972.

Skulsky, H. *Spirits Finely Touched: The Testing of Value and Integrity in Four Shakespearean Plays*. Athens: The Univ. of Georgia Press, 1976.

Slater, A. P. *Shakespeare: Shakespeare the Director*. Brighton: Harvester, 1984.

Smidt, Kristian. *Unconformities in Shakespeare's History Plays*. London: Macmillan, 1982.

Snyder, Susan. *Comic Matrix of Shakespeare's Tragedies: Romeo* and *Juliet, Hamlet, Othello,* and *King Lear.* Princeton: Princeton Univ. Press, 1979.

Speaight, R. *Shakespeare: The Man and His Achievement.* London: Dent, 1977.

Spencer, T. J. B., ed. *Elizabethan Love Stories.* Harmondsworth: Penguin Books Ltd., 1968.

Spivack, Charlotte. *Comedy of Evil on Shakespeare's Stage.* London: Associated Univ. Presses, 1978.

Stagg, Louis Charles. *Figurative Language of Shakespeare's Chief Seventeenth-Century Contemporaries: An Index.* New York: Garland, 1982.

Stauffer, Donald A. *Shakespeare's World of Images: The Development of His Moral Ideas.* Bloomington: Indiana Univ. Press, 1973.

Stevenson, Burton, comp. *Folger Book of Shakespeare Quotations.* New York: Columbia Univ. Press, 1979.

Stilling, Roger. *Love and Death in Renaissance Tragedy.* Baton Rouge: Louisiana State Univ. Press, 1976.

Styan, J. L. *The Shakespeare Revolution: Criticism and Performance in the Twentieth Century.* Cambridge: Cambridge Univ. Press, 1977.

Summers, J. H. *Dreams of Love and Power: On Shakespeare's Plays.* Oxford: Oxford Univ. Press, 1984.

Swinden, Patrick. *An Introduction to Shakespeare's Comedies.* London: Macmillan, 1973.

Sypher, Wylie. *The Ethic of Time: Structures of Experience in Shakespeare.* New York: The Seabury Press, 1976.

Tannenbaum, S. A., and D. Tannenbaum. *Elizabethan Bibliographies,* 10 vols. New York: Kennikat Press, 1967.

Thayer, C. G. *Shakespearean Politics: Government and Miss-*

government in the Great Histories. Athens, Oh.: Ohio Univ. Press, 1983.

Thompson, A. *Shakespeare's Chaucer.* Liverpool: Liverpool Univ. Press, 1978.

Thompson, Ann, and John Thompson. *Shakespeare, Meaning and Metaphor.* Brighton: Harvester, 1984.

Thomson, Peter. *Shakespeare's Theatre.* London: Routledge & Kegan Paul, 1983.

Trawick, B. B. *Shakespeare and Alcohol: The Subtle Blood o th' Grape.* Atlantic Highlands, N.J.: Humanities Press, 1978.

Trousdale, Marion. *Shakespeare and the Rhetoricians.* Chapel Hill: Univ. of North Carolina Press, 1982.

Uphaus, Robert W. *Beyond Tragedy: Structure and Experience in Shakespeare's Romances.* Lexington, Ky.: Univ. of Kentucky, 1982.

Vaughn, Jack A. *Shakespeare's Comedies.* New York: Ungar, 1980.

Van Laan, Thomas F. *Role-Playing in Shakespeare.* Toronto: Univ. of Toronto, 1977.

Vickers, Brian. *The Artistry of Shakespeare's Prose.* London: Methuen, 1968.

Vickers, Brian, ed. *Shakespeare: The Critical Heritage.* 5 vols. London: Routledge and Kegan Paul, 1978.

Vyvyan, John. *Shakespeare and the Rose of Love: A Study of the Early Plays in Relation to the Medieval Philosophy of Love.* London: Chatto & Windus, 1960.

―――. *Shakespeare and Platonic Beauty.* London: Chatto & Windus, 1970.

Watson, R. N. *Shakespeare and the Hazards of Ambition.*

Cambridge, Mass.: Harvard Univ. Press, 1984.

Weimann, Robert, trans. by Robert Schwartz. *Shakespeare and the Popular Tradition in the Theatre: Studies in the Social Dimension of Form and Function*. Baltimore and London: The Johns Hopkins Univ. Press, 1978.

Weld, John S. *Meaning in Comedy: Studies in Elizabethan Romantic Comedy*. Albany: State Univ. of New York Press, 1975.

Wells, Stanley. *Re-Editing Shakespeare for the Modern Reader*. Oxford: Oxford Univ. Press, 1984.

—————. *Shakespeare: The Writer and His Work: A Concise and Compact Introduction*. London: Scribner, 1978.

—————. *Shakespeare: An Illustrated Dictionary*. Oxford: Oxford Univ. Press, 1981; Kaye & Ward Ltd., 1978.

Westlund, Joseph. *Shakespeare's Reparative Comedies: A Psychoanalytic View of the Middle Plays*. Chicago: The Univ. of Chicago Press, 1985.

Wheeler, Richard P. *Shakespeare's Development and the Problem Comedies: Turn and Counter-Turn*. Berkeley: Univ. of California Press, 1981.

White, R. S. *Shakespeare and the Romantic Ending*. Newcastle upon Tyne and London: The Tyneside Free Press, 1981.

Wilders, John. *The Lost Garden: A View of Shakespeare's English and Roman History Plays*. London: Macmillan Press, 1978.

—————. *Lost Garden: A View of Shakespeare's English and Roman History Plays*. Totowa, New Jersey: Rowman, 1978.

Williams, John. *Costumes and Settings for Shakespeare's Plays*. London: B. T. Batsford Ltd., 1982.

Wilson, Katharine M. *Shakespeare's Sugared Sonnets*. London:

George Allen & Unwin Ltd., 1974.
Wilson, Robert F., Jr. *Landmarks of Shakespeare Criticism.* Amsterdam: Rodopi, 1978.
Yates, Francis A. *Majesty and Magic in Shakespeare's Last Plays: A New Approach to Cymbeline, Henry VIII, and The Tempest.* Westminster, Md.: Shambhala, 1978.
――――. *The Occult Philosophy in the Elizabethan Age.* London: Melbourne and Henley, 1979.
Young, David. *The Heart's Forest: A Study of Shakespeare's Pastoral Plays.* New Haven and London: Yale Univ. Press, 1972.

2. 最近の邦文文献　(50音順)

青木啓治『シェイクスピアの歴史劇――問題と追求』(山口書店, 1981)
青山誠子『シェイクスピアの女たち』(研究社出版, 1981)
荒木一雄・中尾祐治『シェイクスピアの発音と文法』(荒竹出版, 1980)
池上忠弘・石川実他共著『シェイクスピア研究』(慶応通信, 1977)
石川　実『シェイクスピア劇の世界』(慶応通信, 1983)
大場建治『シェイクスピア劇の背景――舞台の鑑賞のために』(ありえす書房, 1980)
――――. 『シェイクスピアへの招待』(東京書籍, 1983)
大山俊一『最近のシェイクスピア研究法』(増補版)(篠崎書林, 1962)
――――. 『シェイクスピア夢物語』(研究社, 1975)
大山敏子『シェイクスピアと愛の伝統』(研究社, 1976)

栗駒正和『シェイクスピア——ことばと音楽』(南雲堂, 1978)
小林清衛『シェイクスピア史劇試論』(学術出版会, 1980)
「シェイクスピアの四季」刊行会編『シェイクスピアの四季』(篠崎書林, 1984)
関本まや子著・訳『シェイクスピア〈喜劇2〉』(英潮社新社, 1983)
関谷武史『シェイクスピア史劇の研究——序説』(千城, 1979)
武田憲一『シェイクスピア悲劇, 史劇考』(桐原書店, 1982)
橘　忠衛『シェイクスピア研究——ローマ史劇』(英宝社〔復刊〕, 1976)
玉泉八州男『女王陛下の興行師たち——エリザベス朝演劇の光と影』(芸立出版, 1984)
富原芳彰著・訳『シェイクスピア〈悲劇〉』(英潮社, 1977)
外山滋比古『シェイクスピアと近代』(研究社出版, 1977)
中川　一『シェイクスピア劇の道化』(あぽろん社, 1979)
中野里皓史著・訳『シェイクスピア〈喜劇1〉』(英潮社, 1978)
―――.『シェイクスピア喜劇——構造と技法』(紀伊国屋書店, 1982)
成田龍雄『シェイクスピアと現代演劇』(南雲堂, 1979)
日本シェイクスピア協会編『シェイクスピア案内』(研究社出版)
―――.『シェイクスピアの演劇的風土』(研究社出版, 1982)
―――.『シェイクスピアの喜劇』(研究社出版, 1982)
長谷川光昭『シェイクスピアのロマンス劇』(さつき書院, 1980)
長谷部加寿子『シェイクスピアにおける人間群像』(高文堂出版社, 1974)
平岩紀夫『シェイクスピアの比喩研究——周辺劇作品を資料として』(松柏社, 1977)
福田恆存『私の英国史——空しき王冠』(中央公論社, 1980)
古沢満雄『シェイクスピア悲劇の研究——葛藤, 洗礼, 融合, 谷間, 相剋, 対峙の世界』(大阪教育図書, 1983)
松元　寛『シェイクスピア——全体像の試み』(渓水社, 1979)
ピーター・ミルワード『シェイクスピアと宗教』山本浩訳(荒竹出版, 1977)
ピーター・ミルワード, 石井正之助監修『シェイクスピアとその時代』(荒竹出版, 1981)

山内隆治『シェイクスピア試論』(北星堂, 1975)
山浦拓造『シェイクスピア音楽論——序説』(泰文堂, 1970)
山田昭広『シェイクスピア時代の戯曲と書誌学的研究——序説』(文理書院, 1969)
―――.『本とシェイクスピア時代』(東京大学出版会, 1979)
ルネッサンス研究所編『ルネッサンスにおける道化文学』石井正之助, ピーター・ミルワード監修 (荒竹出版, 1983)

3. 最近の翻訳書文献 (50音順)

フランセス・イェイツ『世界劇場』藤田実訳 (晶文社, 1978)
―――.『シェイクスピア最後の夢』藤田実訳 (晶文社, 1980)
J.D.ウィルスン『シェイクスピア真髄——伝記的試論』小池規子訳 (早稲田大学出版部, 1977)
イーニッド・ウェルズフォード『道化』内藤健二訳 (晶文社, 1979)
W.H.オーデン『シェイクスピアの都市』山田良成訳 (荒竹出版, 1984)
ルイ・カザミヤン『シェイクスピアのユーモア』手塚リリ子・石川京子訳 (荒竹出版, 1979)
R.ギッティングズ編『シェイクスピアとその世界』小池規子訳 (南雲堂, 1977)
J.コット『シェイクスピアはわれらの同時代人』野谷昭雄・喜志哲雄訳 (白水社, 1968)
W.シェイクスピア他『サー・トマス・モア』玉木意太宰・松田道郎訳 (河出書房新社, 1983)
『ジョンソン・シェイクスピア論』吉田健一訳 (創樹社, 1975)

S. シェーンボーム『シェイクスピアの生涯——記録を中心とする』小津次郎他訳（紀伊国屋書店，1982）

マーティン・スコフィールド『ハムレットの亡霊——「ハムレット」と現代文学』岡三郎・北川重男訳（国文社，1983）

エレン・テリー『シェイクスピア劇の子供たちと女性たち』小原まゆみ訳（大阪教育図書，1984）

G.W. ナイト『煉獄の火輪——シェイクスピア悲劇の解釈』石原孝哉・河崎征俊訳（オセアニア出版，1981）

アントニイ・バージェス『シェイクスピア』小津次郎・金子雄司訳（早川書房，1983）

モーリン・ハッセー『シェイクスピアの世界——ルネサンスの視覚的想像力入門』山田耕士訳（晃学出版，1983）

シーザー L. バーバー『シェイクスピアの祝祭喜劇』玉泉八州男・野崎睦美訳（白水社，1979）

E. ハリディ『図説シェイクスピアの世界』小津次郎訳（学習研究社，1978）

F. パワーズ『本文批評と文芸批評』田中幸穂訳（中央書院，1983）

H. フリュシェール『シェイクスピア——エリザベス朝の劇作家』笹山隆訳（研究社出版，1969）

ロジャー・マンヴェル『シェイクスピアと映画』荒井良雄訳（白水社，1974）

S.M. ライマン，M.B. スコット『ドラマとしての社会——シェイクスピアの鏡に照らして』清水博之訳（新曜社，1981）

クリフォード・リーチ『悲劇』小林稔訳（研究社出版，1976）

I. 人 名 索 引 (50音順)

ア 行

アイアランド, ウィリアム・ヘンリー (Ireland, William Henry) 157

アダムズ, ジョゼフ・クウィンシー (Adams, Joseph Quincy) 198

アダムズ, ジョン・クランフォード (Adams, John Cranford) 172, 173

アニアンズ, C. T. (Onions, C. T.) 51

アボット, E. A. (Abbott, E. A.) 50

アレクザンダー, ピーター (Alexander, Peter) 65

イーストマン, アーサー M. (Eastman, Arthur M,) 155

イングルビー, C. M. (Ingleby, C. M.) 157-158

ヴァイル, ハーバート (Weil, Herbert) 70

ヴァン=ドーレン, マーク (Van Doren, Mark) 55

ウィークス, S. B. (Weeks, S. B.) 10

ウィッカム, グリン (Wickham, Glynne) 169-170

ウィティカー, ヴァージル K. (Whitaker, Virgil K.) 141-142, 190-191

ウィニー, ジェイムズ (Winny, James) 108-109, 148-149

ウィリン, ジェラルド (Willen, Gerald) 144

ウィルスン, ジョン・ドーヴァ (Wilson, John Dover) 32-33, 66, 84-85, 146

ウィルスン, ハロルド S. (Wilson, Harold S.) 48, 140

ウィルスン, F. P. (Wilson, F. P.) 59, 163

ウェイス, ユージン M. (Waith, Eugene M.) 96, 110

ウェイト, R. J. C. (Wait, R. J. C.) 150

ウェルズ, スタンリー (Wells, Stanley) 45, 68, 194

ヴェルツ, ジョン W. (Velz, John W.) 46

ウォーカー, アリス (Walker, Alice)

164-165
ウォッズワース, フランク (Wadsworth, Frank) 64
ウォード, A. C. (Ward, A. C.) 57
ウォード, A. W. (Ward, A. W.) 56
ウォラー, A. R. (Waller, A. R.) 56
ウォルダー, アーネスト (Walder, Ernest) 56
ウォレス, チャールズ (Wallace, Charles) 8
エヴァンズ, アイヴァ (Evans, Ifor) 160
エヴァンズ, バートランド (Evans, Bertrand) 78-79
エヴァンズ, G. ブレイクモア (Evans, G. Blakemore) 62
エックレス, マーク (Eccles, Mark) 199
エドワーズ, フィリップ (Edwards, Philip) 91
エビッシュ, ウォルター (Ebisch, Walter) 44, 46
エリオット, T. S. (Eliot, T. S.) 54
エリス=ファーマー, ユーナ (Ellis-Fermor, Una) 62
エルトン, W. R. (Elton, W. R.) 195
オーデル, ジョージ C. D. (Odell, George C. D.) 176
オールデン, レイモンド M. (Alden, Raymond M.) 55
オーンスタイン, ロバート (Ornstein, Robert) 102-103

カ 行

ガードナー, ヘレン (Gardner, Helen) 113, 163
カーモード, フランク (Kermode, Frank) 63, 154
カーライル, キャロル (Carlisle, Carol) 120
カリー, ウォルター・クライド (Curry, Walter Clyde) 186
キットリッジ, ジョージ・ライマン (Kittredge, George Lyman) 11, 65
ギブスン, H. N. (Gibson, H. N.) 201
ギボンズ, B. (Gibbons, B,) 68
ギャスケル, フィリップ (Gaskell, Philip) 162
ギャリック, デイヴィッド (Garrick, David) 157, 177
キャンプル, リリー B. (Campbell, Lily B.) 99, 102, 119-120
キャンプル, O. J. (Campbell, O. J.) 52, 55
キング, T. J. (King, T. J.) 175

グア, アンドルー (Gurr, Andrew) 171-172
クイラ=クーチ, アーサー (Quiller-Couch, Arthur) 66
クウィン, エドワード H. (Quinn, Edward H.) 52, 113
クック, キャサリン (Cooke, Katherine) 116
グットマン, セルマ (Guttman, Selma) 46-47
グラヴァ, J. (Glover, J.) 7
クラーク, サンドラ (Clark, Sandra) 53
クラーク, W. G. (Clark, W. G.) 7
グランヴィル=バーカー, ハーリー (Granville-Barker, Harley) 54, 155, 175
グラント, ロバート (Grant, Robert) 10
クリーガー, マリー (Krieger, Murray) 149-150
グリフィン, アリス (Griffin, Alice) 189
クレイグ, ハーディン (Craig, Hardin) 32, 55, 58, 63, 154, 184
クレイグ, W. J. (Craig, W. J.) 67
グレッグ, W. W. (Greg, W. W.) 32-33, 164, 166
グレネン, ジョゼフ (Grennen, Josepf) 113

クレメン, ウルフガング (Clemen, Wolfgang) 33, 159
クロウ, ジョン (Crow, John) 12, 13
ケイベル, エドワード (Capell, Edward) 6
ケカリッツ, ヘルゲ (Kökeritz, Helge) 51
ゲスナー, キャロル (Gesner, Carol) 192
ケリー, ヘンリー A. (Kelly, Henry A.) 111-112
コウルリッジ, サミュエル・テイラー (Coleridge, Samuel Taylor) 29-30, 115, 123, 155-157
コリアー, J. P. (Collier, J. P.) 157
コルマン, E. A. M. (Colman, E. A. M.) 52
コリン, フィリップ C. (Kolin, Philip C.) 167
コンデル, ヘンリー (Condell, Henry) 3

サ 行

サティン, ジョゼフ (Satin, Joseph) 189
サラザン, グレガー (Sarrazin, Gregor) 51
サリンガー, L. G. (Salingar, L. G.) 58

ジェイミスン, マイケル (Jamieson, Michael) 86

シェリング, フェリックス (Schelling, Felix) 60

ジェンキンズ, ハロルド (Jenkins, Harold) 67, 96

シェーンボーム, S. (Schoenbaum, S.) 35, 54, 201–202

シオボウルド, ルイス (Theobald, Lewis) 6

シーゲル, ポール N. (Siegel, Paul N.) 142–143, 154–155

シソン, チャールズ (Sisson, Charles) 54, 197

シッキング, レヴィン (Schücking, Levin) 44, 46

シムズ, ジェイムズ H. (Sims, James H.) 193

シーモア＝スミス, マーティン (Seymour-Smith, Martin) 47

シモンズ, J. L. (Simmons, J. L.) 126–128

シャタック, チャールズ (Shattuck, Charles) 63

シャンツァー, アーネスト (Schanzer, Ernest) 89–90

シュミット, アレクザンダー (Schmidt, Alexander) 51

シュレーゲル, A. W. v. (Schlegel, August Wilhelm von) 155

ショウ, ジョージ・バーナード (Shaw, George Bernard) 155

ジョーゲンセン, ポール A. (Jorgensen, Paul A.) 161

ジョゼフ, シスター・ミリアム (Joseph, Sister Miriam) 159

ジョゼフ, B. L. (Joseph, B. L.) 176

ジョンスン, サミュエル (Johnson, Samuel) 6, 28–29, 155

ジョンスン, ベン (Jonson, Ben) 3, 5, 17, 38, 60, 61, 85

スタイアン, J. L. (Styan, J. L.) 174

スターリング, ブレンツ (Stirling, Brents) 129, 145

スターンフェルド, F. W. (Sternfeld, F. W.) 54, 178, 181

スティーヴンズ, ジョージ (Steevens, George) 6, 66

スティーヴンズ, ジョン (Stevens, John) 182

ストラスマン, アーネスト (Strathmann, Ernest) 64

ストール, E. E. (Stoll, E. E.) 31, 154–155

スパージョン, キャロライン (Spurgeon, Caroline) 33, 155, 158–159

スピヴァック, マーヴィン (Spevack, Marvin) 50

スプレイグ, アーサー・コルビー (Sprague, Arthur Colby) 54, 177

スペンサー，シオドア (Spencer, Theodore)　101, 121, 184
スペンサー，T. J. B. (Spencer, T. J. B.)　191
スミス，ゴードン・ロス (Smith, Gordon Ross)　43-44
スミス，ハレット (Smith, Hallet)　63
スミス，L. トゥールミン (Smith, L. Toulmin)　158
セインツベリ，ジョージ (Saintsburry, George)　56
セン，ピーター (Seng, Peter)　181
セン＝グプタ，S. C. (Sen Gupta, S. C.)　80, 101-102

タ 行

ダウデン，エドワード (Dowden, Edward)　155
ダンビー，ジョン F. (Danby, John F.)　101, 121
チェインバーズ，E. K.(Chambers, E. K.)　32, 168-169, 171, 198
チャーニー，モリス (Charney, Maurice)　56, 123, 125
チャールトン，H. B. (Charlton, H. B.)　71, 83, 116-117
チャンピオン，ラリー S. (Champion, Larry S.)　79-80
デイ，マーチン (Day, Martin)　57
デイヴィス，ゴッドフリー (Davies, Godfrey)　187
デイシズ，デイヴィッド (Daiches, David)　57
ティリアード，E. M. W. (Tillyard, E. M. W.)　32, 81-82, 87-90, 92, 97-103, 108, 112, 121, 155, 183-185
デ・ウイット (De Witt)　173
トゥール，ウィリアム B. (Toole, William B.)　90-91
トムスン，J. A. K. (Thomson, J. A. K.)　191
ドライデン，ジョン (Dryden, John)　4, 110, 114, 179
トラヴァーシ，デレク (Traversi, Derek)　58-59, 105, 107, 125
トレウィン，J. C. (Trewin, J. C.)　177

ナ 行

ナイツ，L. C. (Knights, L. C.)　58
ナイト，G. ウィルスン (Knight, G. Wilson)　33, 92-94, 123-124, 136-138, 147, 155, 186
ナーグラー，A. M. (Nagler, A. M.)　171
ニコル，アラダイス (Nicoll, Allardyce)　168

ネイジェバウア, A. (Nejgebauer, A.) 143

ネイラー, エドワード W. (Naylor, Edward W.) 179

ネボウ, ルース (Nevo, Ruth) 132-134

ノーブル, リッチモンド (Noble, Richmond) 179, 193

ハ 行

ハイドン, ハイアラム (Haydn, Hiram) 185

バージェロン, デイヴィッド M. (Bergeron, David M.) 196

ハズリット, ウィリアム (Hazlitt, William) 155

バッテンハウス, ロイ W. (Battenhouse, Roy W.) 138-140

パティスン, ブルース (Pattison, Bruce) 182

ハートウィッグ, ジョーン (Hartwig, Joan) 94-95

パートリッジ, エリック (Partridge, Eric) 52

バートン, アン (Barton, Anne) 63

バーネット, シルヴァン (Barnet, Sylvan) 63-64

バーバー, C. L. (Barber, C. L.) 25, 37, 73-75, 86

ハーベッジ, アルフレッド (Harbage, Alfred) 34, 55-56, 64, 155, 176

パーマー, デイヴィッド (Palmer, David) 70

バーマン, ロナルド (Berman, Ronald) 44-45, 68

ハヤシ, テツマロ (Hayashi, Tetsumaro) 144

ハリス, B. (Harris, B.) 68

ハリスン, G. B. (Harrison, G. B.) 54

ハリデイ, F. E. (Halliday, F. E.) 53, 155, 199

ハリアー, リチャード C. (Harrier, Richard C.) 53

パロット, トマス M. (Parrott, Thomas M.) 60

バロル, J. リーズ (Barroll, J. Leeds) 36, 195

バワーズ, フレッドスン (Bowers, Fredson) 26, 35, 163-164

ハワード=ヒル, T. H. (Howard-Hill, T. H.) 50, 162

バーン, M. セント=クレア (Byrne, M. St. Clare) 168

ハンター, G. K. (Hunter, G. K.) 54, 59-60

ハンター, ロバート G. (Hunter, Robert G.) 76-77

ピアース, ロバート B. (Pierce, Robert B.) 104-105

ヒューブラー, エドワード (Hub-

ler, Edward)　146–147
ヒューム, ヒルダ M. (Hulme, Hilda M.)　160
ピント, V. デ・ソウラ (Pinto, V. De Sola)　58
ヒンマン, チャールトン (Hinman, Charlton)　35–36, 67–68, 164–166
ファーナム, ウィラード (Farnham, Willard)　122
ファーニヴァル, F. J. (Furnivall, F. J.)　7, 158
ファーネス, H. F. (Furness, H. F.)　66
フィアラス, ピーター G. (Phialas, Peter G.)　83
フィニー, グレッチン L. (Finny, Gretchen L.)　182
フォークス, R. A. (Foakes, R. A.)　157
フォード, ボリス (Ford, Boris)　58
ブース, スティーヴン (Booth, Stephen)　152–153
ブッシュ, ダグラス (Bush, Douglas)　59
フッド, R. (Hood, R.)　68
フライ, ノースロップ (Frye, Northrop)　37, 72–73, 155
フライ, ローランド M. (Frye, Roland M.)　55, 186–187
ブライアント＝ジュニア, J. A. (Bryant, Jr., J. A.)　187
ブラウ, ジェフリー (Bullough, Geoffrey)　35, 188–189
ブラウン, ジョン・ラッセル (Brown, John Russell)　70, 80–81
ブラック, J. B. (Black, J. B.)　187
ブラッドブルック, M. C. (Bradbrook, M. C.)　54, 61, 154, 170
ブラッドベリー, マルカム (Bradbury, Malcolm)　70
ブラッドリー, A. C. (Bradley, A. C.)　31, 114–116, 123, 132, 143, 155, 186
ブルック, タッカー (Brooke, Tucker)　57
ブルック, ニコラス (Brooke, Nicholas)　118
ブルックス, H. F. (Brooks, H. F.)　67
フレイ, フレデリック (Fleay, Frederick)　7
プローザー, マシュー N. (Proser, Matthew N.)　134–135
ブロックバンク, P. (Brockbank, P.)　68
ヘアンスタイン, バーバラ (Herrnstein, Barbara)　144
ヘイウッド, トマス (Heywood, Thomas)　4
ベイカー, ハーシェル (Baker,

Herschel) 63
ベイト, ジョン (Bate, John) 52
ベイトスン, F. W. (Bateson, F. W.) 46
ベヴィントン, デイヴィッド (Bevington, David) 63
ベッカーマン, バーナード (Beckerman, Bernard) 64, 174
ヘミング, ジョン (Heminge, John) 3
ベリー, ラルフ (Berry, Ralph) 85–86
ベントリー, G. E. (Bentley, G. E.) 34, 168–169, 171, 197–198
ボー, A. C. (Baugh, A. C.) 57
ボアズ, F. S. (Boas, F. S.) 87
ホイ, サイラス (Hoy, Cyrus) 64
ポウプ, アレクザンダー (Pope, Alexander) 6
ホークス, テレンス (Hawkes, Terence) 157
ホスリー, リチャード (Hosley, Richard) 54, 189–190
ホッジズ, C. ウォルター (Hodges, C. Walter) 173
ホットスン, レスリー (Hotson, Leslie) 8
ボナッツァ, ブレイズ O. (Bonazza, Blaze O.) 82–83
ホニッグマン, E. A. J. (Honigmann, E. A. J.) 166–167
ホフマン, D. S. (Hoffman, D. S.) 178
ポラード, A. W. (Pollard, A. W.) 32–33, 54, 166
ボール, ロバート H. (Ball, Robert H.) 60
ホロウェイ, ジョン (Holloway, John) 135–136

マ 行

マクナミー, ローレンス F. (McNamee, Lawrence F.) 49
マクマナウェイ, ジェイムズ G. (McManaway, James G.) 36, 43
マーダー, ルイス (Marder, Louis) 157, 195
マッカラム, M. W. (MacCallum, M. W.) 123
マックスウェル, J. C. (Maxwell, J. C.) 58, 123
マックファーランド, トマス (McFarland, Thomas) 75–76
マッケロイ, バーナード (McElroy, Bernard) 120
マッケロウ, R. B. (McKerrow, R. B.) 32–33, 162, 166
マーティン, フィリップ (Martin, Philip) 150–151
マーティン, マイケル R. (Martin, Michael R.) 53

マフード, M. M. (Mahood, M. M.) 161

マリー, パトリック (Murray, Patrick) 156

マロウン, エドモンド (Malone, Edmond) 6

マンヴェル, ロジャー (Manvell, Roger) 177

マンハイム, マイケル (Manheim, Michael) 107–108

マンロウ, ジョン (Munro, John) 158

ミアズ, フランシス (Meres, Francis) 3, 154

ミュア, ケネス (Muir, Kenneth) 36, 54, 59, 70, 154, 190, 194

ムーアマン, F. W. (Moorman, F. W.) 56

メイスン, H. A. (Mason, H. A.) 135

メラーズ, ウィルフリッド (Mellers, Wilfrid) 182

ヤ 行

ユア, ピーター (Ure, Peter) 54

ラ 行

ライト, W. A. (Wright, W. A.) 7

ラヴジョイ, アーサー O. (Lovejoy, Arthur O.) 138

ラウス, A. L. (Rowse, A. L.) 146, 187–188, 199–201

ラーナー, ローレンス (Lerner, Laurence) 70, 113

ラブキン, ノーマン (Rabkin, Norman) 155

ラム, チャールズ (Lamb, Charles) 155

ラリ, オーガスタス (Ralli, Augustus) 154

ランドリー, ヒルトン (Landry, Hilton) 149

リーシマン, J. B. (Leishman, J. B.) 147–148

リース, M. M. (Reese, M. M.) 99–100

リーチ, クリフォード (Leech, Clifford) 113–114

リッグズ, デイヴィッド (Riggs, David) 109–111

リード, アイザック (Reed, Isaac) 66

リード, ヴィクター B. (Reed, Victor B.) 144

リブナー, アーヴィング (Ribner, Irving) 65, 96, 131–132, 186

ルアフ, ジェイムズ (Ruoff, James) 113

ルイス, C. S. (Lewis, C. S.) 59, 186

ルート, ロバート K. (Root,

Robert K.) 192-193
レイザー, トマス M. (Raysor, Thomas M.) 156-157
レヴィン, ハリー (Levin, Harry) 62
レッドグレイヴ, サー・マイケル (Redgrave, Sir Michael) 33
ロウ, ニコラス (Rowe, Nicholas) 6, 62
ロウゼン, ウィリアム (Rosen, William) 128
ロバーツ, ジャンヌ・アディスン (Roberts, Jeanne Addison) 43
ロバートスン, J. G. (Robertson, J. G.) 56
ローラー, ジョン (Lawlor, John) 129-131
ロリンズ, ハイダー・エドワード (Rollins, Hyder Edward) 144
ローレンス, ウィリアム W. (Lawrence, William W.) 86-90
ロング, ジョン H. (Long, John H.) 179-181
ロング, T. H. (Long, T. H.) 53

ワ 行

ワイアット, R. O. (Wyatt, R. O.) 167
ワトスン, ジョージ (Watson, George) 46

II. シェイクスピア作品の索引　(50音順)

『アテネのタイモン』　　73, 122, 132, 135–136, 138, 140–141, 189

『あらし』　　76–77, 79, 81, 91–93, 95, 180, 186, 189, 192

『アントニーとクレオパトラ』　89, 110, 122, 124–129, 132, 134–136, 138–142, 189

『以尺報尺』　　23, 72, 76–77, 79, 81, 86–90, 137, 156, 180, 189

『ヴィーナスとアドーニス』　　25

『ウィンザーの陽気な女房たち』　84–85, 180

『ヴェニスの商人』　　71, 74, 81, 84, 86, 180, 189

『ヴェローナの二紳士』　　71, 79, 81–82, 84, 180

『お気に召すまま』　　71–72, 74–76, 81, 84–85, 180

『オセロウ』　　113–115, 119, 121, 126–127, 129–130, 132–135, 137–138, 140–142, 161, 165, 177, 189

『終りよければすべてよし』　　72, 76–79, 81, 86–90, 180

『血縁の二騎士』　　50, 64–65

『恋の骨折損』　　71, 74, 76, 81–82, 84–86, 160, 180

『コリオレーナス』　　110, 122, 124–129, 132, 134–136, 138, 140–142, 161

『サー・トマス・モア』　　50

『じゃじゃ馬ならし』　　71, 81–83, 180, 189

『十二夜』　　70–72, 74–75, 78–79, 81, 84–86, 175, 180, 189

『ジュリアス・シーザー』　　9, 89, 118–119, 123, 125–127, 129, 131, 133–134, 140–142, 178, 189

『ジョン王』　　98–99, 101–102, 108, 131, 180, 189

『シンベリン』　　76–77, 88, 91–94, 180, 189–190, 192

『ソネット詩集』　　67, 143–152, 161, 200

『タイタス・アンドロニカス』　3, 105, 118, 131, 142, 189

『タンバレイン』　　110

『トロイラスとクレシダ』　　32, 72, 81, 86–90, 137, 140–141, 165, 180, 189

『夏の夜の夢』　　24, 71, 74, 76, 78–79, 81–84, 180

『ハムレット』　　5, 16–17, 19, 27,

29, 33, 88, 90, 113-114, 118-119, 126, 129-130, 132-133, 135-137, 140-142, 156, 161-162, 165, 177, 185, 189

『冬の夜話』　76-77, 79-80, 82, 91-94, 161, 180, 189, 192

『ペリクリーズ』　50, 65, 91-94, 180, 189, 192-193

『ヘンリー4世』第1部　74, 98-99, 101-102, 104-106, 109, 111, 161, 189

『ヘンリー4世』第2部　74, 98-99, 101-102, 104-106, 111, 161, 165, 189

『ヘンリー5世』　98-99, 101-102, 104-106, 108-109, 130, 189

『ヘンリー6世』第1部　97-98, 100, 103-105, 107-108, 110, 112, 189

『ヘンリー6世』第2部　3, 97-98, 100, 103-105, 107-108, 110, 112, 189

『ヘンリー6世』第3部　97-98, 100, 102-105, 107-108, 110, 112, 189

『ヘンリー8世』　93, 104, 189

『マクベス』　9, 89, 113-114, 116, 119, 121-122, 127-130, 132-135, 137, 140-142, 161, 177, 186, 189-191

『むだ騒ぎ』　71-72, 76-77, 79, 81, 84-85, 161-162, 180

『間違いの喜劇』　71, 78-79, 81-84, 86

『リア王』　16, 58, 113-115, 117, 119, 121, 124, 126, 128-130, 132, 134-136, 138, 140-142, 156, 160, 165, 185, 189-191

『リチャード2世』　19-20, 98-100, 102, 105-106, 108-109, 110, 118, 130-131, 142, 161, 189

『リチャード3世』　20, 97-100, 102-104, 111-112, 118, 131, 142, 165, 189

『ロミオとジュリエット』　17, 24, 118, 129, 131, 135, 138, 140-142, 161, 171, 189

III. 欧文書名索引 (アルファベット順)

A

Abstracts 47
Abstracts of English Studies 196
A. C. Bradley and His Influence in Twentieth-Century Shakespeare Criticism 116
The Age of Shakespeare 58
Anatomy of Criticism 72
Annals of English Drama 35
Annual Bibliography of English Language and Literature 48
Apology for Actors 4
An Apology for Poetry 4
Approaches to Shakespeare 155
The Arden Shakespeare 66, 68
Art and Artifice in Shakespeare 31
As They Liked It 34

B

The Background to Shakespeare's Sonnets 150
The British Humanities Index 49

C

The Cambridge Bibliography of English Literature 46
Cambridge History of English Literature 56
The Cambridge Shakespeare 7
A Casebook on Shakespeare's Sonnets 144
The Cease of Majesty: A Study of Shakespeare's History Plays 99-100
Classical Mythology in Shakespare 192
A Classified Shakespeare Bibliography 1936-1958 43
Coleridge on Shakespeare: The Text of the Lectures of 1811-12 157
Coleridge's Shakespearean Criticism 156
Coleridge's Writings on Shakespeare 157
A Companion to Shakespeare Studies 54
A Complete and Systematic Concordance to the Works of Shake-

speare 50
The Complete Pelican text 64
The Complete Signet Classic Shakespeare 63
The Complete Works (P. Alexander ed.) 65
The Complete Works of Shakespeare (H. Craig ed.; D. Bevington rev.) 63
The Complete Works of Shakespeare (G. L. Kittredge ed.) 65
The Concise Encyclopedic Guide to Shakespeare 53
The Counter-Renaissance 185
A Critical History of English Literature 57
The Crown of Life: Essays in Interpretation of Shakespeare's Final Plays 93
Cumulative Index 47

D

The Development of Shakespeare's Imagery 159
The Discarded Image: An Introduction to Medieval and Renaissance Literature 186
Discussions of Shakespeare's Roman Plays 123
Discussions of Shakespeare's Romantic Comedy 70
Discussions of Shakespeare's Sonnets 144
Dissertation Abstracts International 49
Dissertations in English and American Literature 1865–1964 49
Divine Providence in the England of Shakespeare's Histories 111
The Dramatic Use of Bawdy in Shakespeare 52
Dramatic Uses of Biblical Allusions in Marlowe and Shakespeare 193
The Drama to 1642 56

E

Early English Stages 1300 to 1660 169
The Early Stuarts 1603–1660 187
Elizabethan Acting 176
Elizabethan Drama 1558–1642 60
The Elizabethan Renaissance: The Cultural Achievement 188
The Elizabethan Renaissance: The Life of the Society 187
The Elizabethan Stage 168
The Elizabethan World Picture 121, 183
The Enchanted Glass: The Eliza-

bethan Mind in Literature 184
The English Drama 1485–1585 59
The English Hisotry Play in the Age of Shakespeare 96
English Institute Essays 1948 72
English Language Notes (ELN) 196
English Literary Renaissance (ELR) 196
English Literature: Chaucer to Bernard Shaw 57
English Literature in the Earlier Seventeenth Century 1600–1660 59
English Literature in the Sixteenth Century 59
The English Renaissance 1510–1688 58
English Studies 196
Essay and General Literature Index 48
An Essay on Shakespeare's Sonnets 152
Essays in Criticism 196
The Evolution of Shakespeare's Comedy: A Study in Dramatic Perspective 79
Explorations in Shakespeare's Language 160

F

The First Folio of Shakespeare: The Norton Facsimile 67
Folger Shakespeare Library: Catalog of the Shakespeare Collections 45
The Foreign Sources of Shakespeare's Works: An Annotated Bibliography of the Commentary Written on this Subject between 1904 and 1940 46–47
Four Centuries of Shakespearian Criticism 154

G

The Globe Playhouse: Its Design and Equipment 172
The Globe Restored: A Study of the Elizabethan Theatre 173
The Globe Shakespeare 7
The Great Chain of Being: A Study of the History of an Idea 183
The Growth and Structure of Elizabethan Comedy 61

H

Harmonious Meeting: A Study of the Relationship between Eng-

lish Music, Poetry and Theatre, c. 1600–1900   182–183
The Harvard Concordance to Shakespeare   50
The Herculean Hero: in Marlowe, Chapman, Shakespeare and Dryden   110
The Heroic Image in Five Shakespearean Tragedies   134
Hippolyta's View: Some Christian Aspects of Shakespeare's Plays   187
His Exits and His Entrances: The Story of Shakespeare's Reputation   157
His Infinite Variety: Major Shakespearean Criticism Since Johnson   154
History of English Literature to 1660   57
A History of Shakespearean Criticism   154
How to Find Out about Shakespeare   52
How to Read Shakespeare   56

I

The Imperial Theme   123
An Index to Book Reviews in the Humanities   49
An Interpretation of Shakespeare   55
Interpretations in Shakespeare's Sonnets   149
An Introduction to Bibliography   162

J

The Jacobean and Caroline Stage   169
The Jacobean Drama: An Interpretation   62
Journal of English and Germanic Philology (JEGP)   196
A Journal of English Literary History (ELH)   196

K

A Kingdom for a Stage: The Achievement of Shakespeare's History Plays   102

L

The Language of Shakespeare's Plays   160
The Life of Shakespeare   199
A Life of William Shakespeare   198
A Literary History of England   57

The Literature of the English Renaissance 1485–1660   58

M

The Major Shakespearean Tragedies: A Critical Bibliography   113
The Master-Mistresses: A Study of Shakespeare's Sonnets   148
The Mirror up to Nature: The Technique of Shakespeare's Tragedies   141
MLA International Bibliography   47, 49
Modern Language Quarterly (MLQ)   196
Modern Language Review (MLR)   196
Modern Philology (MP)   196
Musical Backgrounds for English Literature: 1580–1650   182
Music and Poetry in the Early Tudor Court   182
Music and Poetry of the English Renaissance   182
Music in Shakespearean Tragedy   181
The Mutual Flame   147

N

Narrative and Dramatic Sources of Shakespeare   188
A Natural Perspective: The Development of Shakespearean Comedy and Romance   72–73
The New Arden Shakespeare   17, 67
The New Cambridge Bibliography of English Literature   46
The New Cambridge Shakespeare (1921–1966)   33, 66, 68
The New Cambridge Shakespeare (1984–   )   68
The New Century Shakespeare Handbook   53
A New Companion to Shakespeare Studies   54
A New Introduction to Bibliography   162
The New Variorum edition   66, 144

O

On Editing Shakespeare   163
On the Design of Shakespearian Tragedy   140
Oxford Old Spelling Shakespeare   50
The Oxford Shakespeare   68
Oxford Shakespeare Concordance   50

P

Palladis Tamia 3
Patterns in Shakespearian Tragedy 131
The Pelican Shakespeare 34
Philological Quarterly (PQ) 197
The Player King: A Theme of Shakespeare's Histories 108
Preface to Shakespeare 29
Prefaces to Shakespeare 175
The Printing and Proof-reading of the First Folio of Shakespeare 165
The Problem Plays of Shakespeare 89
Publications of the Modern Language Association (PMLA) 47, 197

R

The Reader's Encyclopedia of Shakespeare 52–53
The Reader's Guide to Periodical Literature 48
A Reader's Guide to Shakespeare's Plays 44
Redeeming Shakespeare's Words 161
The Reign of Elizabeth 1558–1603 187
Research Opportunities in Renaissance Drama 167, 196
The Riverside Shakespeare 62–63
Review of English Studies (RES) 197
The Rise of the Common Player: A Study of Actor and Society in Shakespeare's England 170

S

A Selective Bibliography of Shakespeare 43
The Sense of Shakespeare's Sonnets 146
The Seventeenth-Century Stage: A Collection of Critical Essays 168
Shakespeare 55
Shakespeare: A Biographical Handbook 197
Shakespeare—From Betterton to Irving 176
Shakespeare: Select Bibliographical Guides 45
Shakespeare: The Art of the Dramatist 55
Shakespeare: The Comedies 70
Shakespeare: The Histories: A Collection of Critical Essays

96

Shakespeare: The Last Phase 91

Shakespeare: The Roman Plays 125

Shakespeare: The Tragedies: A Collection of Critical Essays 114

The Shakespearean Stage 1574–1642 171

Shakespeare and Christian Doctrine 186

Shakespeare and His Comedies 80

Shakespeare and His Critics 155

Shakespeare and His Predecessors 87

Shakespeare and His Sources 189

Shakespeare and His Theatre 171

Shakespeare and Music 179

Shakespeare and the Actors: The Stage Business in His Plays (1660–1905) 177

Shakespeare and the Classical Tradition: A Critical Guide to Commentary, 1660–1960 46

Shakespeare and the Classics 191

Shakespeare and the Comedy of Forgiveness 76

Shakespeare and the Craft of tragedy 128

Shakespeare and the Film 177

Shakespeare and the Greek Romance: A Study of Origins 192

Shakespeare and the Nature of Man 121, 184

Shakespeare and the New Bibliography 163

Shakespeare and the Rival Traditions 34

Shakespearean Research and Opportunities 48, 195

Shakespearean Staging, 1599–1642 175

Shakespearean Tragedy 114

Shakespearean Tragedy: Its Art and Its Christian Premises 138

Shakespearean Tragedy and the Elizabethan Compromise 142

The Shakespeare Association Bulletin 48, 195

Shakespeare at the Globe 1599–1609 174

Shakespeare Bibliography (W. Jaggard) 44

A Shakespeare Bibliography (W. Ebisch and L. Schücking) 44

The Shakespeare Claimants 201

A Shakespeare Companion 1564–1964 53

A Shakespeare Encyclopaedia 53

The Shakespeare First Folio: Its Bibliographical and Textual History 164
Shakespeare from "Richard II" to "Henry V" 105
Shakespeare from the Greenroom: Actor's Criticisms of Four Major Tragedies 120
A Shakespeare Grossary 51
A Shakespeare Handbook 55
Shakespeare in Warwickshire 199
Shakespeare Jahrbuch 7
Shakespeare Lexicon 51
The Shakespeare Newsletter 8, 195
Shakespeare on the English Stage 1900–1964 177
Shakespeare Quarterly 8, 12, 36, 47, 195
Shakespeare's Audience 34, 176
Shakespeare's Bawdy 52
Shakespeare's Biblical Knowledge 193
Shakespeare's Comedies 78
Shakespeare's Comedies: An Anthology of Modern Criticism 70
Shakespeare's Comedies: Explorations in Form 85
Shakespeare's Doctrine of Nature 101, 121
Shakespeare's Early Comedies 81
Shakespeare's Early Comedies: A Structural Analysis 82
Shakespeare's Early Tragedies 118
Shakespeare's Festive Comedy 73
Shakespeare's Globe Playhouse 173
Shakespeare's Happy Comedies 84
Shakespeare's Heroical Histories: "Henry VI" and Its Literary Tradition 109–110
Shakespeare's Historical Plays 101
Shakespeare's Histories: Mirrors of Elizabethan Policy 99
Shakespeare's History Plays 97
Shakespeare's History Plays: The Family and the State 104
Shakespeare's Holinshed 189
Shakespeare's Imagery and What It Tells Us 158
Shakespeare's Last Plays 92
Shakespeare's Lives 201
Shakespeare's Mature Tragedies 120
The Shakespeare Sonnet Order: Poems and Groups 145
Shakespeare's Pagan World: The Roman Tragedies 126
Shakespeare's Pastoral Comedy 75

Shakespeare's Philosophical Patterns 186
Shakespeare's Plutarch 191
Shakespeare's Problem Comedies 86
Shakespeare's Problem Plays 88
Shakespeare's Problem Plays: Studies in Form and Meaning 90
Shakespeare's Pronunciation 51
Shakespeare's Roman Plays: The Function of Imagery in the Drama 125
Shakespeare's Roman Plays and Their Background 123
Shakespeare's Romantic Comedies: The Development of Their Form and Meaning 83
Shakespeare's Sonnets: An Introduction for Historians and Others 146
Shakespeare's Sonnets: A Record of 20th-Century Criticism 144
Shakespeare's Sonnets: Self, Love and Art 150
Shakespeare's Sources: Comedies and Tragedies 190
Shakespeare's Stage 171
Shakespeare's Stagecraft 174
Shakespeare's Tragedies: An Anthology of Modern Criticism 113
Shakespeare's Tragedies of Love 135
Shakespeare's Tragic Frontier: The World of His Final Tragedies 122
Shakespeare's Tragic Heroes: Slaves of Passion 119
Shakespeare's Tragicomic Vision 94
Shakespeare Studies 8, 36, 195
Shakespeare Survey 8, 36, 70, 86, 91, 96, 113, 123, 144, 154, 168, 178, 194, 197
Shakespeare's Use of Learning: An Inquiry into the Growth of His Mind and Art 190
Shakespeare's Use of Music: A Study of the Music and its Performance in the Original Production of Seven Comedies 179
Shakespeare's Use of Music: The Final Comedies 180
Shakespeare's Use of Music: The Histories and Tragedies 180
Shakespeare's Use of Song with the Text of the Principal Songs 179
Shakespeare's Use of the Arts of Language 159
Shakespeare's Vocabulary; Its Etymological Elements 51
Shakespeare's Wordplay 161

Shakespeare the Man 200
Shakespearian Bibliography and Textual Criticism: A Bibliography 162
Shakespearian Comedy (H. B. Charlton) 71
Shakespearian Comedy (D. Palmer and M. Bradbury) 70
Shakespearian Comedy (S. C. Sen Gupta) 80
A Shakespearian Grammar 50
The Shakespearian Scene: Some Twentieth-Century Perspectives 156
Shakespearian Tragedy 116
The Shakspere Allusion Book: A Collection of Allusions to Shakspere from 1951 to 1700 158
A Short History of Shakespearean Criticism 155
Short-Title Catalogue 33
A Short View of Elizabethan Drama 60
Social Sciences and Humanities Index 49
The Sonnets 144
Sources for a Biography of Shakespeare 198
The Sources of Ten Shakespearean Plays 198
The Stability of Shakespeare's Text 166
The Story of the Night: Studies in Shakespeare's Major Tragedies 135
Studies on Bibliography 35
Studies in English Literature 195
Studies in Philology 48, 195

T

Textual Problems of the First Folio 164
Themes and Conventions of Elizabethan Tragedy 61
Themes and Variations in Shakespeare's Sonnets 147
Tragic Form in Shakespeare 132
The Tragic Sense in Shakespeare 129

U

Unity in Shakespearian Tragedy 129

V

The Vocal Songs in the Plays of Shakespeare 181

W

The Weak King Dilemma in the Shakespearean History Play 107
The Wheel of Fire 136
William Shakespeare: A Biography 199
William Shakespeare: A Documentary Life 202
William Shakespeare: A Reader's Guide 55
William Shakespeare: A Study of Facts and Problems 198
William Shakespeare: The Complete Works 64
A Window to Criticism: Shakespeare's "Sonnets" and Modern Poetics 149–150
The Works of Shakespeare 66
⇨ The New Cambridge Shakespeare

Y

Year's Work in English Studies 48

IV. 事項索引 (50音順)

ア

愛　77, 85, 91, 124, 151
「愛する者たち」　124
アイデンティティー　79, 121
愛と死　118
愛と友情　148
愛の形而上学　125
愛のコンヴェンション　151
愛の試練　81
愛のソネット　148
愛の不滅性　151
愛の無力　134
愛の理想主義　129
「相矛盾する意識」　78
アイロニー　78, 127
アイロニーとペーソスとの全体的把握　133
悪　130, 132
悪のヴィジョン　137
悪の壊破力　132
悪魔のヴィジョン　133
悪役(ヴァイス)　99
アダムズの「模型」　173
アダムとイヴ　143
アーデン家　199
アーデンの森　75
尼寺の場　133
アメリカ合衆国シェイクスピア協会　195
アメリカ現代語学文学学会(MLA)　47, 66
嵐　126, 137
アリア　182
アリストテレスの悲劇論　17
アレゴリー　138
アン・ハサウェイ　199

イ

異教　128
イメージ　137, 159
イメージの型　20
イメージの機能　126
イングランド　97-98, 101, 160
印刷　162
印刷過程　164
印刷所原本　163
印刷の速度　165
印刷の部数　165
隠匿　133
陰謀　133
隠喩　150
韻律テスト　7-8

ウ

ヴィジョン　34, 93, 95, 104, 123–124, 192
ヴィーナスとアドーニス　24–25
ウェスト・エンド　177
ヴェニス　121
うじ虫　150
宇宙的秩序　132, 143, 183
「宇宙的」なヴィジョン　124
うつろいやすさ　151
うつろいやすさと不変　146
生まれ変わる　88
運命　101, 146
「運命の逆転」(ペリペティア)　133
　⇨ペリペティア

エ

永遠　147
英国のシェイクスピア協会　7
英文学会　48
英文学教育者国民会議　196
英雄主義　104
エディプス・コンプレックス　22
MLAシェイクスピア会議　195
「エリザベス朝の世界像」　103
エロス的な感覚　123
演技的コンヴェンション　174

オ

老いの悲劇　119
王　109, 147
王冠　20
黄金　147
「黄金の詩」　59
王家の主題　104–105
大詰　133
大人の劇団　168
オフィーリアの歌　181
オールド・ヴィック座　177
音楽　54, 181
音声的構造　152

カ

懐疑主義　118
外見と実体　130
鏡　29, 101, 150
「輝くパエトン」　20
覚醒　131
「学派」(スクール)　8
型(パターン)　152–153
活字　162
神の摂理　99, 110–111
仮面劇　38, 60, 168
「歓喜」　94
観客の視点　128

キ

奇怪さの主題　129
喜劇的特質　71

喜劇と牧歌　75
喜劇の神話的，原初的基礎　73
「喜劇のポインター犬」　80
記述的書誌学　27
奇蹟劇　38, 100, 169
貴族階級　142
祈禱書　193
キプロス島　121
逆説　127, 129-130
逆説的高貴さ　122
逆転　134
宮廷劇場　169
宮廷における上演　168
恐怖の研究　119
強力な王　108
虚偽　133
ギリシア・ロマンス　192
キリスト教的観念　132
「キリスト教的」研究　23, 77, 90, 156, 187
キリスト教的視野　138-139
キリスト教人文主義者　142
キリスト教的悲劇　24, 140
キリスト教的批評　91
キリストの象徴　143

ク

偶然と故意　130
「苦境」プレディカメント　133
暗闇　129
「クレオパトラの宿命」　29

クローディアスの祈りの場　115
グロテスク　138
「グロテスクの喜劇」　138
グローブ座　15, 19, 171-173
軍人の主人公　135

ケ

「形而上的」　125
芸術歌曲　181
計略　133
劇場　15, 167-168, 171
激情　118
劇場音楽の3つの側面　180
劇場における上演　168
劇場のコンヴェンション　56
激情を映し出す鏡　119
劇中劇　133
劇中劇構造　84
劇的イメージ　156, 158
劇的技法　128
劇的構造　73
劇的コンヴェンション　16, 31
「結婚グループ」　148
獣の淫婦　140
言及アリュージョン　194, 198
現実　86
幻想イリュージョン　86, 94
現代人文学研究協会　48
原典批評研究本　163

コ

「合」(シンセシス)　141
行為者　110, 130
「高貴」　161
構造　81, 83, 86, 114
構造的考案　146
「幸福な結末」　116
巧妙な操縦　107
5月祭の余興　74
国際的な劇団　168
「心を閉ざして打ちとけないこと」　146-147
「誇張法的」な特質　126
言葉遊び　85, 146
「言葉の祝宴」　85
語法の型　152
コンヴェンション　16, 61
根源的反乱　136
混沌への下降　136

サ

祭儀的形式　24
祭儀的ないけにえ　136
材源　95
サトゥルヌス神話　25
サブ・テクスト　56
三一致の法則　29

シ

死　125, 137, 139, 147
詩　150-151
慈愛　139
シェイクスピア協会　158
シェイクスピア家　199
シェイクスピア時代の造本　162
シェイクスピア崇拝　157
シェイクスピア悲劇の5つの段階　133
視覚的イメージ　20
時間　147-148
「時間を償う」　161
地口　146, 161
自己愛　150
「自己愛の罪」　151
自己犠牲的の僧侶　134
地獄　119
自己嫌悪の悲劇　122
自己憎悪の悲劇　122
自己認識　134
詩人　197
私設劇場　34-35, 168-169
自然　101, 124, 126, 130, 136
自然の秩序　140
嫉妬　119
シティ　177
詩的様式化　118
自伝的イメージ　156
「慈悲」　139

詩法　150
ジャガード印刷所　165
自由　75
宗教劇　60
「宗教的」　137
宗教的アレゴリー　24
宗教的な側面　156
修辞学　159
修辞的構造　152
主人公の欠点　122
受動者　130
「浄化」（カタルシス）　74
浄化作用　72
少年劇団　168
少年俳優　175
贖罪　139
贖罪の山羊　136
植字　162
食物　126
書誌学　35
書誌学の機能　163
神学的分析　186
信仰の秩序　140
新シェイクスピア協会　7
真実と虚偽　148
「真実のさまざまな面」　92
心象　19
心象研究　33
「新書誌学」　28, 166
「新批評」（ニュー・クリテイシズム）　18
新プラトン主義　186
親マキャベリ主義　108

「神話」　111
神話的，文化人類学的批評　37
神話批評　72

ス

垂直形式　103
水平形式　103
スカンジナヴィア諸国のシェイクスピア　157
スコラ哲学　185-186
図像　37
ストラットフォード　157, 160, 177, 197, 199

セ

「正」（セシス）　141
性格　112, 114
性格の葛藤　131
性格描写　83
性格論　156
正義　132
性急さの主題　129
「誠実」　161
政治的位階　98
聖書　143, 193-194
「精神の葛藤」（サイコマキア）　133-134
性的描写　52
青年に対する愛　147
製本　162
世俗的分析　186

セネカ風の悲運　104
善悪　146
戦争と愛　124
全体的人間像　134

ソ

相応　184
相応する平面　183
相補的視点　120
疎外の過程　136
ソネットの配列　145
存在の鎖　183

タ

大宇宙のダンス　184
大衆劇場　34-35, 168-169
太陽　19, 147
山車　38
ダブル・プロット　88, 115-116
多様性　152
ダンス　179
「単調な詩」　59

チ

血　126, 137
地中海文化　85
秩序の型　132
中世キリスト教伝説　139
チューダー家の政治倫理　99

チューダー朝　96
「チューダー朝神話」　97, 103, 112
「超越的人間主義」　124
超自然的なもの　130

ツ

対句　146
追放者　136
綴り字の癖　160
「罪」　112

テ

テクスト　56, 164
伝記的事実の捏造　157
天球の音楽　179
「典型的英雄」　110
天国　119
伝承　198
伝統的三一致　3

ト

ドイツ・シェイクスピア協会　7
ドイツのシェイクスピア　157
ドーヴァーでの場面　138
道化　85, 138
統語的単位　152
「同性愛」　147
道徳劇(モラリティー)　60, 90, 97, 100, 169

動物　126, 137
東洋のシェイクスピア　157

ナ

ナイト・スクール　186
内面と外界　134

ニ

2行対句(カプレット)　153
「2行対句の快感」　153
二元的本質　138
「二元論」　149
ニュープレイス　199
庭　20
人間行動の視野　130
人間中心主義　118
人間的正義と宇宙的正義　138
人間の獣性　122

ネ

眠り　129
年代記(クロニクル)　97

ハ

破壊的要素　92
発音　51
発音の異形　160
発見(アナグノーリシス)　134

発展という観念　131
ばら　147
ばら戦争　97
「反」(アンティセシス)　141
「反喜劇的」　73
版組み　162
版権の問題　164
繁殖と生殖　148
反ストラットフォード派　197, 201
反復的なイメージ　159
反マキャベリ主義　108
反ルネッサンス主義　185

ヒ

火　126
ヒエラルキー　121, 183
ヒエラルキー的世界観　32, 185
悲喜劇　94
悲劇的主人公の特質　120
悲劇的世界　117
悲劇的洞察　129
悲劇的なヴィジョン　125
悲劇的な最前線　122
「悲劇のパターン」　92
筆写本　162
批評家としての役者　120
病気　126
ピラマスとシスビー　24

フ

フォルジャー・シェイクスピア・ライブラリー　47, 67, 173, 195
不可避性　117
舞台幻想　174
舞台上演　156
2つ折本(フォーリオ)　3, 162, 164-166, 182
2つ折本の底本　163
復活祭物語　139
ブラックフライアーズ座　15, 35, 171
プラトン的イデア　112
ブルジョワジー　142
無礼講　75
プロット　21, 104
プロンプター　27
「雰囲気」　137
文学的慣習(コンヴェンション)　151
分析的　87
分析的書誌学　27, 166
「文体」　118
憤怒の悲劇　119

ヘ

ベイコン論争　43
ヘーゲル哲学　141
ページェント　38, 170
ページェント舞台　169
ペリペテイア　134
ヘルクレス的英雄　110
変化　79
変装　75

ホ

忘我　129
牧歌的喜劇　76
牧歌的主題　84
牧歌的ロマンス　85
没落　91
ホーリィ・トリニティー教会　202
ポローニアス殺害　133
「本質」　114
本性と外観の不一致　94
本文研究　162
本文校訂　156
本文書誌学　162
本文批評　163
本文批評の原理　163

マ

マキャベリ主義　107-108
幕間狂言(インタールード)　60, 169
窓　150
マドリガル　182

ミ

みせかけの愛　122
ミドル・テンプル　175
民衆劇　100
民謡(バラッド)　180, 182

ム

矛盾　129

メ

名誉　129
メタファー　94
「めでたし」　84-85

モ

物語(筋)　137
催し物　168-170
問題　90
「問題喜劇」　86
「問題劇」　87

ヤ

野外劇(ページェント)　60
　⇨ページェント
役者　168
野心　117
「柳の歌」　181
病(やまい)　19, 126, 137

ユ

憂鬱病　22
友情　82, 85, 91, 124, 146

ユーモアの説　22
赦し　84

ヨ

用紙　162
余興　60, 74
4つ折本　162, 164-165, 182
4つ折本の底本　163

リ

リアリズム　87
リュート　181
「理論的書誌」　44
倫理的ヴィジョン　131

ル

ルネッサンス　185-186

レ

歴史劇　20
歴史的ヴィジョン　97

ロ

ロシアのシェイクスピア　157
ローマ　132
ローマ史劇　123
ローマの英雄　127

ローマの救世主　134
ローマの道徳観　127
ロマンス　84
ロマンス劇　24
ロマンス的主題　82
ロマンチシズムからの「反動」　71
ロマンチック喜劇　71, 77
ロンドン　197

ロンドン大火　177

ワ

猥褻語　160
和解　84, 91

新装版あとがき

　本書が刊行されてから，はや10有余年が経過した．

　一方バージェロンの原著は，初版（1975年）発行の記念20周年を祝って，1995年に第3版が出版されている．この間シェイクスピア研究の方向は多彩になり，また本書に垣間見られた新しい方向へより一層発展しつつある，といえるだろう．特にフェミニズムの研究や，より広くいえばカルチャル・スタディースの流行に従って，その方面の論文が華を咲かせるに至っている．またニュー・ヒストリズムの研究も着実な成果を上げつつある．それらを反映して，バージェロンの新版では，そちらの方面の研究の成果について項を設け，要領よく解説している．

　本書は刊行されて以来多くの人に利用されてきたが，当初の意義はまだ失っていない．その後の新しい研究には華々しいものがあるは確かだが，それらが定着し，真の意味でインスパイアリングな大著を生み出したとは言い難く，今は多面的な研究の成果を誇りながら，研究の進化を探っている段階だからである．

　この度三修社より，「シェイクスピア・ブックス」の1冊として新装版が刊行されることとなった．現在のシェイクスピア研究における，まさに転換期の諸研究を紹介しているという意味で，本書の刊行の意味はあるであろう．また基本的なシェイクスピア研究の動向を知るという目的もまた，薄れてはいないと思われる．機会をみて，バージェロンの新しい版を翻訳・刊行することが望ましいのはもちろんではあるが，本書を手掛かりにして新しい研究の方向とその意味を探るのも，意義があると思われる．

2001年8月

訳者　　北川　重男

訳者紹介

北川重男（きたがわ　しげお）

1933年生まれ。
専攻　シェイクスピア及びルネッサンス期英文学
現在　成城大学文芸学部教授
著書　翻訳　『ハムレットの亡霊――「ハムレット」と現代文学』マーティン・スコフィールド著（岡三郎氏との共訳，国文社），『ルイ14世』P. A. ホームズ著（西村書店），『サルバドール・ダリが愛した二人の女』アマンダ・リア著（西村書店）他．
論文　Soliloquies of *The Two Gentlemen of Verona* (Seijo Monograph) 他、多数。